雨花忠魂

雨花英烈系列纪实文学

爱莲说

何宝珍烈士传

张文宝 著

江苏凤凰文艺出版社
JIANGSU PHOENIX LITERATURE AND ART PUBLISHING LTD

图书在版编目（CIP）数据

爱莲说：何宝珍烈士传 / 张文宝著．— 南京：江苏凤凰文艺出版社，2016（2023.5重印）
（雨花忠魂．雨花英烈系列纪实文学）
ISBN 978-7-5399-9140-5

Ⅰ．①爱… Ⅱ．①张… Ⅲ．①纪实文学－中国－当代
Ⅳ．①I25

中国版本图书馆 CIP 数据核字 (2016) 第 066160 号

爱莲说：何宝珍烈士传

张文宝 著

出 版 人　张在健
责任编辑　黄孝阳　聂　斌
封面设计　马海云
责任印制　刘　巍
出版发行　江苏凤凰文艺出版社
　　　　　南京市中央路 165 号，邮编：210009
网　　址　http://www.jswenyi.com
印　　刷　阳谷毕升印务有限公司
开　　本　880 毫米 × 1230 毫米　1/32
印　　张　7.125
字　　数　188 千字
版　　次　2016 年 6 月第 1 版
印　　次　2023 年 5 月第 5 次印刷
书　　号　ISBN 978-7-5399-9140-5
定　　价　35.00 元

“雨花忠魂·雨花英烈系列纪实文学”
丛书编委会名单

不朽的精神 永远的丰碑

罗志军

南京雨花台，是新民主主义革命时期共产党人最集中的殉难地。在这里，无数革命先烈用鲜血和生命，铸就了不朽的精神丰碑。

信仰如山，信念如磐。在雨花台英勇就义的革命烈士有近十万人之多，其中留下姓名的就有1519位。他们当中不少人出身富裕家庭，受过良好教育，牺牲时正值青春年华。为了心中的理想和追求，他们毅然舍弃优厚的生活条件，走上充满荆棘的革命道路，虽身陷铁窗炼狱却临危不惧、顽强不屈，不惜流尽最后一滴血，献出年轻而宝贵的生命。他们的事迹展示了共产党人的崇高理想信念、高尚道德情操、为民牺牲的大无畏精神。今天，人们每每参观雨花台烈士陵园，悼念雨花台烈士群体，都感受到巨大的心灵震撼和精神洗礼。

习近平总书记视察江苏时指出，“要注意用好用活丰富的党史资源，使之成为激励人民不断开拓前进的强大精神力量。”雨花英烈的革命人生辉煌壮丽，雨花英烈的崇高精神高山仰止。江苏省委宣传部、省作家协会组织创作的这套“雨花忠魂·雨花英烈系列纪实文学”，以文学的形式集中讲述何宝珍、邓中夏、恽代英、冷少农、罗登贤、朱克靖等多位雨花英烈的革命故事，为弘扬雨花英烈精神提供了生动教材，为广大党员干部永葆本色提供了精神之“钙”。

今年是中国共产党成立95周年。在全面建成小康社会、实现中华民族伟大复兴中国梦的历史征程上，我们要大力继承和弘扬雨花英烈精神，铭记他们催人泪下的英勇事迹、永载史册的不朽功勋，自觉做到信仰、忠诚、为民、担当，开拓进取，扎实工作，加快建设经济强、百姓富、环境美、社会文明程度高的新江苏，以“两个率先”的崭新业绩告慰雨花英烈的在天之灵。

雨花英烈精神不朽，理想信念之树长青！

目　录

引言　心是用来记忆的　001
第一章　沿湘江而下　005
第二章　清水塘22号　017
第三章　奔腾不息的心灵　043
第四章　两人扶着一把雨伞　057
第五章　大浪之巅　071
第六章　长沙城惊悚地一抖动　084
第七章　春暖花开　107
第八章　向英国租界挺进　115
第九章　江风猎猎　124
第十章　思想像闪电一样爆发　134
第十一章　荆棘丛生　143
第十二章　最心累的时候　154
第十三章　廖承志被捕的消息传遍上海滩　160
第十四章　刀剑与精神　167
第十五章　忠诚而泣血　191
第十六章　把勇敢者高高举起　200
尾声　宝珍，看一看我们的孩子　208
何宝珍生平大事年表　212
参考文献　218

引言
心是用来记忆的

1

人心是用来记忆的。

心是什么？

是大宇宙，宇宙太大，心甚至比宇宙还要大，因为它能装得下宇宙。

人一辈子多半的心事用在琢磨自己的同类身上，甚而以此来询问、寻找自己的心。形容人心的语言太多太多，如，心诚则灵、随心所欲、心知肚明、心有灵犀、心旌摇荡、心意彷徨、心照不宣、海枯石烂心不变等等。

一个伟人的心有多大呢？

只能尽力地去想了，是呀，有什么还能比宇宙大呢？

脑袋瓜想得发疼也难想出来。

伟人是凡人，又不是凡人，是百姓中的智者，又不是智者中的俗人。

伟人的心大如天，也细如针。

1950年9月，伟人毛泽东的儿子毛岸英赴朝鲜参战，牺牲了，有人建议把岸英的墓迁回国内，毛泽东说，不必了，共产党人死在哪里就埋在哪里吧。这样的心胸，世界上超级的计算机难道能丈量出他的宽度和长度吗？怎么可能呢，心胸是无法丈量的。

毛泽东逝世后，在清理遗物时，发现了一个小柜子，里面装的是毛泽东亲手收藏的毛岸英的衬衣、袜子、毛巾和一顶军帽。一位老父亲对离去孩子的思念，默默地压在衣柜底下，近五十年。他也许在夜深人静的时候会常常想起儿子，睡不着，翻身起床，捧出一件一件衣服，摆列整齐，轻轻地抚摸，用心与儿子轻轻地对话，眼里泪光闪烁。

伟人也有泪？

是，伟人有泪。是人都有泪。伟人正因为有泪，小中见大才抵达真的伟大。

细小常常托着伟大的心灵。

最伟大的南非人——南非总统曼德拉在牢中服刑二十七年，在罗本岛只有四点五平方米狱室里，脸上常挂有可亲可近的笑容，南非人民称之为“微笑大使”，被誉为“全球总统”。

苦难中天天微笑着，这心能不伟大吗？

曼德拉的微笑，放大了伟大。

伟人的思想点亮黑暗，让干涸的河床清流狂欢，让枯萎的花朵撒播芬芳，让记忆鲜活如初。

伟人的心中，有的人活着像死了，有的人死了还像在活着。

伟人刘少奇，这位原国家主席，心里始终装着一位女性，一位常常令他感慨，想来就心潮起伏、温暖不已的女性。

是何宝珍，刘少奇的第一个妻子。

1934年秋，她在南京雨花台英勇就义，当时只有三十二岁。

丢不下、丢不下她啊！

新中国成立后，刘少奇担任全国人大委员长、两任国家主席和国防委员会主席。1950年，时任中共中央第一副主席、中华人民共和国政府第一副主席的刘少奇，前往杭州经过南京时，与随行人员一起来到雨花台，站在烈士纪念碑前，俯仰天地，双眉紧蹙，心情凝重。他对身边的工作人员说："这里是蒋介石屠杀共产党员的刑场，几十年来，无数革命先烈死在这里，何宝珍同志就是其中的一位。"

刘少奇亲手点亮心灯，评价何宝珍说："她英勇坚决，为女党员之杰出者。"

记忆用爱的长度让人来珍惜，让隔着千山万水、隔着时空的人，心贴在一起，灵魂对话。

1958年9月，刘少奇和夫人王光美第一次回湖南视察工作，在当地领导的陪同下来到长沙的小吴门外，寻访一处偏僻幽静的地方，叫清水塘。三十年前，这里曾经留下了他和何宝珍一段美妙难忘的时光。

在延安时期，刘少奇曾满怀深情地回忆起自己的亲密伴侣何宝珍，为她写了一篇小传："宝珍，女，湖南道县人。湖南衡州第三女子师范学校学生。1922年加入社会主义青年团，后转入党。因反对学校当局的学潮被开除学籍，1923年到安源路矿工会所办之工人子弟学校教书，是年与我结婚。和我一道参加过长沙、上海、广州、武汉、天津、满洲等地党的工会和妇女群众的许多工作。生二子一女。于1933年在上海被国民党宪兵逮捕入狱，被判刑十五年，由南京第一监狱执行。因她与狱外党的组织发生关系被发现，第二年判决在南京枪毙。"在这篇短短的传记里，刘少奇详细地记录了两个人在白区艰苦条件下并肩战斗的历程。

人生的目的，在于发展自己的生命，可是也有为发展生命必须牺牲生命的时候；因为平凡的发展，有时不如壮烈的牺牲足以延长音响和光华。这是中国共产党创始人之一李大钊先生说过的话，这用在何宝珍和一个个牺牲的共产主义者身上是多么的形象与恰如其分啊！

何宝珍的思想和人格，已经汇入到中华民族的精神长河，成为了一个民族的意志、情感和精神的象征。

第一章
沿湘江而下

2

从长沙出发，我追着一条玉带般的潇水，追风赶月般的到了道县。小雨一直不停地跟随着我，淅淅沥沥地飘洒。

湖南永州市道县，古代叫道州，是何宝珍的家乡。

何宝珍曾有过几个同音不同字的名字，叫葆贞、葆珍，曾化名王芬芳。

潇水，清绿幽深，它是湘江上游最大的一条支流，蜿蜒曲折，绕山丘、穿田涧，从南到北流遍八个县。

潇水呈S形，从道县县城穿流而过。

七十二年前，毛泽东、周恩来、朱德、彭德怀、刘少奇参与的中央红军两次在道县抢渡潇水，拉开了湘江战役的序幕。今天，位于道县县城南门外的那座浮桥依然静静地躺在潇水之上。一百三十多米长的浮桥，几十条铁船一字排开，两条粗粗的铁链牢牢抓着船，南来北往的人群从上面来来往往。当年红军渡河时，道县的六位老乡冒着生死危险帮了忙，大雪天里跳入水中架桥开路，让红军顺利过河。那时，浮桥全部是木船组成，时间一长，腐朽了，改换了铁船，船上的木板也换了多次，但锈迹斑斑的铁链还是过去的模样。

潇水没有声息地流淌着，它没有因为时间的长途跋涉、劳累甚至颠覆而改变容颜与灵魂。

潇水诉说着当年的悲壮与激烈。

听说，当年刘少奇随着中央红军渡过潇水时，道县县城和贵头村上空飘逸着一朵形如梅花的彤红霞云，他边走边用缱绻的目光不时地回望……

小雨纷纷扬扬地飘洒。

在梅花镇，我见贵头村遍地春色，村前的一条洑水河，不太宽，弯弯的，春色把它染得又绿又亮，涟漪荡漾，平滑如镜。一座长满细细翠竹的小山下，有几十户人家，这里是何宝珍的家，原来的两小间低矮房屋早已不见踪影，只留下断壁残垣、瓦砾青砖。

何宝珍的家紧邻何氏宗祠。这宗祠是清代建筑，灰墙青瓦，重檐叠梁，但它没有抵挡住岁月风雨的吹打侵蚀，已经倒塌一半，剩下的一半虽完整，却也是破烂不堪，摇摇欲坠，在漫天漫地的雨水中寂寞地呻吟着。这是少年何宝珍上学的学校，我仿佛看到当年何宝珍背着书包蹦着跳着走进学校，耳边响起她一声声脆朗的读书声。

令人欣慰的是，道县人民政府已公布何宝珍故居为县级文物保护单位，推荐何宝珍故居为第二批市级文物保护单位，并正准备重建何宝珍故居，修缮何氏宗祠。是啊，家乡人民怎么可能忘记自己的女儿，潇水怎么可能忘记自己的英雄儿女？

大江大河告诉我，何宝珍短暂的一生，生与死、忠诚与爱情、家庭与国家、儿女与事业，她壮丽的人生轨迹没有离开过祖国的江河，她从潇水出发，追着湘江、长江、赣江、珠江、黄浦江、辽河、松花江，扑身于广袤大地、千山万水间……

3

潇水到湘江，道县到衡阳，五年光景的校园生活，在何宝珍眼中，仿佛只是一夜之间的事情。

这是1922年10月，何宝珍在省立衡阳第三女子师范学校学习，揭发了顽固守旧派女校长欧阳骏贪污学生伙食费的丑行，发动学生团团围住校长室，迫使欧阳骏低头承认错误；欧阳骏对她恨之入骨，开除了她和几个“闹事”同学的学籍。

衡阳，是湖南省第二大城市，被誉为“寰中佳丽”、“江南明珠”，风景颇多，为古代文人墨客咏歌赋诗的胜地，也是理学家王船山的故乡。

省立衡阳第三女子师范学校不远处的荷花坪前的江边码头上，停泊着一只小木船，将要载着心意彷徨的何宝珍飘向远方的长沙。何宝珍踏上船时，她回头朝江堤上送别的人群深情地看了一眼，恋恋不舍地挥了挥手。

湘江文文静静地流淌，江水清冽发乌，宛若一匹蓝丝绸，丢在湖南大地上，串联着永州、衡阳、株洲、湘潭、长沙。

那天，天气不好，乌云堆满天空，这让宽阔的湘江显得窄小了。何宝珍脸上冷清清的，心境有点灰暗，情绪低落。她眼睛望了望天空，乌云似乎紧紧压在头上，她低眼看着船边湍急流过的江水，听着哗啦哗啦的摇橹声，不由想到自己是怎样一步一个脚印从几百里外深山中的道县走出来，从潇水走到衡阳的湘江。这些天、这些年，愤懑、喜悦、伤痛的事情让她激动、难受，让她难忘，心潮起伏……

何宝珍知道，自己被开除离开学校，完全是“洋媳妇”欧阳骏出于报复心理所为。

欧阳骏是日本留学生，一切都是洋派的，穿西装、高跟鞋，吃的是西餐，小锅小灶。何宝珍和朱舜华等人知道北京青年学生爆发五四运动，要带领学校进步学生参加反帝反封建运动，女三师当局锁门禁止学生出入。欧阳骏板着脸说：“这成什么了，还是学生吗，让她们都回来！”

学校贴出布告，不准学生参加社会各界大会，紧锁校门，禁止学生出入。何宝珍、朱舜华在心里嘲笑学校，锁上大门就能阻挡我们参加社会各界大会吗？呵呵，怎么可能呢！她们背着学校，暗中做工作，写着“拒绝巴黎和约”、“惩办卖国贼”的小三角旗，串联同学们，随时准备冲出校门。晚上，趁没人注意的时候，朱舜华放哨，何宝珍悄悄地跑到学校贴出的不准学生上街参加集会的布告前，三两下扯下来，撕成碎片，揉了揉，朝地上一扔，跑了。第二天，欧阳骏看着撕碎的布告，气得心直发抖，赌咒说，不查出是谁撕的布告，她就不干校长了。她走在校园里，两个眼球凸起多高，朝学生脸上盯，每一个学生都成了她怀疑的对象。何宝珍、朱舜华暗暗高兴，情绪高昂，加紧准备着冲出校门参加社会各界集会，她们的班级留有辫子的同学都剪下发辫，一律短发。何宝珍还拿出自己爱好的文艺特长，排练了几个活报剧，要在集会上演出。

集会游行的日子到了！

何宝珍振臂高呼：“同学们，我们等待的日子到了，外面各校的同学都在看着、等待着我们，现在校方锁住大门，不让我们出去，难道我们就这样被隔绝于社会洪流之外吗？”

同学们情绪激昂，喊道：“冲出去！”

何宝珍手臂一挥，“我们翻墙出去。”

同学们“哗哗”鼓掌，为何宝珍的讲话喝彩。她们拥向靠近外面大马路的围墙，手脚灵活，你拖我拽，一齐越墙而出。在校园外，同学们集合成队伍，浩浩荡荡参加雁峰寺的大会。在会场上，她们挥动着红红绿绿的小三角旗，激昂地唱起湖南学联学生常唱的《工农联盟》歌：

“我们工农创世界人类衣食住，
不做工的资产阶级反把我们欺，
起来！起来！齐心协力巩固我团体，
努力奋斗，最后胜利定是工农的。”
……

学生们热血沸腾。何宝珍激愤地对大家说：“当今之世，已不是校长横行霸道之时，爱国者，站起来!”

何宝珍生动、形象地主演了活报剧《哀台湾》《孔雀东南飞》等。

何宝珍带领学生们像一把野火在原野上噼里啪啦地燃烧，她还把野火带回学校点燃，这让欧阳骏大发雷霆。她知道何宝珍与她这个校长的要求是格格不入，越走越远。何宝珍所做的每一件事、说的每一句话，哪怕是她走在路上留下的身影，欧阳骏看了，都如芒刺在背，浑身不舒服。何宝珍当选了团支部书记，常去浮桥公所湖南学生联合会参加活动，邀请毛泽东、何叔衡、蔡和森、肖子升、夏明翰、蒋先云来学校作报告，还被选为出席湖南学生联合会的代表……欧阳骏知道了，更是如鲠在喉，乱针刺心。

她要收拾如同野马般驯而不服的学生何宝珍。

万万没有想到，欧阳骏竟会卑鄙无耻下流到了极点，突然想起何宝珍给人家当童养媳的婆家。她一边与教育厅勾结商量禁闭何宝珍，一边通知道县那个地主蒋松甫，以违反封建礼教为借口，把何宝珍监禁在学校的工具室里。何宝珍厉声责问欧阳骏：“凭什么关闭我?”

欧阳骏没有正面答复，说：“你读过《爱莲说》吗?”

《爱莲说》的作者周敦颐是道县人，宋代著名思想家、理学的奠基人，他的《爱莲说》一文是何宝珍最喜欢的文章，她六七岁时就常常背诵。此时，聪明的何宝珍立刻明白欧阳骏问这话的意图、想要干什么，她主动发起进攻，说："你不会背诵吧，我来背。"她流利地背诵道，"予独爱莲之出淤泥而不染，濯清涟而不妖，中通外直，不蔓不枝，香远益清，亭亭净植……"

"好了好了。"欧阳骏极不舒服地打断何宝珍的背诵，自己接着背诵道，"可远观而不可亵玩焉。予谓菊，花之隐逸者也；牡丹，花之富贵者也；莲，花之君子者也……"她一口气背完文章，自负地说："何宝珍，不要以为你行，别人就不行了……"

"是吗？"何宝珍冷笑了一声，"莲花不同流合污，永远保持清白的操守和正直的品德，你行吗？"

欧阳骏气得哆嗦着手，指着何宝珍说："你冥顽不化，不可教也。"

旁边，一个长得粗壮的男子汉冲上前，抓住何宝珍胳膊，想示威教训一下。不料，何宝珍从小跟人练过拳脚，那汉子还没有攥紧何宝珍胳臂，早被她三两下降住了。

欧阳骏气急败坏，落荒而逃。

何宝珍开心地笑起来。这是她又一次机智地挫败欧阳骏。

衡阳党组织负责人张秋人关心着何宝珍，在一个夜色如墨的晚上，他带着朱舜华撬开工具室的窗户，救出何宝珍。

张秋人说："你学校不能呆了，欧阳骏已经把你和朱舜华几个同学开除了。"

何宝珍气愤地说："凭什么开除我，我找她算账去！"

张秋人说："现在还不是与她算账的时候，事情没有你想的那样简单。我已经向长沙的毛泽东同志汇报了，你和朱舜华去他那儿。"

顺风顺流，小船走得又稳又快。

何宝珍没有想到，这次为了参加社会各界大会逃离的校园竟成了永别。她多么留恋自己的校园，留恋校园里的一棵棵又高又密的香樟树，那股隐隐的暗香常常令她陶醉。五年时光，白驹过隙，稍纵即逝，她将青春、理想、自由、欢乐都丢在了这里。我还能再来吗？想到这里，她心里发酸，眼角潮湿了。

何宝珍想到了父亲母亲。女孩心细、心软，她心里隐隐发堵、难受，想到了1918年，她考取省立衡阳第三女子师范学校，在一个早晨，离开家时，父母送她一程又一程，最后，她死活不让再继续朝前送。她跟随着一路流淌的潇水，踏着高高低低的山路，走向衡阳。一路上，她走得双脚起泡、流血。有人见了，劝她在店里住下来，好好地歇歇脚再赶路；她没听，歇了一夜，天刚亮又上了路。翻过多少大山、越过多少岭、涉过多少河，她不知道，但她终于走出来了，走出了重重大山的包围。多少年多少年，道县曾有多少人都想走出似乎永远走不出的大山，走出那偏僻的弹丸之地，却一直没有能走出几个人。她走出来、逃出来了，成了一个见了世面的读书人。父母对她这个“读书人”寄托的希望太多、太大了……是呵，她知道父母的心，他们是穷得灰心了，兄弟姊妹多，常常是吃上顿没下顿。何宝珍能上学，也是瞎碰误撞上的，她很小就做地主蒋松甫侄子的童养媳，稍大一点，蒋松甫见她小小年纪，聪明伶俐，便叫她侍候自家的女儿，并陪女儿到私塾里念书。不久，又让她去县里国民女子小学当伴读。她代表女子小学参加全县举办的“边跑边算”体育比赛，轻而易举地拿了第一名；学校举行辩论会，她也参加，成了获胜者。蒋家小姐是含着金钥匙出生，是地主老爷的掌上明珠，娇生惯养，每天是“饭来张口，衣来伸手”，她住在学校里，打饭、洗脸、穿衣等一切生活杂事都是何宝珍服侍，何宝珍实际上是这个小姐的贴身丫环。何宝珍天资聪颖，勤奋好学，小姐在教室里读书的时候，她就倚在教室门边偷偷地跟着听课，居然，她的成绩远远超过了地主小姐。这事被老师发现了，又惊又喜，破例让她作为正式生一起上课，免收一切学杂费。小学毕业后，她以优异的成绩考入本县师范，而被她服侍的小姐却榜上无名。地主老爷的肺都要气炸了，他仗着权势，不许何宝珍入学，强迫她把学籍让给自己没考取的女儿。幸亏老师坚持不允，帮助斡旋和资助，何宝珍才到了衡阳女三师上学。

"爹爹、姆妈，宝崽对不住你们!"何宝珍用浓浓的道县口音伤痛地低低地喊了一声，她心里一时没法接受被学校开除的事实，她觉得对不起父母。是呀，怎能对得起父母，怎能忘了父母的大恩大德！她无法忘记，欧阳骏唆使蒋松甫来学校胡闹，何宝珍被激怒了，这个新时代大潮洗礼后的师范生早已脱胎换骨，成了一个敢于和封建礼教对抗的勇敢的现代青年。她给父母捎信，要与蒋家一刀两断，希望父母想方设法把聘礼退还。父母心疼自己的女儿，把仅有的两小间破烂瓦房变卖，凑了六十块大洋，退掉了蒋家的婚事。何宝珍在心里说，我对家里没有什么贡献，更还没有对父亲母亲尽什么孝，却常常给他们带来忧心、麻烦，我欠他们的太多太多，怎么还呀……

小木船沿湘江而下，岸上的风景不停后移。

朱舜华与何宝珍坐在一起，她虽被学校开除，心里有一点阴影，但不大，没有当成大事情，两眼兴奋地看着两岸的青山绿水。朱舜华又名张琼，与何宝珍同岁，1902年出生，湖南省汝城县城郊乡津江村人，家里有钱有势有地位。她思想日趋进步，家中对她的"大逆不道"行为百般阻挠，并以断绝经济相威胁。朱舜华公开宣称："我不希罕荣华富贵，对自己选择的道路决不后悔!"

朱舜华眼尖心细，发现何宝珍心情有点郁闷，就说："宝珍，心里难过?"

何宝珍摇摇头，"没有哇。"

朱舜华说："你眼上有泪。"

"真的吗?"何宝珍用手抹眼睛，才意识到自己落泪了，迅速擦一下眼睛，不好意思地转移了一个话题，"我想起'闹花轿'了。"

"哈哈哈。"朱舜华和被学校开除学籍的几个同学开心大笑起来。他们怎能忘记"闹花轿"，这可是何宝珍的"革命"杰作呀!

"闹花轿"就是何宝珍闹欧阳骏的一段笑话。欧阳骏结婚，何宝珍、朱舜华带着一群同学，围着欧阳骏坐的花轿逗乐趣，说起逗乐，其实是捉弄、嘲讽着欧阳骏。不知是哪个同学说了一句话，"哟，多漂亮的新媳妇娘子呀!”欧阳骏刚下轿，同学们“哈哈哈——”一阵大笑，欧阳骏被嘈杂的大笑声闹得面红耳臊，头晕眼花，又不好发脾气，她强撑着身子，四处望了望。她看到了何宝珍，浑身愈发不自在。她还没弄清楚怎么一回事，何宝珍一个手势，同学们又是抬轿又是扔碎纸片，弄得欧阳骏头上落满了碎花。

“怎么新郎没有来呀?”有人一边问，一边拉着欧阳骏来回转。

她嘴上的口红弄得满脸都是，踉踉跄跄听人摆布，同学们兴奋地捧腹大笑。欧阳骏醒悟过来后，一转身上了花轿，气咻咻地叫道:“走着瞧，走着瞧……”

船拐了一个大弯子，进入株洲地界。天放晴了，太阳明朗朗的，映照得江水一片深蓝，荡漾的涟漪，像一匹微微抖动的蓝丝绸。

朱舜华望着一座突兀矗立的山峰，目光落到山下的一棵棵大树上，对何宝珍兴致勃勃地说:“五年前，我们坐船经过这里，看见岸边上都是小树，现在看看，都是大树了。你和这树有点像，五年前，你到学校时，只是一个山旮旯里来的学生，今天你变成一个见过世面、经历过风雨的革命青年了，是时代的讴歌者，敢为天下先、敢于创新、敢于革命、敢于担当，这是天下兴亡的责任，身无分文心忧天下的责任，爱国的济世的责任。”

何宝珍凝望着高山和山下的一棵棵茂盛的大树，两眼里闪耀着明亮坚定的光芒。

船随江动，江随心动。

何宝珍觉得今天的湘江与过去看到的缺乏生机的湘江不一样，眼前的雨后湘江，水平如镜，文雅如眠，静得似乎不在流动，水清清的绿绿的纯纯的，能见到小鱼游动，手伸进去似乎也会被染绿。

心情所致吧，船橹搅腾起来的一团团浪花，在何宝珍眼中变得像汹涌的波涛，像时代革命的大潮，她仿佛正置身于这革命的洪流中，张开双臂，呼喊着，冲击着旧时代的一切腐朽的羁绊。

何宝珍像第一次坐船从湘江走过，贪婪地欣赏着两岸雄浑的高山，它们奇峰罗列，拔地而起，好像随时随地就会倾倒下来。

朱舜华触景生情，指着山峰，对何宝珍绘声绘色地说："大自然真是鬼斧神工，看，这一座山峰像大象，那一座山峰像宝剑，那边一座山活像竹笋。"

何宝珍看着山峰，有了另一番意境，生动地说："像一个人，而且应该是一个睿智的人。"

湘江，在何宝珍心中变成了神话，变成了英雄情结，流淌在潇湘大地上。

何宝珍想起要离开家乡来衡阳的前一天黄昏，她心血来潮，沿着村里小路，走到几里路外的城里。她爬上古城墙，眺望着养育她长大的广袤的故土，激动地唱起了喜好的"道县调子戏"。道县大多数人会唱调子戏，一种戏味浓厚、音乐性强的地方小戏，唱的全是道县方言，犀利诙谐；调子戏运用了山歌、渔歌、情歌、号子、小调等音乐形式，婉转优美，素有"北有二人转，南有调子戏"、"打死要学调，骂死要看调，愁死想调笑"的说法。何宝珍还会唱花鼓戏、湖北汉剧，会朗诵诗歌。

何宝珍被漫天的晚霞美景迷醉了。霞霭弥漫了整个天空，像铺开了一幅巨大、瑰丽、雄伟壮观的天然彩图，奔腾的潇水河上升腾着半透明的水雾，它在霞光中像一条鲜艳的红绸缎在飘扬。她心像插了翅膀，飞起来了。她在潇水河上飞翔，在紫金山险恶的盘山道上，已经叠加过历代先贤们要走出狭窄山谷进京赶考的履痕上空飞翔。她仿佛看见引以为傲的家乡大才子周敦颐和清代大书法家何绍基，他们迎着霞光，向着自己信步走来，她看见对周敦颐顶礼膜拜的南宋大儒朱熹、张栻、蔡元定，以及程颢、程颐、苏轼、黄庭坚等人，他们裹挟着精神的力量，向自己走来。何宝珍思想的闪电稍纵千里，蓦地，她想到了为推翻千年封建统治而奉献的革命先驱孙中山、黄兴，为辛亥革命做出了牺牲的秋瑾，她娴熟地、朗朗有声地背诵所崇拜的英雄诗句："休言女子非英物，夜夜龙泉壁上鸣……"她声情并茂地背诵周敦颐的《爱莲说》：“予独爱莲之出淤泥而不染，濯清涟而不妖，中通外直，不蔓不枝，香远益清，亭亭净植，可远观而不可亵玩焉……”

湘江在何宝珍心中激起一股巨浪。她想到自己刚刚上船时灰暗的心情，嘲笑自己：我还算是一个新时代大潮洗礼后的革命青年吗，碰上这点事就灰心丧气，还怎能心忧天下、爱国济世……

她想到了屈原。屈原是湘江神话中的一位英雄，也是现实中的一位英雄，他为国家危难、为正义信仰而战斗。

何宝珍激动地想：从屈原到曾国藩、左宗棠、谭嗣同，到黄兴、蔡锷，当代湘江的英雄们，叱咤风云，壮志冲霄，波澜壮阔。这些英雄人物，都曾试图用自己的生命改写时代坐标，有的悲壮千古，有的壮怀激烈……

何宝珍想到了家乡的英雄蔡元定。南宋理学集大成者朱熹被定为“伪学魁首”去职罢祠，在封建的“文化大革命”中，朱熹的门生蔡元定以“佐熹为妖”的罪名，被贬谪三千里外的道县监管。蔡元定没有同家人和好友告别，被押解上路；朋友们劝他缓几天走，蔡元定说道：“获罪于天，天可逃乎。”寒风刺骨的冬天，蔡元定携子杖履走向道县。

年过花甲的儒生，三千里之遥的僻远之路，步行走了一个多月。栉风沐雨，餐风宿露，是有了朱熹的精神支撑，他在苦难中与理学的鼻祖朱熹做一番灵魂的对接。

一条没有英雄血性的河流，一条缺少英雄灵魂的河流，还能称上大江大河吗？

湘江有血性。

湘江有英雄。

湘江让何宝珍想到了衡阳浮桥公所，想到了一次次给自己和同学们演讲的毛泽东、何叔衡、蔡和森、肖子升、夏明翰，还有杨开慧、毛泽建……让她难忘的是，她带着由夏明翰陪同的毛泽东来到第三女子师范学校，毛泽东笑着肯定她发动组织的学潮。她真的钦佩毛泽东，他对农村的农民生存窘迫现状了解得是那么的深入、细致，字字句句都是真知灼见，讲话的语言幽默风趣、生动活泼，深入浅出，听了茅塞顿开，心服口服，真有酣畅淋漓、旱逢甘霖之感！她在漫漫长夜里看到了光明和希望。

何宝珍心想，毛泽东、夏明翰都是“去留肝胆”巍巍的昆仑，他们上下求索“问苍茫大地，谁主沉浮”……

他们也是英雄，或是正在去做英雄。

何宝珍喃喃地背起周敦颐的《爱莲说》：“予独爱莲之出淤泥而不染，濯清涟而不妖，中通外直，不蔓不枝，香远益清，亭亭净植，可远观而不可亵玩焉……”

她心里的苦闷烟消云散，豁然开朗，浑身顿时轻松起来。她伸手掬起一捧江水，送到嘴边，一饮而尽。

朱舜华问：“宝珍，怎么这样高兴？”

何宝珍说：“湘江承载着忧愁，也分解着忧愁。你说的对，我再也不是过去的宝珍了。我想好了，跟定毛泽东、杨开慧走的道路了。”

湘江的天际线上，孤帆远影，碧空如洗。

第二章
清水塘22号

4

在长沙湘江边的幽静处，我找到了当年何宝珍离开衡阳、踏上长沙的小码头。

湘江还是那条湘江。

长沙城却变了样子，青春焕发，魅力四射。

湘江水面浪花嬉戏，街上油锅里翻滚的油炸臭豆腐香辣飘荡，橘子洲头绿树如云，一尘不染。广场上空的风筝，飞得很高、很远，但那风筝的线紧紧拴在湘江西岸的岳麓山上……

我不由得想起了过去苦难中的

长沙。1938年11月13日，长沙发生“文夕大火”。当天，日军占领岳阳后，距离岳阳还有一百三十多公里的长沙当地驻军长官朱鹤松，在仓惶之中以奉蒋介石“焦土抗战”的密令为名，凌晨两点时，在长沙城内数百处同时放火，使全城成为一片火海。长沙大火焚烧了两天，全城被焚十分之九，烧毁房屋五万余栋，烧死百姓三万余人。但另一种说法是守城士兵误判信号点火，让古城长沙毁于一旦。

“文夕大火”是长沙历史上毁坏规模最大的一次火灾，也让长沙与斯大林格勒、广岛和长崎一起成为第二次世界大战中毁坏最为严重的城市。

熊熊大火中，湖南第一师范也未能幸免，凄厉的哭喊声、恐怖的嘶叫声，连同建筑物燃烧时的爆炸声，交织成一个惊天动地的悲惨世界。

当代诗人郭沫若当时也在长沙亲历了大火，《郭沫若传》中对当时情景进行了描述：“只见城中烈焰升腾而起，映红了整个夜空，来不及撤退的长沙百姓，披头散发寻找亲人的，顿足捶胸的，望着大火发呆的，扑向火丛抢救财产的，……歇斯底里失望地绝叫，伴随着房倒屋塌的轰隆声。……车至城郊关帝庙前，极目远望，根本不见长沙踪影，惟有冲天的火光和翻滚的浓烟，显然火势还在蔓延。”

毛泽东曾学习和工作过的湖南第一师范学校变成了残垣断壁。

理解苦难，苦难就会给人带来崇高。

我对长沙、对湘江、对湖南第一师范学校肃然起敬。

5

在长沙湘江码头上，何宝珍、朱舜华与几个同学分手后，按照衡阳党组织的安排，直接奔往湖南第一师范学校，寻找杨开慧。

知道好朋友何宝珍今天下午到，杨开慧早早就守候在学校门口，何宝珍身影刚一出现，她就看见了，急忙迎上前去，两手分别紧紧地拉着何宝珍、朱舜华的手。何宝珍像见到久别的亲人，忍不住泪水湿了眼睛。

杨开慧连忙说：“我和润之都知道了，你们受苦呐，润之说你们真是好样的。”

“润之先生真是这样说的呀?”何宝珍纯朴的脸上洋溢着活泼的青春气息。

“是的。”杨开慧郑重地点点头。

何宝珍、朱舜华仔细端详杨开慧，见她留着过去一样的齐耳短发，鹅蛋形的圆脸上一双眼睛大而有神，穿着打扮很朴素，显得俊俏、大方而坚毅。

朱舜华笑了笑，说：“见到开慧大姐，我们就到家了，心里踏实啦。”

“到家啦。”杨开慧笑着说，“开除学籍怕什么，你们知道的，我在教会学校福湘女中读书时，不做礼拜，还走上街头，宣传学联的主张，被福湘女中开除过。润之说过，追求真理总要经历大风大浪，大事业总会挟带大悲大患。”

“我也是第二次被开除。”朱舜华激动地说，“今年七月，我去听李达教授作报告，欧阳骏说是未请假带头外出，便将我开除。”

何宝珍微笑说：“开慧大姐，和你在一起说话，我总是眼前亮堂，提升境界。”

“我也是从润之身上学来的。”杨开慧很谦逊，她拎过她们的行李，说，“走，我们回家吧。润之工作太忙，让我来接你们，我们姊妹在衡阳分别半年多，现在又聚会在一起，能天天一块读书、说话了。”

何宝珍开心地说：“开慧姐，我要天天听你讲中国革命之真理。”

自衡阳浮桥公所见了杨开慧后，听了她的几次生动的演讲，何宝珍对杨开慧留下了深刻的印象，特别喜欢听她柔和而又明快的讲话。何宝珍知道，杨开慧比自己大一岁，是湖南第一批中国社会主义青年团团员，她1901年出生，长沙县板仓人，父亲杨昌济是闻名三湘的学者，他思想先进，为女儿身的杨开慧也取了名、字、号。杨昌济先生破例让杨开慧进入长沙第四十初级小学，在当时的板仓女孩子还没有上学读书的先例。杨开慧开了风气之先，成为该校第一批女学生，也是班上年龄最小的学生。杨开慧在杨公庙小学读了三个学期后，转到离板仓五里路的储能学校。辛亥革命发生后不久，杨开慧回家动员不识字的妈妈也进学校读书，便和妈妈一起转到离家二十多里的衡粹女校，妈妈读实业班，她读附设小学班，母女同校读书一时被传为佳话。

毛泽东、杨开慧住在长沙清水塘22号。

清水塘，在长沙东北郊的小吴门外，距离长沙城约有一里地，那里有一座砖木结构的三开间简朴农舍，始建于民国初年。农舍门前有两口不大的池塘，呈东北—西南走向，形成一个8字形的分布，上塘较小，水浊；下塘较大，水清。上塘浊水缓缓流入下塘就成了清水，池水明亮清澈，莲叶碧绿，莲花洁白，人们将这里叫清水塘。清水塘的周围有不少细嫩的杨柳，有几畦绿油油的菜地，还有一架洒下绿荫的瓜棚，一条通幽的曲径，是一个非常僻静的地方。这是党组织在1921年冬天秘密租下的一所房子，作为中国共产党湖南湘区执行委员会工作地，负责湘赣两省边区党组织领导工作，相当于现在的中国共产党湖南省委员会。

毛泽东担任湘区执行委员会书记，同时兼任中国共产党全国总工会湖南分会的会长，何叔衡、易礼容、郭亮等几位同志任委员。毛泽东对外公开身份是湖南第一师范学校附属小学的主事，也就是校长。在清水塘，毛泽东集中力量开展工人运动，把湖南工人运动掀起一个接一个高潮。

在清水塘，杨开慧担任毛泽东的秘书，还要做好湘区的机要和交通联络工作，她还是一个称职的母亲。为了让毛泽东集中精力考虑和处理革命大事，杨开慧一声不吭地挑起家庭重担，她把母亲接过来，帮助料理家务，带儿子岸英、岸青。

整个长沙城处在一片黑暗和冷酷中，城郊的小小清水塘，却像风和日丽的春天，风儿轻吟，鸟儿欢唱，清水淙淙，莲花暗香，充满自由和笑声。

清水塘来来往往不少人，有李立三、夏明翰、何叔衡、李维汉、周以栗、滕代远、易礼容、郭亮、毛泽覃、毛泽建等，中国革命事业的浪涛扑打着他们的心。他们常常围坐在一起，有时沉静得如若无人，鸦雀无声；有时激烈的争论声音像吵架，低一句高一句，互不相让，有时突然又发出一阵子低低的开心的笑声。他们的心飞翔在岳麓山之上，飞翔在茫茫九州的长天高山之上。

清水塘边土丘上的小树林，是他们最喜欢散步、聊天的清静地方。

生命美丽，世界才美丽。这是当今已故诗人顾城的诗句。诗人已逝，诗句长存。

一群年轻的革命者，因为他们追求的事业美丽，因而生命美丽，世界美丽，清水塘美丽。

小树林里、清水塘边经常会出现何宝珍、杨开慧、毛泽建的身影，她们给在清水塘秘密召开的会议站岗放哨。杨开慧喜爱莲花，常常带着何宝珍坐在清水塘边静静地欣赏塘里的莲花。水塘的上空紫燕翻飞，蜻蜓起舞。塘里圆而大的莲叶如撑开的伞，小小尖叶蹿出水面，让蜻蜓悠悠落在叶尖上。

杨开慧问："宝珍，你们道县莲花多吧？"

何宝珍点点头，兴奋地说："多，尤其濂溪里都是莲花。"

杨开慧安然、宁静，她似有所悟说："嗯，莲花的故乡，莲花当然多。"

何宝珍凝视着杨开慧，倾慕地说："开慧姐，你真像莲花，朴素、淡雅、大气。"

杨开慧露出一口洁白的牙齿，笑道："我看你倒像这塘里的莲花。你们道州的周敦颐写了《爱莲说》，把你熏陶成冰清玉洁的莲花了。"

何宝珍嘴角溢满欢笑说："我说的是实话。在我心中，你是从清水中出来的莲花。我爱你清新淡雅、香而不酽的气质，更爱你奉献、大爱于一身的精神，欣赏你濯清涟而不妖，中通外直，不蔓不枝的品质。"

杨开慧与何宝珍在一起有着说不完的悄悄话。杨开慧还带着何宝珍跑到毛泽东老家韶山冲看莲花。这事，后来毛泽东堂妹毛泽建知道了，努着嘴唇埋怨杨开慧，说怎么没有带上她一块去。

杨开慧笑道：“你在那里长大，莲花还没看够啊？”

毛泽建搂着杨开慧的脖子,有点撒娇说：“没看够,就是没看够嘛。”

清水塘边也成了何宝珍、杨开慧、毛泽建三位女性谈情说爱的世界。何宝珍有时会逗乐地问：“开慧姐，你和润之先生第一次见面说了什么？”

“想听吗？”杨开慧故意神秘地一笑，“我说，我们革命成功之日，就是谈恋爱之时。”

“不信，不信，你没说真话。”何宝珍连连摇头。

杨开慧推了推毛泽建，笑道：“宝珍，你要想取真经，听泽建介绍经验吧。他们呀，是一对才子佳人。”

毛泽建从草丛里掐下一朵黄色小野花，边嗅着边慢条斯理地吟诵宋代大诗人陆游的《钗头凤》：

“红酥手，黄縢酒，满城春色宫墙柳。东风恶，欢情薄。一怀愁绪，几年离索。错、错、错。

春如旧，人空瘦，泪痕红浥鲛绡透。桃花落，闲池阁。山盟虽在，锦书难托。莫、莫、莫！”

“这是陆游的《钗头凤》，是爱情悲剧。”何宝珍闪亮着眼睛说，“开慧姐，你们姑嫂合起来诓我。我想听你们能给大地带来复苏，给万物带来勃勃生机的爱情故事。”

毛泽建扬着笑脸，用白话文高声解释着《钗头凤》的下半阙：“美丽的春景依然如旧，只是人却白白相思地消瘦。泪水洗尽脸上的胭脂红，又把薄绸的手帕全都湿透。满春的桃花凋落在寂静空旷的池塘楼阁上。永远相爱的誓言还在，可是锦文书信再也难以交付。莫，莫，莫！”

三人都笑了，笑声惹得枝头上的小鸟蹦蹦跳跳，吱吱喳喳地唱歌。

毛泽建突然抛掉小黄花，仰起脸，呵呵笑道："别了吧，红酥手，黄縢酒，满城春色宫墙柳。我没有那些卿卿我我，妹哭哥追的事情，我是革命的一柄利剑，所向披靡，毫不留情，刺向敌人。"

毛泽建比何宝珍小三岁，又叫毛达湘，乳名菊妹子。毛泽建的父亲叫毛慰生，是毛泽东的嫡亲堂叔，毛泽建家里生活困难，她六七岁时就开始到外面讨米，后来"嫁"到杨林肖家当了童养媳。毛泽东竭力反对毛泽建的婚约，在他的"斗争"下，终于解约了。毛泽东十分疼爱毛泽建，看到她的进步非常高兴，在她的笔记本上写了"绳锯木断，水滴石穿"八个字，鼓励毛泽建克服困难，发奋读书。毛泽建正在自由恋爱，对象是三男师毕业的共产党人陈芬。

心真情真，泪水也真。

毛泽建骨子里对共产主义理想透着一股深情，一种虔诚；对大哥毛泽东，有着深切的依恋和热爱。

后来，毛泽建同陈芬结婚。

毛泽建和陈芬参加了南岳暴动。当地组织游击队，开展地下斗争，她担任队长，陈芬任党代表。这时毛泽建已怀孕七八个月，仍奋不顾身，指挥战斗。一次突围中，毛泽建和陈芬同时被捕，反动派把陈芬的头割下来装在笼子里，挂在耒阳城头示众三天。不久，井冈山下来的一支队伍袭击'挨户团'，救出了毛泽建。但敌人很快反扑，毛泽建即将临产，只好藏匿在当地一位孤老婆婆家里，生下了孩子，取名艰生。孩子的哭声惊动了'挨户团'，毛泽建又一次被敌人逮捕。敌人抓到了毛泽东的妹妹，党的重要负责人，进行了威逼利诱，妄图从她身上获取党的重要秘密。面对敌人的酷刑，毛泽建坚贞不屈，毫不动摇。当敌人审问她的名字时，她昂首回答："我叫共产党！"敌人恼羞成怒，下令对她抽皮鞭、压杠子、拔指甲、灌辣水，甚至用铁丝穿透她的乳房……

陈芬的姐姐赶来探望她，这时毛泽建提出想见见儿子艰生，而这时艰生早就因为没有奶吃而夭折了。陈芬的姐姐不忍心把这个消息告诉弟媳，含着泪从老乡家里借了一个婴儿送给毛泽建看。毛泽建抱着婴儿亲个没完，陈芬的姐姐忍不住失声痛哭。

1929年8月20日，毛泽建在衡山城南门外马庙坪慷慨就义，年仅二十四岁。

6

毛泽东见到何宝珍、朱舜华，握住她们的手，亲热地说："我们是老熟人了。"

毛泽东将何宝珍叫到他的办公室。何宝珍打量一遍办公室，见十分简陋，只有一张书桌、两个茶几和三把木椅子。她望着眼前这个高个儿、一头黑油油乌发的湘区执行委员会书记，望着他一双眼睛里透出来的睿智、明亮的光芒，心情格外激动。她敬重毛泽东，多次听杨开慧讲毛泽东的故事。毛泽东没有进过大学，也没有到外国留过学，可是特别有知识、有学问，看问题、分析问题、解决问题，高屋建瓴，精辟深刻，与众不同，这都是因为他勤奋好学。毛泽东从小到大，不论在韶山，也不论在湖南第一师范，每天清晨起来坚持洗冷水澡锻炼身体，而且寒冬腊月都是这样坚持着。少年毛泽东就会写诗。一个夏天，毛泽东到外婆家附近的保安寺玩耍，他看到寺院四周盛开着色彩斑斓的凤仙花。这是一种不择土壤、随处生长的小花，因花瓣可用来染指甲，故俗称指甲花。望着顽强生长，傲暑盛开的指甲花，少年毛泽东不禁萌生写诗欲望，并联想起古人各得其趣的咏花诗文：陶渊明归隐田园，独爱菊花；周敦颐生性清高，独爱莲花；此时的毛泽东却偏爱枝叶弱小、意志坚强的指甲花。从保安寺归来，毛泽东吟成了一首五言诗《咏指甲花》：

百花皆竞春，指甲独静眠；
春季叶始生，炎夏花正鲜；
叶小枝又弱，种类多且妍；
万草被日出，惟婥傲火天；

渊明独爱菊，敦颐好青莲；
我独爱指甲，取其志更坚。

这首诗以浅近、明快的语言，描写了指甲花的生长特性和笑傲炎夏的坚强性格，结尾点明题旨，寄托了少年毛泽东高尚的理想和情操。

在东山小学就读期间，先生令学生吟诗抒怀，毛泽东写了一首《咏蛙》诗：

独坐池塘为虎踞，绿杨树下养精神；
春来我不先开口，哪个虫儿敢作声。

诗中描绘了青蛙威武轩昂的形象，以蛙设喻，抒发毛泽东人小志大、藐视天下的气概和胆略。

杨开慧、何宝珍从内心深处对毛泽东产生了一种敬佩。

智慧的人应为梦想而伟大。

这时，毛泽东点燃一支烟，坐下，抽一口，说："我是1921年10月认识你的吧?"

何宝珍点点头，心中十分惊讶，呀，毛泽东记忆力太好了，过去很久的事情还记得这么清楚、准确。

毛泽东说："那时我从上海参加党的一大回湖南后，在夏明翰的陪同下，第一次到衡阳，以女三师为重点，开展党组织发展工作。"

何宝珍连连点点头。

毛泽东又抽一口烟，说："那时起，你就是我毛泽东培养的对象之一呐。"

"我知道，"何宝珍满脸青春的光芒，"谢谢润之先生。"

毛泽东说："你在湘南学联做了大量工作，表现很不错。"

何宝珍说："润之先生过奖了。我只是在跟你学着做点工作，微不足道，不足挂齿，今后还望你多指教。"

毛泽东说："现在你放'长假'喽，时间充裕，有什么打算?"

何宝珍说："听先生安排。"

毛泽东笑了笑，说：“听听你的意见，要我们帮助解决什么问题，随便谈谈吧。”

在清水塘，在湘南区委书记毛泽东面前，何宝珍心中郁积的雾散了，梦醒了，她终于看见暴风雨后的碧蓝如洗的晴空，那是千帆过尽一望无际的辽阔。

何宝珍思想的心扉打开了，话语倾泻而出，她把自己从小做童养媳，怎么读的书，对当前学生运动、工人运动的思考，对革命的向往，并还想再读书等想法通通讲了出来。她讲了很长时间，毛泽东见她讲渴了、讲累了，就起身给她倒茶水喝。讲完了，讲累了，何宝珍在倾诉的过程中获得一种崇高的心境，一种广袤、烫热的歌吟。

毛泽东又抽出一支烟来，点燃，吸了几口，说：“你的婚姻问题，我们不加干涉。你是表现优秀的共青团员，革命斗争越来越深入，需要大批像你一样的先进团员投入。你讲的对，为了革命之将来，要好好地读书。我们办了一所自修大学，在里面学习的既无公子少爷，也没太太小姐，都是一些革命青年，你可以继续到那里去学习。根据你的具体情况，学杂费伙食费一概免交，同时你还可以采取勤工俭学，自己解决零用钱，你看怎样？”

“我听组织的。”何宝珍目光中透着一股深情。

毛泽东深深地吸了一口烟，说道：“宝珍，你的名字声音好听，但字义有点俗气，我给你改两个字，如果你认为不合适，也可以不要嘛。”

“太好了，求之不得。”何宝珍站起来，喜不自胜。

毛泽东拿过纸和笔，写了两个字，递给何宝珍。她接过去一看，是“葆贞”二字。毛泽东紧接着解释说：“葆字是保持青春的意思，贞是革命贞节。意思改了，音韵未动。”

“谢谢润之先生，今后我就用这两个字当名字。”何宝珍又用恳切的语气说：“润之先生，我有一个愿望：你能给我题写一句话吗？”

毛泽东笑了：“我能猜出来，八九不离十，你听说我给泽建题了字吧，‘绳锯木断，水滴石穿’。好哇，好哇。”

清水塘演绎着旧中国从苏醒到觉悟、从黑暗到黎明的过程。

清水塘几间小屋里走出来的人，凭着什么就能够走到湖南、走到中国、走到今天？

清水塘虽小，涟漪细微，也有拍岸惊涛、翻江倒海。

毛泽东带着朱舜华绕着小树林散步说话。

毛泽东说："干革命不容易，要吃得千辛万苦。你受得住就干下去，受不住就回你家那个大花园去。"

朱舜华坚定地说："要是受不住，我就不跑出来了。"

后来，朱舜华由刘少奇、杨开慧介绍，加入了共产党。

离开清水塘后，朱舜华经毛泽东、杨开慧介绍，她与共产党人贺恕结婚。婚后，被派往水口山矿工作，被反动派逮捕，遭受酷刑，腹中胎儿被踢死，后来工人们冒死将奄奄一息的朱舜华救出。长沙"马日事变"后，朱舜华在衡阳北乡庙溪山领导农民武装斗争。敌人多次抓她没有得逞，把她年仅三岁的儿子砍死，一个女婴被奶妈抱走下落不明……

历史皱褶常常遮蔽着一些人和事。

1927年1月15日，毛泽东到衡山县城会见朱舜华。朱舜华说起她有个表兄受国民党追捕逃进了江西井冈山，那儿山高林密，地势险要，国民党鞭长莫及。毛泽东从此有了井冈山的信息，后来带领部队到了井冈山。

清水塘有一个种菜的人，引起何宝珍的好奇。

毛泽东吃这个人种的菜，清水塘的人吃这个人种的菜，长沙人都吃这个人种的菜。

他叫陈树湘。

他住的地方与清水塘隔着一道小山岭。陈树湘每天去毛泽东的住地清水塘挑水送菜，毛泽东和杨开慧喜欢上这一个性情开朗、直言直语、诚实敦厚的青年人。毛泽东有时随地盘腿坐下，与他一块吸烟一块聊天。

毛泽东对何宝珍说："要了解中国实际情况，首先要了解农民的疾苦，中国是一个农民大国。"

陈树湘见到何宝珍大大咧咧的，没有一般农民胆小、畏缩怕见人的神情。他还发现，这个姑娘与来清水塘的一些知书达理的人一样，对他这个不识字的土里土气的老百姓十分客气、谦恭，闹得他都不好意思了。

何宝珍想，小小清水塘，却是龙的世界；中国的一批社会精英经常出没这里，陈树湘耳濡目染，岂能不受到教育？

何宝珍与陈树湘走得很近，她除了帮助毛泽东处理一些文字材料，只要有时间就帮陈树湘在地里拔草、浇水、施肥。一次，施肥时不小心弄脏了衣服，陈树湘搓着手不知怎么是好，连连说："都怪我不小心。"

何宝珍失笑说："和你没关系，我自己弄脏的，洗一洗就干净了。"

陈树湘几乎什么话都愿意给何宝珍这个小妹妹讲。

陈树湘是长沙郊外的长沙县福临铺人，自幼不识字，但懂得很多革命道理。五岁时，他母亲病逝。八岁到一个地主家当小长工，放牛、割草，样样都干。一年大旱，田里颗粒无收，他随父亲流落到长沙市小吴门外陈家垅，种菜、宰猪、帮厨，艰难地过日子。他每天卖完菜后，常去街头听学生演讲，看学生的新剧演出，有时深夜也不知回家，被反帝反封建爱国的浪潮深深地感染着。认识毛泽东和杨开慧后，见得多了，了解得多了；他还认识常来清水塘的何叔衡、李维汉、周以栗、滕代远、郭亮、毛泽覃等人。这些人太有文化、太有才了，他们懂得中国发生的大事，还懂得世界上许多大事。他听了既新奇又激动，思想开了窍，愿与他们来往，跟随着他们闯世界。陈树湘加入了社会主义青年团。他白天下地种菜，晚上挨家串户，组织菜农搞农民运动。他还会编歌谣，让农民听得懂受教育："做长工，做短工，一年到头两手空；挑担子，拉车子，一年到头饿肚子。"

后来，他跟随毛泽东去浏阳，参加了湘赣边界秋收起义，然后上了井冈山。

1935年5月，在第五次反“围剿”中失利的中央红军，抵达国民党军重兵布防的湘江边，陈树湘任师长的红五军团三十四师掩护中央军委和中央纵队突围，六千个红军战士，用生命的鲜血染红了潇水。陈树湘腹部中弹，肠子拖了一地。他被敌军捕获，不甘愿做俘虏，拉断自己的肠子，壮烈而死。时年二十九岁。

7

清水塘又来了一位年轻人。

这人是刘少奇。

他是从上海来长沙的。

时间，1922年7月，炎热的七月。中国三大“火炉”城市之一的长沙，天气闷热难耐。

一路上，不停地坐车赶路，刘少奇到了清水塘已十分疲惫。他喝过杨开慧递来的一碗温开水后，不顾劳顿，不顾炎热，不顾身上的汗水，开口就说要见毛泽东。

杨开慧安抚说：“你和润之一样，都是急性子，干工作恨不得立竿见影。放心，润之从学校马上赶回来。”

刘少奇回湖南工作，是受中共中央执行局书记陈独秀派遣，任中共湘区委员会委员，到湘赣边界的安源路矿，协助李立三领导工人运动。刘少奇刚刚从莫斯科东方大学进修回到上海，去中国劳动组合书记部报到，这时恰逢中国共产党第二次全国代表大会第一次全体会议在上海召开。会议一结束，在英租界成都路附近的一所房子里，陈独秀找刘少奇谈了话。事业之火呼呼燃烧，刘少奇在上海不愿多呆一天，想立刻投身到工作中去，他当天坐上火车，奔向长沙。看着车窗外迅速后移的茅屋、农田、小路上的老人，他有点乡愁了，想念起父亲母亲。离开家乡几年了，他们怎么样，母亲有时犯头晕，父亲肠胃不好……他心沉了，有点内疚。二老日渐衰老、眼花耳背，鬓角泛白，可他这个儿子呢，几年没有回家，天天在外面奔波，而且父母还不知道他在外面做些什么。他想，应该尽可能多地回家看看，与老年人坐在一起说说亲热话，多照顾一点他们，尽点孝心。父母对儿女能求什么，其实，他们什么都不求，只要孩子活得好，平安和健康，他们就满意了。他想，可怜天下父母心，他们希望儿女能干一番大事业，但又暗暗地埋怨儿女不常回家……

这次，刘少奇又没有回家，迫不及待地来到了清水塘22号，向毛泽东转交二大会议文件，传达二大会议精神。他想，终究有一天，父母会知道我在干什么，会理解自己的儿子……

毛泽东本来应该参加二大会议，因为上海白色恐怖，使共产党组织无藏身之地；他没有找到开会地点，只好空手而归。

清水塘，成为毛泽东与刘少奇第一次握手的地方。

毛泽东从外面大步流星赶回来，刚进门，刘少奇站起身，离开椅子，迎上前，一把握住毛泽东一双大手，兴奋地说："你是润之先生?"

毛泽东眼睛里闪耀着喜悦，说："你是少奇先生?"

两人虽未曾谋面却是神交已久，一见如故。

刘少奇说："早听说湘潭润之先生了。你搞工运、对农村和农民问题的研究分析，在党内很有影响，你和开慧办的《湘江评论》，我是忠实读者啊。"

毛泽东呵呵乐道："我俩是惺惺相惜啊……"

两双扭转乾坤的大手握了又握。这一握，一个伟大的事件即将在中国大地上发生。

1921年7月，在嘉兴的南湖那次具有历史意义的大会上，中国共产党决定集中力量开展工人运动，并成立了公开领导工人运动的机构——中国劳动组合书记部。当时江西还没有共产党的组织，安源路矿与湖南长沙近在咫尺，联系密切，就把发动安源工人革命运动的重担，放在了中共湖南党组织的肩上。湘南区委书记毛泽东秘密做着安源工人革命运动前夕的准备工作。1921年的秋天，二十八岁的毛泽东穿着一身青布长衫，背着一个小布包，以走亲访友的名义来到安源，走家串户，下矿井，钻煤巷，发动工人，要在安源点燃中国工人运动的冲天大火。这就是有名的“毛泽东第一次来安源”。

毛泽东对安源煤矿上上下下情况很熟悉。他递一把蒲扇给刘少奇，自己也慢慢地摇着蒲扇，笑容可掬地说：“中央同意，需要派一名得力的人去安源，协助李立三加强对罢工斗争的领导。那里罢工的条件比较成熟，饥饿的工人们全部发动起来了，好像一堆干柴，罢工的燎原烈火，一点就烧。区委决定，成立安源煤矿罢工总指挥部，李立三同志担任总指挥，矿上工人朱少连同志担任副指挥，由少奇同志前去担任路矿工人俱乐部主任、工人们的全权代表。”

刘少奇摇着蒲扇，说：“在上海，陈独秀给我讲了一些安源煤矿开展工人运动的情况，说你几次深入安源路矿调查，对那里非常了解。他特别提到你‘哀兵必胜’的策略，我觉得很有道理，准备写一个《萍乡安源路矿工人罢工宣言》，它的大意是我们要活命，我们要吃饭，现在我们的命活不成，饭吃不饱，我们只有从死中求活，迫不得已以罢工为手段……”

毛泽东边听边频频点头，说：“兄弟齐心其利断金。如果我们的工人没有团结起来，就像一些小石头，资本家一脚就给踢开了。如果我们联合起来，就成了一个大石头，还能搬得动吗？”

刘少奇继续说：“最后将提出十七项复工要求的条件，公开贴出去，引起社会上广泛的同情与支持。”

毛泽东兴致勃勃，点上一支烟，说：“好，未雨绸缪，有理有节，有张有弛，可行。”

话锋一转，毛泽东又从安源工人的痛苦生活，谈到安源工人渴望解放的要求，从对工人进行启蒙思想教育，谈到组织工人革命团体、领导罢工的具体策略。毛泽东希望刘少奇依靠安源的党组织和工人群众开展工作。

刘少奇说：“我什么时候可以去安源？”

毛泽东深深抽口烟，若有所思地说："莫急。小住几日，有些事情我们再仔细斟酌一下，磨刀不误砍柴工嘛。再说，你刚来，屁股还没有坐热，马上走了，外人知道，还不说我毛泽东也太不近人情喽?"

刘少奇禁不住笑了。

他留在了清水塘。这一留，于是诞生了九十多年前中国共产党人可歌可泣的一段红色恋情。

刘少奇与何宝珍生生的两端，在清水塘邂逅相遇后，彼此就连在一起，站成了岸。

从小吴门正街船山学社内的湖南自修大学学习回来的何宝珍，一进入清水塘22号的屋内，看见了毛泽东正在接待一位二十多岁的青年人。她见这位青年人，身材修长，着蓝色竹布长衫，脸带"目"字形，鼻子高，眼睛大，一头西式长发，给人一股英俊、沉稳、坚毅的感觉。

何宝珍走进杨开慧的住屋，好奇地问："开慧姐，办公室坐的那位青年人是谁呀?"

"宝珍，你来了。"杨开慧放下手中正在看的书，用手拍了拍旁边椅子，说："来，坐下说话。"

何宝珍应声坐了下来。

杨开慧看着她说："他呀，叫刘少奇，宁乡花明楼炭子冲人。他与任弼时、罗亦农、萧劲光他们在莫斯科东方劳动者共产主义大学学习刚回来，担任湘区委员会委员。"

何宝珍面露羡慕神情，说："他们真幸运，能到共产主义发源地去。呵，这对我来说，像做梦一样，是不可能的。我要是能去共产主义大学看上一眼这辈子就足够了。"

杨开慧笑着说："你才多大年纪，就说这一辈子? 年纪轻轻的，好好学习，多努力，理想一定能实现。"

"真的?"何宝珍兴奋得脸颊上焕发出光彩，"托开慧姐福口了，我一定会好好学习，勤奋工作，创造好条件，争取去莫斯科。"

“嗯。”杨开慧赞同地点点头。

何宝珍说：“到时候，你让润之先生举全力推荐我哦……”

说了这话，何宝珍和杨开慧都会心地笑了。

杨开慧的房间是她与毛泽东的卧室，与毛泽东的办公室只是一板之隔。何宝珍和杨开慧的笑声让隔壁的毛泽东听到了，他隔着板壁，诙谐地说：“谁笑的啊，不让我和少奇说话了？”

这边，何宝珍向杨开慧伸了伸舌头，扮个鬼脸，捂住嘴偷乐一下。

这时，毛泽东喊道：“开慧，你和宝珍过来一下。”

何宝珍与刘少奇第一次见面了。

毛泽东刚把何宝珍介绍给刘少奇认识，何宝珍马上自我介绍道：“何宝珍，在衡阳三师因揭露校长欧阳骏治校无方和贪污腐化被开除了。无家可归，暂住在这里，现在船山学社内的湖南自修大学学习。”

刘少奇很谦逊地介绍自己：“刘少奇，刚来湘区委工作。”

相互介绍完了，何宝珍和刘少奇静默无语。

恒静无言，似水无痕，但，其中蕴藏着的感情力量岂是能轻易度量出来的。

谁说蝴蝶很美，终究飞不过沧海。沧海大不过心灵，美丽的蝴蝶能飞过心灵。

何宝珍给刘少奇第一印象很舒服。她齐耳短发乌黑，大眼睛，小圆脸，身穿短衣长裙的青色学生装，举止大方，给人以“秀外慧中”的印象。

刘少奇给何宝珍第一印象极好：举止不凡，气质不俗，笑容可掬，温文尔雅。

毛泽东扇着蒲扇，笑道：“少奇、宝珍怎么不讲话了？你们都是精英啊，一个是莫斯科东方劳动者共产主义大学学习回来，一个是衡阳三师和湖南自修大学的高材生。”

杨开慧说：“少奇，何宝珍是社会主义青年团员，湖南学联领导人之一。”

“开慧姐，”何宝珍不好意思地插话道，“你别再夸奖我了，我离你和润之先生的要求差远了。”

杨开慧要详细介绍刘少奇时，刘少奇极其低调，说：“我学识短浅，修养不足，润之先生才是我们学习的榜样。”

“好了，好了。”毛泽东摆了摆手中的蒲扇，“二位都不必谦虚，今后大家相互学习，取长补短，好吗？”

“宝珍，”毛泽东用蒲扇朝何宝珍招了招，“现在秋高气爽、枫叶正红的时候，有时间的话，你陪少奇到岳麓山上爱晚亭和岳麓书院走走、看看，那儿既可读书，又可纳凉，是个好地方哟。”

爱晚亭和岳麓书院在湘江西岸岳麓山半山腰上，爱晚亭属江南四大名亭，岳麓书院是中国古代著名四大书院之一。北宋开宝九年（976），潭州太守朱洞在僧人办学的基础上，正式创立岳麓书院。嗣后，历经宋、元、明、清各代，至清末光绪二十九年，就是1903年，改为湖南高等学堂，尔后相继改为湖南高等师范学校、湖南工业专门学校，1926年正式定名为湖南大学。历经千年，弦歌不绝，故世称“千年学府”。

毛泽东对爱晚亭和岳麓书院情有独钟。

1918年6月，毛泽东同蔡和森从湖南第一师范毕业后，一块寄居在岳麓书院半学斋，经常邀同学少年、知心好友在爱晚亭吟诗作赋，高谈阔论……他们站在高高的殿堂里，激情洋溢地谈将来怎么样用好岳麓书院，还要扩建岳麓书院，改成“岳麓新村”。

岳麓书院开放式大厅设有讲堂，檐前悬挂一幅大匾，上面写着“实事求是”。这四个字，后来对毛泽东的思想形成起到了巨大的影响。1937年，毛泽东在延安抗日军政大学讲课后，曾仿岳麓书院，书写“实事求是”作为该校的校训。

何宝珍领着刘少奇在长沙走街串巷。营盘街、黄兴路、文庙坪、望麓园，勾起了刘少奇少年时在长沙求学的记忆，心潮难以平静。刘少奇又打量起眼前的何宝珍：端庄秀丽，有气质，朝气蓬勃，笑起来非常逗人喜爱。二十四岁的刘少奇心中掠过一丝舒畅的凉爽，一条街、一条巷、一棵树，还有滔滔北去的湘江，在他眼中变得格外亲切和美好。

他们来到岳麓书院，刘少奇被“实事求是”的匾额吸引。他说：“这四个字出自《汉书·河间献王传》，毛润之对它情有独钟。”

何宝珍惊讶了，“你怎么知道?”

刘少奇笑而不语。

何宝珍凝视着刘少奇的背影，赞叹：真是满腹经纶，他和润之先生都像书院大门两旁对联上写的一样，“惟楚有材，于斯为盛”。

时光的河流从两个人之间静静流淌过去。

毛泽东是个极细致的人，观察入微，把何宝珍和刘少奇相互间流露的爱慕之情记在心里。他对杨开慧说：“宝珍和少奇是多么好的一对，他俩之间感觉好像真好似的。”

杨开慧说：“什么‘感觉好像真好似的’，看不出来吗，就是好嘛。他们年纪不小，也该谈婚论嫁了。”

毛泽东说：“我当回月下老人，撮合一下，让有情人终成眷属嘛。”

8

刘少奇被安源路矿工人俱乐部的负责人、共产党员朱少连接到了安源路矿。路矿工人运动暗潮涌动，一场震惊全国的罢工开始了。

不知怎么，何宝珍总是惦记安源路矿工人大罢工，耳边响着罢工的火车汽笛的长鸣声，惦记着刘少奇的安危。在静夜的油灯下，在窗外的细雨中，在杨开慧、毛泽东、毛泽建、朱舜华他们轻轻熟睡时，她会想起他。刘少奇走进了一个姑娘的心。她在梦中见到了刘少奇，醒来后，还不愿睁开眼睛，用心细细享受每一个细节。

安源路矿工人罢工比何宝珍想象的还要波澜壮阔，惊心动魄。

9月14日凌晨2点，安源煤矿东平巷的供电中断，井下的电灯全部熄灭，工人们高举着斧头、岩尖潮水般冲向当时的路矿当局办公大楼。工人们齐声高唱《我们不是牛马，我们是人》。歌声从上万个人喉咙里迸发出来，像咆哮的江河，山呼海啸，摇撼着矿山，摇撼着路矿办公大楼那栋西式建筑盛公祠。

安源路矿一万七千多名工人参加了大罢工。一罢工后，李立三被通缉，工人把他藏起来，所有党员都躲起来了。刘少奇刚来，人也不认识，俱乐部只剩下他一个人，罢工中出现的各种问题不断涌来，要他当机立断，马上解决。

路矿当局借口亏损，拒绝工人们提出的三项要求中的第三项——增加工资。

罢工深入发展，所有矿井面临全线瘫痪。

路矿当局顶不住了，答应与工人代表谈判。

刘少奇代表一万七千多名工人，在武功好、威信高的工人袁自成陪同下，他穿过两侧全是长枪和刺刀的走廊进入办公大楼后，矿长和戒严司令以审问的口气质问："你们俱乐部为什么要鼓动工人作乱？"

刘少奇义正辞严地讲清了工人为什么要罢工。

戒严司令听后威吓道："如果坚持作乱，就把刘代表先行正法！"

面对死的威胁，刘少奇严正回答说："万余工人如此要求，虽把我剁成肉酱，也是无济于事！"

这时，大楼外近两万工人大喝："谁敢动刘代表半根毫毛，我们就打得路矿两局片瓦不留！"

矿长被斗败了，丧气地垂下脑袋，在最后达成的十三项协议上签了字，历时五天的大罢工取得了完全胜利。

9

进入秋天了。

刘少奇到长沙清水塘向毛泽东汇报工作。毛泽东请刘少奇吃饭，让杨开慧专门从船山学社喊来何宝珍。毛泽东油爆了一个辣子，杨开慧亲手烹饪几个特色菜。刘少奇一坐下，就被长沙的红烧肉、水煮鱼、酸辣土鸡和油爆辣子飘出的香辣味吸引，说："润之先生，你怎么知道我的喜好，多年未尝家乡菜了。”

毛泽东满面春风，“今天要为安源大罢工胜利搞个庆功宴。安源工人称你有十三块金牌护身，你不愧为一身胆量的刘代表，我自备酒席，为你接风洗尘。”

刘少奇笑着说：“你和开慧太盛情，我都不好意思了。”

毛泽东笑道：“你要好好地感谢开慧，今天这顿美味是她寻思琢磨着做出来的。”

刘少奇说：“润之先生好口福，有开慧这样的贤内助。”

毛泽东拿出一瓶酒，笑着说：“我平时不善辣酒，听说少奇和我一样，也不胜酒力。不过，今天呀，是个特殊日子，为我们的有功之臣庆贺，值得值得，我用稿费专门买了一瓶浏阳河酒，开个洋荤，搞一次‘革命’，同享胜利喜悦。”

刘少奇拿起一个小碗，让毛泽东倒了一些酒。毛泽东饶有兴致地说：“宋高宗时期的浏阳知县杨时，高度评价浏阳河酒，为浏阳河酒赋诗《淮上独酌》：‘棉纤晚雨洗轻尘，天淡云浮夜色新。赖有曲生风味好，不须邀月作三人’。”

刘少奇边听边点头，他知道毛泽东在诗词上有极高的造诣，同时，诗词写得好，有豪气、有气派，他还钦佩毛泽东博览群书，熟读中国古代历史典籍。

杨开慧望一眼何宝珍，对刘少奇说，“润之专门让我请来宝珍陪你。”

何宝珍用热热的眼睛望一下刘少奇，微笑着说：“荣幸之至。”

毛泽东插话道：“宝珍，开慧是个有心人，还给你做了一个道县菜哩。”

“真的呀?”何宝珍惊喜得眼睛发亮说，“那我可要多吃点。”

喝酒吃菜了。

毛泽东用筷子指着一盘粑粑菜，笑道：“请少奇介绍宝珍家乡道县的粑粑菜。”

何宝珍感动说：“开慧姐，我从小吃过粑粑菜，可从来没有做过，你怎么会做的？”

杨开慧笑着说：“你听刘少奇说吧。”

刘少奇说：“润之先生，我……”

毛泽东挥挥手中筷子，说：“说嘛……”

刘少奇说：“先把粑粑菜用水淘洗，切细碎，蒸熟，再搅拌进糯米粉里，加适量的糖，和成团，蒸熟就是了。”

何宝珍好奇地问：“少奇先生，你是宁乡人，怎么对我们道县菜这么熟悉啊？”

毛泽东、杨开慧哈哈大笑。

刘少奇急忙给何宝珍夹上一筷粑粑菜，又夹上一块土鸡，笑着说：“多吃点我的家乡菜。”

何宝珍大口吃着，聪明地说：“我看出来了，一准是润之先生和开慧姐帮你的忙。”

刘少奇笑了笑。

何宝珍吃上一大口土鸡和辣子，说：“宁乡的菜比我们道县菜辛辣。”

“呵呵，”毛泽东吃了一大口辣子，风趣地说，“我们湖南人，就是有两不怕：一是不怕辣，二是不怕杀啊……”

杨开慧让何宝珍喝酒，何宝珍说：“我不常喝酒。”

毛泽东给她端上一小盅酒，笑道：“道县男女出酒神，闻名湘南。宝珍，今天喝酒你是主角，可不兴赖账。”

“舍命陪君子。”何宝珍接过酒盅，痛快地一口喝下去。

毛泽东和刘少奇又聊起安源路矿罢工，毛泽东称赞刘少奇临危不惧，组织领导得好。刘少奇笑着说：“我刚到安源，参加斗争，不可能一开始就了解全貌、把握全局，只有向工人了解情况，向工人学习。其实是他们领导我，哪里是我领导他们！”

刘少奇的话语、思想，都流露出一个共产党人的气质风格。

毛泽东肯定说："我们共产党人并非一开始就是未卜先知、大智大勇的'超人'，革命经验是在斗争中积累的。安源路矿罢工取得斗争的最后胜利，是少奇他们在实践中锻炼、摸爬滚打的结果。"

何宝珍心中受到了震撼，仿佛看到刘少奇迈着坚定有力的脚步穿过两边都是荷枪实弹的矿警，他在安源路矿矿务局的谈判桌子上，面对着矿山笼罩的层层乌云，面对着矿局高昂头颅的土豪们，面对着矿警架起来的两挺重机枪，泰然自若，义正辞严，以一当十，舌战矿长李镜澄、副矿长舒修泰，还有总监工叫王三胡子的王鸿卿。六十岁的李镜澄西装革履，头发梳理得纹丝不乱，胡须刮得精光，看起来文雅、和善和稳重，其实阴险狡诈；舒修泰留着八字胡子，留着小分头，穿着白布褂子，一副粗鲁和缺少修养的样子；王三胡子一脸络腮胡子，腰扎铜扣宽皮带，头戴黑礼帽，身穿一件麻绸褂子，口里还镶一颗大金牙，一副霸气和匪气的流氓样子。刘少奇周围是一个野狼窝，瞪眼龇牙的都是魑魅魍魉，他们随时随地能施出什么下流事情来啊，一个二十四岁的青年刘少奇怎么就一身肝胆不怕呢，还能应变自如，稳操胜算……

刘少奇在一个年轻姑娘心中越发高大起来。

何宝珍端详着刘少奇的脸、眼睛、鼻子、嘴巴，端详着他的满头黑发，端详着他脸上平和的笑容。她暗暗钦佩：真了不起，叱咤风云，把生死置之度外。更让何宝珍赞叹的是，刘少奇做出这么大成绩，简短数言，谦虚无华，亲切实在，没有一点神化和拔高自己，把一切成绩归之于群众，自己退到群众的后面，把自己融入组织之中、群众之中。

少奇啊，你的心胸为什么这样宽广、境界这样高，要知道，你仅仅比我大四岁啊！何宝珍动情地凝视着刘少奇。

何宝珍对刘少奇的深情和肺腑之语，让当时和今天的共产党人看到，安源路矿大罢工，刘少奇是在全国革命低潮中"硕果仅存"的成功工会领导者，他勇敢地承担起重任，使各方面工作卓越而稳定地开展起来，安源大罢工也因“未伤一人，未败一事，而得到完全胜利”，成为“幼稚的中国劳动工人运动中绝无而仅有的事”而载入史册。小小的安源，是我党早期革命的摇篮，在党史中占有重要地位，因此有“小莫斯科”之称。工人运动培养的大批工人，后来把我党第一个产业工人支部、第一所党校、第一支工人武装、第一个消费合作社搞得有声有色，还发展、掩蔽和为革命输送了大批党员干部。那几年，安源的党员数量最多时占到全国的三分之一甚至一半，再后来成为秋收起义的中坚力量。萍乡多次为革命输送力量，因此成为中国革命的策源地之一。

历史，都是当代史。

刘少奇领导的安源路矿大罢工的胜利还告诉我们，党的领袖是从人民群众中走出来的实践家，他们始终走群众路线，注重调查研究，从活生生的斗争实践中寻找答案，制定政策，推动工作。这对我们今天的改革开放事业，也是重要的启示。

看轻自己，是一种修养，一种风度，一种境界，一种成熟，一种淡泊。

何宝珍对刘少奇的爱慕，被毛泽东、杨开慧全都看在眼里。

毛泽东对何宝珍说：“宝珍，少奇是一个有勇有谋、有胆有识的革命者，你可要好好地向他学习哦。”

何宝珍大大方方地说：“天天说做革命者，这才是真正的革命者。”

毛泽东笑道：“对喽。”

刘少奇连连摆手说：“我从莫斯科东方劳动者共产主义大学才学到几点真经，润之先生才是真正的革命者，我们要向润之先生学习才是真的。在安源，工人们至今能背上润之先生说过的话，‘每个人是一根筷子，如果捆成一捆的时候，就变成了整体’。”

何宝珍快言快语，“润之先生、开慧姐、少奇先生，你们都是我的良师益友。”

来也匆忙，去也匆忙，刘少奇又回安源了。

只要有机会，毛泽东就把刘少奇和何宝珍撮合到一起。他俩在一起时，何宝珍内心有一丝丝的悸动，她都会好好保留。她十分珍惜他们相聚的所有时光。

毛泽东决心要当好“月下老人”，他用了一个心思，“一石二鸟”，派何宝珍到刘少奇的家乡宁乡县做社会调查。何宝珍心里有数，毛泽东是在故意拉近她和刘少奇之间的距离，让她多了解刘少奇，增进感情，同时，让她深入社会，在实践中得到锻炼。何宝珍常常根据调查来的材料，写成文章，交给毛泽东修改，然后在报上发表。

何宝珍心里一直把毛泽东当做自己的兄长，无话不说。谈话之中，何宝珍常常流露出对刘少奇的好感。

时光荏苒。

何宝珍从湖南自修大学学习毕业了。这一天，毛泽东把何宝珍叫到跟前，问道：“你对刘少奇同志的印象怎样?”

何宝珍面带羞怯地回答：“蛮好的。”

毛泽东问：“愿意与他共事吗?”

何宝珍乐意地点点头。

毛泽东微微笑了笑，说：“安源路矿从去年9月大罢工胜利以来，工人们都踊跃参加俱乐部，形势很好。不过，现在那里工作非常紧张，也迫切需要有文化的女同志去做工人文化补习工作，经湘区委研究，认为你去是最适合的。你的意见如何?”

何宝珍没有犹豫，立即说：“我愿意到工人中去锻炼，只是没有工作经验，怕辜负了湘区委的重托。”

“组织上相信，你会很快熟悉那里情况，把工作做好的。”毛泽东见坐在面前的女青年生机勃勃，一副初生牛犊不畏虎的样子，从心底里感到欣慰。他叮嘱：“宝珍，你必须记住，要在实践中学习，要想当群众的先生，必须先当好群众的学生。自己虚心一点，与工人打成一片，大家一定会欢迎你的。”

何宝珍听得认真，坚定地说：“放心吧，我一定遵照润之书记的教导去做。”

毛泽东满意地点了点头，“明天刘少奇同志正好来长沙，到时你和他一道前往安源，路上也好有个伴嘛。”

何宝珍郑重地点点头，她心里清楚，自己去安源，除了革命的需要之外，其实这也是毛泽东为她创造条件，能与刘少奇一块儿战斗，多接触，多了解，加深感情，促成两个有情人早点走到一起。

临近离开清水塘，毛泽东、杨开慧介绍何宝珍加入共产党。她在鲜红的党旗面前，对着镰刀与斧子，举起右拳，心潮澎湃，庄严宣誓：“努力革命，遵守党纪，牺牲个人，永不叛党……”

第三章 奔腾不息的心灵

10

安源用漫天浓郁的暮霭和淡淡的雨雾接迎着我这个拜访者。

山上山下万家灯火点亮时，这才使我看到久仰的安源路矿模糊的轮廓。

安源路矿，曾经因为一张油画而把它记住。

1961年国家博物馆交给当时的中央美院油画系副主任、著名油画家侯一民先生《刘少奇和安源矿工》的绘画任务。他三次前往安源，了解掌握刘少奇二十四岁作为工人代表领导了安源大罢工的史料。第一稿画得不太满意，题目是“刘少奇一身是胆”；第二稿题目是“刘少奇和安源矿工”，重点放在“我们不要做牛马，我们要做人”这样的动人场面上。画中的很多人都是由当时的人做原型的，画中人物的服装是最典型的，侯一民还给他们多穿了点衣服，当时是“矿工头上三尺布，下矿包包头，上矿遮遮羞”，拖着煤斗，在井下，井下水很大，说他们是“水老鼠”，在水里爬，就露着一个头，这些东西都深深地感动着侯一民。绘制《刘少奇和安源矿工》时，侯一民把他们画进去，此画经历史博物馆展出后，人民美术出版社便出版发行。1962年至1965年三年之内，印数总计十七万张，为回放刘少奇作为“中国工人运动的领袖”形象起到了极大的宣传作用。

命运都在“但是”后面。

1966年“文革”兴起，刘少奇遇到了挫折，《刘少奇同志与安源矿工》无疑成为“反动油画”。侯一民遭到批判了，被吊起来毒打，要求他肃清余毒。侯一民为了“将功补过”，拿起画笔画了《毛主席和安源工人在一起》。党的十一届三中全会后，《刘少奇同志与安源矿工》的冤案得到平反，这幅画被称为中国革命史尤其是中国工运史的主要图像。

我想象中的安源和看到的样子没有太大出入，一个山坳里，挤满大大小小的房屋，雾中依山势而建的房屋时隐时现。安源路矿有点太陈旧，以致陈旧得有点凄凉。时光改变一切，但没有能改变安源煤矿今天还在出煤……

举着雨伞，摸着黑，我到了毛泽东曾经居住过的房屋旁边，来到毛泽东第一次到安源的一个叫八方井44号的老房子里。当时这个房东叫毛紫云，和毛泽东是老乡。毛紫云的父亲和毛泽东的父亲曾经一起在湘潭做米生意，毛泽东就以教书先生的身份住到他家里。著名的总平巷是煤矿进出的总巷道，在矿洞口，我站立了好一会儿，心里萦绕一种莫名的滋味。

历史进入到生命中，时间就无法毁灭。在现代化的光源里，恍惚中，在安源路矿工人俱乐部的明暗交错处，我看到朝气蓬勃的刘少奇、何宝珍大踏步地走过来……

小雨轻轻地洒下来，我感到了历史的厚重。

11

1923年12月末，这一天是什么样的天气已无从查阅和考证了，也许是天气寒冷，朔风逼人；也许是阳光明媚，腊梅花开；也许是乌云缭乱，细雨纷飞。

何宝珍带着一把油纸伞，臂膀上挎着一个小花布包，她与自己崇敬的人单独地坐着一趟火车，肩并肩几乎没有距离地在一起说话，心里有说不出来的兴奋和喜悦。刘少奇讲述那些苏联遥远的旅行，不寻常的经历，他俩还一道讲小时候做出的顽皮事情，讲那些不可思议的幻想与梦想，让彼此会心一笑。

他们下了火车，原本可以坐人力车去安源路矿，刘少奇提议说："火车站到路矿上没有多远，我们走着去，路上说说话怎样？"

何宝珍说："正好，我喜欢走远路。"

安源路矿的寒风扑到脸上，冷得又疼又麻。何宝珍走在寒风中，内心里燃烧着事业和感情的火焰，身上一点不觉得冷。

一路上，两颗奔腾不息的心灵不停地燃烧。

寒风料峭，荒野上挺立的腊梅花，吐出爱的粉黄的花瓣，那是信仰的光芒。

刘少奇说："自从今年2月7日京汉铁路工人大罢工遭到军阀吴佩孚的血腥镇压后，全国的工人运动转入低潮。这次去安源既要整顿内部，振奋工人们的精神，又要对付军阀和资本家的破坏，工作复杂，任务艰巨。宝珍，你需要尽力，帮助打开局面。"

何宝珍望着刘少奇说："情况虽然复杂，我知道你是有办法对付的。我既然来了，一切听你的，只要革命有用得着我的地方，逢山开路，遇河架桥。"

刘少奇笑道："呵呵，倒底是道县人，旷达爽快，侠骨柔情，名副其实。"

何宝珍开朗地说："别看我是女子，我是不怕邪的人。从小在县里女子小学上学，我们小学与国民小学进出走一扇大门，有几个男生经常故意坐在门槛上不让女生出入，女生气得在学校门边掉泪。我看见了，气不过，一步从男生的头上跨过去，以后再也没有男生敢坐在门槛上阻挡女生出入了。"

刘少奇说："从你身上能看出一点英武之气。"

结识何宝珍后，刘少奇在平常工作和生活中，只要接触到有关道县的人和事，都显示出浓厚的兴趣。他对道县已经有了初步了解。

他用欣赏的目光看了看何宝珍，像阅读着一本文化历史深厚的道县大书，品赏着道县濂溪里一缕莲花的馨香。在古代道县，有文以载道的文庙，也有弘扬忠义的武庙相对。耕读传家，习武保家。道县习武之风盛行，演练刀剑、棍耙凳及拳术之人，在乡间巷尾随处可见。乡间家祠堂门口，醒目的除了为进士的刻立石牌和下马石桩外，还有武科秀才、举子练武的粗重石锁、石凳等。道县人非常会做菜，相对"辣椒炒辣椒"的湘北人来说要清淡不少，爱大碗喝酒大块吃肉，说话听上去很冲人，性格粗放豪气。湖南人性格被称为"霸得蛮"，道县人能称得上"蛮中蛮"。

刘少奇感慨说："我欣赏道县人。"

何宝珍说："欣赏什么？因为周敦颐和他的《爱莲说》吗？"

"有这因素。"刘少奇说，"道县人以有周敦颐为骄傲，喜欢莲花；你想想，喜爱莲花的人多有品格和气质。我还喜欢像你一样的道县人，大碗喝酒大块吃肉，直来直去，对人真诚实在。"

"你这么了解我们道县啊。"何宝珍一扬头发说，"其实，你们宁乡人性格和我们道县人差不多。"

"噢。"刘少奇感兴趣地盯着她。

何宝珍与刘少奇一样，自从敬仰了刘少奇，对大凡是宁乡人都充满好感，平时杨开慧只要说到宁乡一点事，她就会打破砂锅问到底，打听宁乡各种各样的事情，弄得杨开慧打趣说：“你呀，万问不离其宗，关心的肯定是刘少奇。”

这时，何宝珍在刘少奇面前，打开话匣子就收不住，说：“宁乡人特点，从不认为长沙人、上海人、北京人比自己厉害，宁乡人倒有点佩服江浙人；在外的各行各业的宁乡人大都是外地人佩服的对象。宁乡人吃得苦中苦，甚至能以苦当甜，以苦为乐。宁乡有句俗话叫做‘有样学样，无样看世上’；宁乡人特别善于借鉴和学习，更可贵的是学了别人的样还能改进完善，这也是宁乡人的聪明之处。‘笑愚不笑贫’，‘有田不种仓廪虚，有书不读子孙愚’，这一谚语在宁乡家喻户晓。无论贵贱，无论贫富，各行各业，家家户户，送儿女子孙上学读书早成风气，即使屋破断炊，砸锅卖铁也要读书，也要升学。”

“呵呵，”刘少奇开心地乐了，“你真是不出门皆知天下事，快变成宁乡人了……”

何宝珍嘴角绽出笑容，“湖南人谁不知晓宁乡人。”

刘少奇点头称道：“是的，湖南人谁又不知道县人。”

两人脚步轻松，走得很快。

刘少奇沉思片刻，又补上一句：“宁乡人还有一个特点你不知道，宁乡人不仅会读书，还会喂猪。”

何宝珍诡异地笑了，“那我不会去宁乡喂猪的。”

二人笑得前仰后合。

一阵儿，何宝珍又说：“我有一个想法，不知道好不好。”

刘少奇马上问：“你说。”

何宝珍说：“如果下一步你再和路矿资本家谈判，带上我，做你保镖，怎么样？我小时练过拳脚，我想不会比你保镖袁自成差多少的。”

刘少奇望了望她脸上神采飞扬的样子，幽默地说：“好，我同意，说定了。”

安源镇半边街上的路矿工人俱乐部迎接了新调来的女教师何宝

珍。工人俱乐部是新盖起来的楼房，最早地点在安源镇牛角坡25号，刚迁过来。

安源路矿有两座楼房被工人们说成是办公楼，一座是路矿局的三层办公楼西式建筑盛公祠，一座是俄式结构的路矿工人俱乐部。工人俱乐部小楼，方方正正，是砖木结构的，有十四个房间，楼下为裁判委员会、会计股、庶务股、纠察团办公室；二楼是主任团办公室、总代表会议室及刘少奇的卧室。后栋为影剧场兼讲演厅，是仿莫斯科大剧院式样的四层轿顶式楼房，砖木结构，是安源工人凑钱捐工、由刘少奇自行设计建起来的楼房，内部四周是走廊，一楼宽敞，可容纳八百人，二、三层三面都能看到舞台。这是中国工运史上第一座工会大楼。

俱乐部主任李立三是个大个子，他把宽大的手伸向迎面走来的何宝珍，喜笑颜开地说："欢迎宝珍同志来工作啊。"

何宝珍大方地微笑着，"一切都听你的，李主任分配任务吧。"

李立三说："清水塘22号来人就是不一样，有朝气，有干劲，还有股闯劲。"

何宝珍被安排在路矿工人俱乐部子弟学校做教师，同时兼任安源路矿工人俱乐部书报科委员。

朱少连是何宝珍到安源后第二个握手的人。他是俱乐部副主任，安源第一批发展的六名共产党员中的一个。

朱少连个子不高，平时总是剃个光头。他是个精明干练的汉子，待人忠诚，处事公正，在路矿工人中很有点号召力。

安源党支部是全国产业工人中的第一个党支部。

罢工胜利后，工人们笑脸多了，他们工资比以前普遍提高，加入俱乐部的工人一下子到了一万三千人。

俱乐部为工人建了五所工人读书处、一所工人图书馆、一所青年娱乐部。工人做完工，可以去读书、看报、打球、听演讲、看戏、看电影。

年轻、漂亮又有文化的何宝珍，散发出春天般的青春气息，让俱乐部里春光灿烂。工人们过去大大咧咧，说话粗俗，什么玩笑话都能说，现在来了何宝珍，他们不小心说了粗话，会赶紧朝左右瞧一瞧，看她在不在，怕让听了丢自己的脸面。他们见了何宝珍都点头微笑。刘少奇对何宝珍开玩笑道："来了一个宝珍，俱乐部人全变样了。"

朱少连是中国早期有文化的铁路工人司机，他言谈举止与其他工人都不一样。他轻轻地握了握何宝珍的手，又鼓了鼓掌，热情地说："宝珍老师，你是早春的春风啊，给我们俱乐部带来了春天。罢工胜利以后，报名读书的工人和工人子弟越来越多，读夜校的工友有三百一十九人，入学的工友子弟有五百多人。"

"这么多人啊。"何宝珍很兴奋。

朱少连说："还有工人夜校和子弟学校分别发展到三所啦。"

何宝珍说："我会尽量把工作做好。"

刘少奇给何宝珍介绍说："他是朱少连。"

"你就是朱少连啊，久闻大名。"何宝珍感到格外亲切，"润之先生和少奇先生常常说起你，你的为人是在高处立，着平处坐，向阔处行；存上等心，结中等缘，享下等福。"

朱少连连连摆着手说："哪里、哪里，没有你说的这样好，我只是凭良心为工人兄弟做点事情。"

何宝珍说："路矿工人歌谣里唱到你了，'路局办事朱少连，个个办事问青天'。"

经刘少奇提议，工人俱乐部搞了一次改组。经过选举，李立三为俱乐部总主任，刘少奇为窿外主任，朱少连为路局主任，余江涛为窿内主任，又以他们四人组成了主任团。工人们觉得刘少奇他们既领导工人的工作，又兼担任夜校的教员，很辛苦，每月薪水只有十五元，实在太少了。不少工人向代表建议，要让刘少奇、李立三等在俱乐部拿薪金的负责人每月拿二百元生活费。工人们都说："每月二百元生活费，这是我们工人的心意呀！"

刘少奇坚持说："我只要十五元。我们是工人代表，不能和资本家比呀，何况工人的生活还很苦哇。为了革命，我们更应该和工人一样同甘共苦，就是将来打了天下，生活好了，干部也不能特殊呀!”

李立三、朱少连点头同意。俱乐部作出决议：从主任、股长到勤杂人员，每月的生活费都为十五元。

刘少奇领取十五元薪水的事情，让何宝珍内心里激起温热的浪花，她用似乎才认识的目光看着自己钦敬的人。

历史是曾经的现实，现实是活着的历史。

没有想到，我的北京鲁迅文学院同学陈海萍的母亲朱子金，是朱少连的小女儿。陈海萍曾告诉我，她的外公与刘少奇曾共过事。当时，我只以为他外公也就是和刘少奇一般性的认识，根本没有当作一回事儿。几十年后的今天，我要写何宝珍与刘少奇，到了安源，看了、听了关于许多陈海萍的外公朱少连与李立三、刘少奇一起组织领导安源路矿大罢工的故事，当时，他担任副总指挥，我这才如梦初醒，大惊大讶，彻底清楚陈海萍的外公在中国劳动工人运动中占有的不凡地位。

罢工六年后，朱少连被叛徒出卖不幸被捕。湖南清乡督办署曾悬赏三百大洋通缉朱少连。在牢房里，朱少连受尽酷刑，惨状不忍目睹。朱少连对狱友说“不要伤心，革命不流血是不能成功的！共产党人是杀不完的！你们不要离开组织，革命一定会胜利!”

就义前，朱少连因受酷刑折磨，已不能走路，反动派将他绑在板凳上抬到刑场。这年，他四十二岁。

朱少连牺牲时，家里只剩下朱少连的妻子与两个女儿，大女儿仅两岁。她们靠着给大户人家当佣工，帮人洗衣服、挑水，艰难地维持生活。1930年9月，毛泽东路过安源时曾来到朱家，留下了一百块银元，叮嘱朱少连的岳母要抚养好烈士的后代，让她们上学读书。

解放后，陈海萍的母亲朱子金一直在安源煤矿系统工作，曾担任安源路矿工人运动纪念馆馆长。1957年，他的母亲曾被接到刘少奇家做客，刘少奇在她的笔记本上写了一段话，希望该矿工会多多关心当年参加过大罢工的老工人。

火把朝下垂，火舌却是朝上燃烧。

何宝珍住在俱乐部里，白天到离俱乐部不远的东区炮台下的第三校给工友子弟上课，这里学生比第一、第二校还多。第三子弟学校有一、二、三、四年级四个班，同时还附设一个妇女职业班。妇女班半天学文化、半天学习缝补与编织；晚上附设的工友夜校，分甲、乙、丙三个班。甲班学生是一些不识字的或粗识字的工人，乙班是识字一千以上的工友，丙班是具有高小文化、能用白话发表一些简单看法的工友。何宝珍有时还在俱乐部里抄写文件，分发报纸杂志，晚上还到五福斋巷内的工人夜校教工友学文化。

刘少奇也住在俱乐部里，整天忙于开会，看文件，写材料，接待来访的工人，到矿井里、工人家调查了解情况。有时，刘少奇也带上何宝珍走访工人家庭。

何宝珍的脚步声响遍安源镇牛角坡的工人家，响遍箩箕街、十字路口，响遍矿井里。

她更加了解安源路矿了。

安源，是江西省萍乡市城东南六公里处的一个古老煤矿，有着大量上乘的煤炭。1898年汉阳铁厂督办盛宣怀引进西方资金和技术创办了萍乡煤矿，于1899年兴建了专门运煤的株州到萍乡的铁路。安源路矿就是萍乡煤矿和株洲—萍乡铁路的合称。安源工人大都来自湖南、湖北、江西等省，20年代初，路矿两局已有工人一万三千多人。

何宝珍心情沉重!

路矿当局一片黑暗。铁路工人王海南因路局几个月未发饷，家里曾三天无粒米下锅，妻子只好到菜市场拣烂白菜充饥。王海南哭着向机务处借钱，却没给一分钱，悲愤交加，向急驰的火车撞去，顿时身首异处，血肉横飞。王海南妻子见此惨状，痛不欲生，带上两个儿子横卧轨道中，但求速死。

路矿工人的满腔苦水有何处能倾泻？矿上包工剥削种类繁多：矿局给井下工人每天银洋二角七八分，合铜圆五十八九枚，而工头通过兑换只给工人六七枚。发工资时，工资在一元（银洋）以上的工人只得一元，不到一元的只得不足数的铜圆。工头向矿局领取三十人的工资，而只雇佣二十人，多余十人的工资被工头私吞了。工头承包开掘隧道工程时，偷工减料，从中谋取私利。实际只生产九百吨煤，而工头勾结各方，向矿局虚报一千吨，其中一百吨的价值被工头私分。工头贿赂化验煤焦的专家，以磷灰重的劣质煤充当优质煤，从中捞取好处。

有一首歌谣反映了安源路矿工人苦难的生活：父挖窿中煤，子扯窿中拖；煤炭堆如山，父子都挨饿；寅吃卯时粮，妻寒子也饿；三月无饷发，生活真难过。

还有一首歌谣诉说了在生死线上苦苦挣扎的挖煤工人现状：少年进炭棚，老来背竹筒，病了赶你走，死了不如狗。

何宝珍眺望着矿山，在她闪闪发亮的泪滴中，每一堆煤炭，每一辆运煤小轨车，每一座当局的楼房，都是工人的血肉、汩汩流淌的汗水……

这天傍晚，刘少奇带着何宝珍来到挤满工人房屋的牛角坡。这里房屋很低矮，不到四十平方米的宿舍，要住四十八个人；沿墙两排床，每排四铺，每铺三层，每层睡两人，中间是一条通道；卫生条件极差，里面满是臭虫蚊子。

何宝珍问工人："臭虫蚊子这么多，睡得着吗？"

工人们回答："我们一早苦到晚，骨头都累散架了，倒下去就睡着了，哪还知道蚊虫叮咬。"

何宝珍心中闪耀着愤慨的火光。

刘少奇带上何宝珍向远处走过去，是一座不太高却有气势的山脉，山腰茂密的森林里，有白练般的流水，飞来飞去的鸟群，还耸立着高大、美观的洋房。何宝珍仔细观察了，一幢幢洋房的顶尖都高出树木，它们都是砖瓦混凝土结构，玻璃窗户，钢铁栏杆，房顶有方形和圆形的，空气清新，舒适惬意……

"什么人住在里面？"何宝珍心里郁闷得有些发堵，她不等刘少奇回话，就愤愤不平地说，“都是些寄生虫住在里面。”

何宝珍望了望刘少奇，心情激动，一时沉默无言。

天黑下来了，如果不是十五的月亮洒下的光芒，整个矿山活像被扣在锅底里一样，漆黑一团，安静得有点瘆人。黑暗中，月光更见穿透力，地面上清晰地投印着房屋和零星小树枝干疏朗的影子。

刘少奇、何宝珍领受着清澈的月光。

何宝珍思想穿行在月光里，她更加清醒明白了，刘少奇为什么要带着自己来看这些地方，怎么思考这些看起来的小事儿，就会怎么面对整个路矿那些大事儿。原来认为乡下的贫农最苦，想不到路矿工人的生活更苦。这些路矿工人都是来自农村无法生活下去的农民，他们的疾苦，使他们对革命有迫切需求，就像干柴遇见烈火，一碰就燃。革命要依靠他们，必须要依靠他们……

12

在安源的每一天，何宝珍都是乐呵呵的，走路轻快有力，还轻轻地唱着歌，看那样子似乎从来不晓得什么是忧愁。

安源五福斋巷内的工人补习学校，是一栋普通的二层砖木结构楼房，四周有一米多宽的走廊。工人补习学校“一穷二白”，学生没有教材，何宝珍找来俱乐部的文人李六如、陈清河编写《平民读本》、《工人补习教科书》；除传授文化外，还宣传共产主义思想，提高工友阶级觉悟。何宝珍带着他们动手抄刻蜡纸，油印书本。李六如、陈清河惊喜地发现，何宝珍写的字出乎意料得好，工整又娟秀。工人夜校没有纸和笔，这也难不倒何宝珍，她有点子，动员工友和学生自制石板石笔。有的工友是一字不识的大老粗，学习吃力，还有年龄大的人，刚学会写的字，抽一袋烟工夫就忘了。何宝珍头脑灵活，采用参观访问、化装演说、组织辩论等各种教学方法，教学生写字，讲授文化知识。有一次，给大家讲《农夫们辛苦了》这一课，她先让大家熟读课文：“成群的牛羊，很大的瓜；金黄的稻子，白白的棉花……”然后，她把学生带到矿区附近的三号桥，听农民讲怎样种田耕地，工友们字会写了，内容也记得牢，还能背诵课文。

在课堂上，有一个工友问：“何老师，我们开会听报告，常常听到‘剩余价值’这句话，是什么意思?”

何宝珍不慌不忙地说：“比如你一个月挖出来的煤，可以卖出45元，老板开你的工资10元，机器损耗、电灯费、运输费一共是10元，剩下的25元就是‘剩余价值’。”

有一个工友说，在煤巷里常挨工头打。何宝珍拿出一根吃饭筷子，当着工人面一折就断了。她又把十几根筷子捆扎一起，一折，没有折断，再请几个同学来折也没有折断。何宝珍问大家，“你们说一说，为什么一根筷子一折就断，十几根筷子捆扎一起就折不断呢?”

工友们响亮地回答：“一根的力量太小，十几根捆在一起力量就大了。”

“对!”何宝珍讲话有激情，生动还有感染力，“资本家剥削压迫我们，一个人跟他们斗，就像一根筷子，力量太小，肯定斗不过他们。如果大家团结起来，就像十几根筷子捆扎一起，力量就大了，资本家就斗不过我们了。”

“对，是这个道理。”工友们频频点头，使劲地晃着攥紧的拳头。

何宝珍站在讲台上，深情地讲：“工友兄弟们，我们要团结起来，只有这样才能掌握自己的命运。只有砸碎黑暗的旧世界，我们的前途才会光明起来……”

在工人夜校里，何宝珍发现，有一个四十几岁个子瘦小的人上课时常迟到，在课堂上，他哈欠不停，平时，他也不与别人搭讪，吊儿郎当的，完全不像是来上课识字，倒像是来看热闹似的。何宝珍发现这人在人群中会胡言乱语，讲路矿当局这也好那也好，还挑拨工人俱乐部与工人之间的关系，他讲的话绵里藏针、笑中含讽，不怀好意。何宝珍越看、越想，越觉得这人可疑，她把这人悄悄地指给朱少连看，问这人是谁。朱少连晃头说不认识。他也觉得这人表现有点反常，就当面追问这人，“你叫什么名字，在哪里工作，家住什么地方?”这人眨巴着眼睛，神色紧张、不安，说话有点吞吞吐吐，颠三倒四。第二晚，这人不见踪影了。

何宝珍把发现的情况汇报给了刘少奇。

刘少奇沉思起来。

当时京汉铁路举行全线总罢工，军阀吴佩孚、肖耀南对郑州、江岸、长辛店的罢工工人进行了残酷镇压，共产党员、工人领袖林祥谦、施洋、高斌等四十多人被杀，三百多人负伤，激起了全国工人大罢工的革命怒潮。这次罢工事变以后，全国各地工会与类似工会的组织都被解散，安源路矿工人俱乐部生存状态还是比较好的，岿然站立着，但很孤立，像大海中一座孤岛。整个形势要求俱乐部避开与当局斗争的锋芒，暂时退却与防御。可是工人还要求进攻。

何宝珍还不知道刘少奇内心深处的苦闷。

刘少奇在思索，他头脑里思想的雷电不停地闪耀、轰鸣。安源路矿罢工取得胜利后，工人的工作、生活大大改善，地位明显提高，人人都喜笑颜开，高呼“万岁”。有的工人还是不满足，要求增加工资，但实际情形是不能加了；工人自动将每日工作减到四小时，很多工人自由旷工，这就使生产减了一半；工人不听工头指挥，许多地方要危害产业的前途和工程；工人要扩大工会权力，审理非工人，管理非工人范围的琐事。怎么引导、带领工人捍卫罢工的胜利果实，让他们慢慢地明白革命道理，走上革命的道路？刘少奇心想：要利用夜校教育、引导工人，不能仅靠简单粗暴的办法去阻止工人盲然的行为；思想工作急不得，也等不得，要因势利导，循循善诱……

刘少奇的思考洞察幽微，一步步走向深处：我们罢工胜利了，路矿当局岂能甘心，他们肯定怀恨在心，耿耿于怀，伺机反扑。他想，何宝珍说的情况很重要，正是路矿当局耍的花招，对开办夜校有了怀疑，派人来卧底，随时可以兴风作浪。他对何宝珍说：“你能警惕到这个事情很重要，当局对夜校有疑心了，我们应该防患于未然，马上采取相应措施，不让他们找到任何借口破坏夜校。”

何宝珍说：“我想好了，不会给反动派任何取缔破坏夜校的理由。”

刘少奇点了点头。

何宝珍是栽埋了什么样的篱笆桩，阻止住路矿局这条红了眼的疯狗钻进来的？

她有奇招，给每一个到夜校听课的学生发了听课证，安排专人在外面站岗放哨，一旦发现有陌生人来了，他们就把有革命知识内容的书籍放在识字课本底下。

半边街工人俱乐部里天天响起工友们的歌声：

“创造世界的一切，惟我劳工！

被人侮辱压迫的，惟我劳工！

世界兮，我们创造！

压迫兮，我们当解除！

造世界兮被压迫，

团结我劳工！”

……

这首歌是何宝珍作词作曲的。

这首歌成了路矿工人俱乐部的部歌。

何宝珍把这首歌写成后，先在工人夜校唱，然后才在工人中流传，这首歌体现了“劳工神圣”的主旨，深受工人们的欢迎。

刘少奇对何宝珍说：“你做了一件很有意义的事，为工人们写了一首好歌。这首歌反映了工人们的心声，是世界上最好的劳动号子！”

朱少连紧紧握着何宝珍的手说：“我代表安源路矿一万三千个工人谢谢你！”

第四章 两人扶着一把雨伞

13

今年八十八岁的刘爱琴是刘少奇和何宝珍的女儿，对于父亲母亲曾经生活过的安源，她有着不一样的情怀。每次到安源，她总要到爸爸妈妈生活过的房间来看一看，在爸爸妈妈的床上坐上一会儿。

她喜欢这屋子里的气味，喜欢这屋子里熟悉的气味在安源矿山、漫山遍野上铺展。

转瞬风霜，屋还在，床还在，人已老。曾经的女儿已经两鬓飞霜，进入耄耋之年。时间怎么总是走得这样快，把女儿的记忆都推到了远处，应该坐下来安静地等等远处的记忆，那是她最丢不下的心和梦……

14

先有荒野，才有爱。

懂了爱，就懂了人生。

一个天上泼雨的日子里，刘少奇和何宝珍打着雨伞从工人家里调查后往俱乐部走，他们在噼里啪啦的雨声中，踩着溅起的一朵朵水花，两颗年轻激动的心，怦怦跳动，闯入了对方的心房。

多少次多少次，何宝珍都想向刘少奇表白爱情的心迹，可是话到了唇边就是说不出口。她常埋怨，平时自己什么都不怕，坦坦荡荡地做事，坦坦荡荡地做人，有什么可怕的，现在怎么就扭捏了，还是练过武功、衡阳三师、湖南自修大学毕业生呢……她感觉离不开刘少奇了，他是自己在安源的翅膀,没有翅膀简直就飞不起来了，如果两天未能见到他，她觉得自己像失了魂落了魄一样。李立三在刘少奇面前开她玩笑，“宝珍，什么时候吃你喜糖，润之和杨开慧都等急啦。”她听了，脸上发烧，匆匆离去。事后，她又后悔，为什么要匆匆离开，为什么不让李立三把话说下去。她还后悔，当时为什么没有大胆看看刘少奇听了那话是什么表情……她想，刘少奇他对自己究竟是什么态度呢，润之先生和开慧姐把话已挑得明明白白，少奇为什么还不向我表白，他怎么这样难开口，难道不知道女孩子的心事，这事都要男人主动的……

何宝珍又自我解嘲地一笑，觉得错怪了刘少奇。杨开慧告诉过她，刘少奇结过婚，但那是形式上的结婚，并未真正地结婚。她内心里哀怨地说，这算什么，我也有过童养媳的历史，那是包办婚姻，封建主义一套。她觉得刘少奇为人太正直，太实在，这也更让她迷恋了。她心想，少奇，你过去的事，只需对我说一声就行了，干嘛这样不吭声呀。

雨伞不大，雨水淋湿了刘少奇、何宝珍露在伞外的肩膀。可是，他们都没有觉得肩膀被雨水淋湿。爱恋中的一对情侣，他们各自心中都只有一个他或她，即使没有静静地拥抱在一起，能并肩走在一起，什么都不说，什么都不做，也可以感受到彼此滚烫的爱的热流，一点雨水湿透肩膀能算什么……

何宝珍盯着刘少奇，一种按捺不住的强烈愿望，促使她不顾一切束缚大胆地开口说："少奇同志，我希望今后得到你更多帮助，你愿接纳我吗，我们做一对革命伴侣？"

"宝珍，"刘少奇欣喜地望着她说，"你说的话，正是我一直想要表达的。"

何宝珍抑制不住地说："你这一句话，让我等待太久了。"

"对不起。"刘少奇真诚地说，"其实，我一直想找一个合适机会对你说的。"

几句简短的对话，沟通了沉积着的共同的思想感情，让两人合手扶着一把雨伞，肩并肩走在一起。

刘少奇轻微地吁出一口长气，何宝珍敏锐地听到了，她望了望刘少奇平静的脸面，心想，他内心肯定会非常不平静。她了解他此时此刻的心情，知道他一直在个人的婚姻大事上挣脱封建婚姻制度的束缚。他的母亲鲁氏听说他在外面的学习成绩是一流的，但是知道他不安心于学习，经常和一些人到外面的大街上游行，一直担惊受怕，唉声叹气。于是，母亲做主，为九儿子刘少奇选中了邻村麻雀塘一个比刘少奇小三岁的周家姑娘。刘少奇在听说母亲生病后，匆匆赶回家，才知道母亲要用生米煮成熟饭的办法，操办自己的婚姻大事。他怎么能愿意，站在那里傻眼了。可他又能怎么办，母亲的年龄已经越来越大，善良的母亲想出这个荒唐的骗局也是为他着想的；周家姑娘也是无辜的，但是自己更是无辜的，何况自己还有更远大的理想在等待着呢！怎样才能了结这个突如其来的事端呢……洞房花烛之夜，刘少奇把自己的想法向新娘和盘托出：自己还有理想追求，封建礼教之下结成的婚姻是不能给彼此带来幸福的，我马上要离开这里，我走后你还是找一个理想的人家吧……

有情人心相通。

刘少奇感觉到了何宝珍在想什么，又是怎么想的，用探询的眼光看了看她。沉默了一阵子，他说："你对爱情什么看法？"

何宝珍说："两人要情投意合、心心相印。"

刘少奇说："有一个人曾这样理解爱情的，他说，爱一个人意味着什么呢？这意味着为他的幸福而高兴，为使他能更幸福而去做需要做的一切，并从中得到快乐。"

"说的太好了。"何宝珍仰望着刘少奇，"这人是谁？"

刘少奇说："是俄国杰出的革命主义者，伟大的无产阶级革命作家车尔尼雪夫斯基。他一生为真理而奔走呼号。他最喜欢俄国大诗人普希金和莱蒙托夫的诗，喜欢英国作家狄更斯和法国女作家乔治·桑的小说，还读了许多社会科学方面的书籍。由于他坚持不懈的努力，十岁时，就已赶上了十五岁中学生的水平。他除了写有著名长篇小说《怎么办》以外，还著有许多有关社会、自然和文艺理论的论文。"

何宝珍说："大师就是不平凡，思想是雷电，感情是江河。"

刘少奇说："爱是要有共同的信仰和理想，是要随时准备为所爱的人付出一切的。爱的力量真大吧？"

何宝珍说："爱上一个所爱的人是要有缘分的。爱是深深埋藏在心里的尤物，平时的关心，平时的理解，平时的牵挂，平时的尊重，那都是爱的方式！有多大是说不清楚的。"

刘少奇突然站住脚，一只手抓住何宝珍的手，急切地说："一个共产党员对自己的组织和同志不讲实话，那是没有党性的。宝珍，你能答应我一个条件吗？"

何宝珍点点头说："我答应，你说。"

刘少奇拿手理了理她被雨水沾在额头上的几绺黑发，说："我常常想起那天早上离开家里，父母不知道我悄悄地走，周氏没有阻拦，没有多说话，只是默默哭泣。我记得，周氏只跟我说了一句话，生是我家人，死是我家鬼。她要我将来把出生的第一个孩子交给她抚养……”

何宝珍眼前仿佛出现了周氏，她相貌标致，性格温顺，人也能干，她在张灯结彩的新娘房里，面对摇曳着火苗的蜡烛不停地流泪……

刘少奇的一番话，让何宝珍怦然心动，她郑重地答应道：“我一切皆听你的。”

何宝珍又说：“我还有一件事情要告诉你。”

“我知道，是你做童养媳的事情。”刘少奇的话没有说完，猛地把伞柄朝何宝珍手中一放，说，“你等一下。”他冒着雨，向不远处一片池塘跑去。雨下大了，豆粒大的雨点，如珍珠般从天而洒。何宝珍看见池塘里一片绿油油的莲叶间开放着又大又白的莲花……

她笑了。

15

李立三要调到上海中央机关工作，刘少奇、朱少连依依不舍。李立三笑着说：“我们共产党人聚是一团火，散是满天星，在哪儿都是朝气蓬勃、不怕一切艰难困苦地工作。”

李立三原来担任的中共安源路矿俱乐部党支部书记和俱乐部主任职务，分别由朱少连和刘少奇担任。

李立三对刘少奇和何宝珍诙谐地说：“你们还不结婚呀，我离开安源可就吃不上你俩的喜糖喽。”

在李立三见证下，刘少奇和何宝珍结婚了。

这一年，刘少奇二十五岁，何宝珍二十一岁。

何宝珍特地托人把婚期告诉了远在长沙的毛泽东，邀请他和杨开慧到安源参加她和刘少奇的婚礼。这时，毛泽东已经接到党中央调他到中央工作的通知，在长沙还有许多交接工作要办，无法脱身。毛泽东特地写了一封信给何宝珍和刘少奇，祝贺他们的婚姻美满。

不久后，毛泽东在上海又与刘少奇、何宝珍夫妇俩见面了，他看到自己的心思没有白费，非常有成就感，乐呵呵地笑道："你们要补我一杯喜酒喽！"

1923年4月，安源的山涧里流水淙淙，桃花开了，玉兰开了，杜鹃开了，柳絮纷纷扬扬，布谷鸟亮丽地划过晴空……

刘少奇、何宝珍的婚礼在工人俱乐部的会议室里进行。洞房设在牛角坡的工人宿舍里，一张床，一张桌子，几把椅子，再没有任何像样的家具了。

婚礼邀请了李立三、朱少连等几位同志参加。

消息很快在工人们中间传开了，大家都议论着希望把刘少奇、何宝珍的婚礼办得热闹一些。刘少奇婉言谢绝了大家的好意，把矿长、总监工、工商会长和同乡会派人送来的红包都一一退了回去。

新郎、新娘步行来到会议室，没有隆重的仪式，没有酒席，只在桌子上放了一些茶水和糖果。婚礼简朴又热闹，一改种种旧俗，不办酒席，不收彩礼，不拜天地，只开了个欢快的茶话会。何宝珍唱了工友们常唱的歌：

"创造世界的一切，惟我劳工！
被人侮辱压迫的，惟我劳工！
世界兮，我们创造！
压迫兮，我们当解除！
造世界兮被压迫，
团结我劳工！"
……

幸福的人的幸福是因为心里安静，用理想实现了大多数人的幸福。

16

别人生了孩子都是幸福的，刘少奇、何宝珍生了孩子先是幸福而后忧心、纠结不已。

1924年2月的一天，虽然阳光普照，可是寒气飕飕，冰天雪地，冷意刺骨。安源连绵起伏的武功山上白雪皑皑，银光闪闪，静默矗立的如愿塔和雍容典雅的孔庙、宝积寺的琉璃瓦上，铺满的白雪映着阳光，像一顶灿烂的桂冠。

春天还是来了，大雪没有压住青青的小草，它们不安分地拱出土地，从雪地里探出身子，好奇地打量着冰雕玉凿的晶莹剔透的世界。

何宝珍生了个可爱的男孩，刘少奇为婴儿取名刘葆华，意思是永葆青春年华。

这便是刘少奇的长子，后来改名刘允斌，他俩都亲昵地喊他“斌斌”。

幸福都是相似的，愁绪各有各难解开的疙瘩。

有了孩子，刘少奇、何宝珍的幸福快乐稍纵即逝。孩子睡着时，刘少奇两眼热乎乎地盯着他酣睡的样子，常常要盯看很长时间，有时还会用手轻轻地抚摸孩子的脸蛋，用嘴轻轻亲吻一下额头和鼻子。何宝珍似嗔似爱地说：“不要用手摸孩子，会弄醒的。”

刘少奇说：“我想孩子能醒来，看看他笑的模样。”

何宝珍说：“我带了这么多个日日夜夜，也该你带几天。”

刘少奇笑道：“应该，完全应该。”

孩子醒来了，何宝珍爱护着丈夫，怕影响他工作，搂抱过孩子，走到一边，轻轻地唱着新学来的黎锦晖写的儿歌《小兔子乖乖》：“小兔子乖乖，把门儿开开，快点开开，我要进来……”在儿歌声中孩子睡着了。

刘少奇坐在桌前，埋头写材料，手中抽着的纸烟一支接一支，青烟在他瘦削的身子周围袅袅萦回。

何宝珍看着丈夫，她的心不禁疼爱地微微一动。俱乐部成立两年以来，少奇整天忙于工作，没法子帮助何宝珍做些家务事。1924年9月，他又被选为汉冶萍总工会委员长，经常来往于武汉、长沙和安源之间，工作就更忙了。这段时间里，安源路矿新上任的矿长黄锡庚要了一个阴谋，想摧垮工人俱乐部，他知道靠武力不行，便派出心腹人，上串下连，四处活动，拼凑一个由“职工协济会”、“无政府党”和“基督教会”三股势力组成的“三角联盟”，在工人中煽阴风、点鬼火，游说拉拢，欺骗工人脱离和反对俱乐部，使俱乐部不攻自破。少奇抽烟多了，晚上常常睡不着觉，思考对策，他与俱乐部的领导商量好，召开党、团员与积极分子会议，打入“三角联盟”里，做好那些已经受骗上当工人的思想工作，让他们觉醒过来，再给予反戈一击……

何宝珍对着怀抱中的孩子脸蛋轻轻地亲上一口。自从有了孩子，弱小的生命给这一小间房子里带来了许多热闹和欢笑，也给刘少奇和何宝珍带来了许多欣喜和期望。一次，何宝珍说：“你看儿子眼睛像谁?”

刘少奇含笑点头说：“眼睛像我，鼻子和嘴像你。”

何宝珍说：“还有呢?”

刘少奇说：“将来像我俩又是一个小革命。”

每次，刘少奇要外出时，他总会玩笑地叮咛何宝珍，“我这次外出回来，如果儿子瘦掉下一点肉，看我怎么不饶你。”

何宝珍看出来，当少奇闲暇与儿子逗乐时，他尽管笑得那样畅快、开心，还是从他偶尔皱起的眉峰和额头、露出的一个眼神、发出的一声叹息，看出他在为自己曾许诺的一句话“要把第一个孩子交给老家的周氏养大”忧虑着。是啊，这是他的亲骨肉，怎么舍得送出去，怎么办?

何宝珍想，只要他不提起这件事，自己就佯装不知。她不愿儿子离开身边，这是自己十月怀胎生的孩子，是身上的一块肉，她怎么愿意割下身上的肉，让他离开她，再说孩子也离不开她呀。她真的不敢想象孩子离开她时会是一副什么样子。有时，在路上，何宝珍看见一个没人带着的小孩边走边两手抹着泪水哭啼，她就会想到自己的孩子，如果他不在我身边，会不会像这个孩子一样被丢弃在外面，风吹雨打，忍饥挨饿，没人疼爱。她想，我的儿子给了周氏，她疼爱孩子不容怀疑，但她能做到像我一样疼爱吗，我毕竟是亲生的母亲，晚上儿子睡觉蹬开被子，我会马上醒来给他盖上，夜半三更，儿子发烧感冒，不管刮风下雨，我会跑出去找医生，周氏能做到这样吗……

母亲的自白，是天下女性爱的吁呼。

母亲是百般怜爱的一把泥土。

何宝珍想的最多、操心的最多的还是刘少奇。她理解少奇，当一个革命者，当一个革命者的丈夫多难啊！他何尝不疼爱自己的骨血，何尝又愿意出世不久的儿子远离自己？但他是一个为天下劳苦大众闹革命的共产党人，“小我”早已奉献了“大我”，怎能看着老家的周氏在痛苦中煎熬……何宝珍想，自己哪怕最疼爱、最离不开儿子，但只要少奇想到了，说出了口，自己即使最难过，也会忍着，深深地埋在心底，为他付出，为他做到，这才是真正地爱着刘少奇！

何宝珍坚强的心还想到，从参加革命第一天起，她和少奇已经把生命交给组织了，随时随地准备付出一切。少奇深谋远虑，看得很远，根据形势的发展，革命工作会越来越忙、越来越紧张，她和少奇的工作会调动频繁，到时候，孩子舍不得离开也得离开，这是革命的需要！

人生总在泪水中前行。

这天，刘少奇端详起何宝珍，发现她脸上瘦了许多，摸摸她的手也很粗糙，说：“你为儿子操心瘦成这样子，真难为你了。”

何宝珍笑起来，“你为工作在外奔波更辛苦嘛。”

刘少奇说：“我想和你商量一件事。”

何宝珍说：“什么事，说嘛。”

刘少奇想说怕形势变化，适当时候把儿子送到宁乡，交给周氏，可他话在唇边说不出口，怕何宝珍伤心难过，不好接受。最后，他心一狠，说了出来，“我们思想上要有准备，把斌斌送到宁乡，交给周氏。”

听了这话，何宝珍一阵子没有说话，眼睛盯着怀中的孩子。

刘少奇解释说：“我考虑……”

“不用考虑，”何宝珍望着刘少奇，“革命工作的需要，舍不得也得舍，谁让我们是革命者。”

刘少奇两眼明亮地说：“真的，想好了？”

何宝珍眼睛里有些湿润，点了点头说：“想好了。”

刘少奇解释说：“我开始想把孩子送到朱少连家里去，但想了想，感到不妥，朱少连是革命者，自身难保……”

何宝珍直言直语，“你想的对。我说过的，一切听你的。”

刘少奇用钦佩的目光久久地望着她。

这是一个柔情而坚韧的心灵跳动，这是一个共产党人和母亲的火与冰的全部感情和信念啊！

何宝珍，让我们看到了一个真正共产党人血肉丰满的形象，她既有做母亲的情怀，又有当革命者的舍出一切的凛然大义，她有一个女性舔犊之心的母爱，但更有一个共产党人执着追求的信念。

何宝珍要带着儿子回一次宁乡了。她是休产假，想顺便看看周氏，并在宁乡搞几个社会问题调查，给自己的一些思考和追求淬火加钢。

晚上，刘少奇回来了，看见桌上多做了几个菜，说道：“今天改善伙食呐。”

何宝珍说：“我明天一走，今后你还不饥一顿饱一顿啊。”

“呵呵，”刘少奇搓了搓手，乐道，“今晚我们可要一块消灭这些菜喽。”

平时，家里做好菜好饭何宝珍就留给刘少奇，剩菜冷饭自己抢着吃。刘少奇常嗔道：“你怎么尽吃剩菜冷饭？”

何宝珍说：“你的身体能有我好吗，你吃好，我就好了。”

刘少奇心悦诚服说：“是的，不服气不行呀。”

饭后，何宝珍说：“早点休息吧，我明天要早起。”

刘少奇坐到桌子前，说：“今晚要赶写材料。”

他摸摸衣兜里，又看看桌子抽屉里，都没有烟。他说：“怎么办，没烟了。”

天天熬夜，刘少奇的烟瘾越来越大。他们生活上非常艰苦，刘少奇担任俱乐部的总主任，责任大，工作忙，可拿的工资同职工一样，每个月只有十五元。何宝珍更不例外。两人合起来每个月只有二十七元，吃的、穿的、用的，包括招待亲友都在里面，有时还挤出钱接济困难的工人。刘少奇抽烟和接待来访工人抽的烟钱，每个月花的钱比他自己伙食费钱还多。

何宝珍知道，烟简直是刘少奇的命根子，今晚没有烟，他不会写出材料。她说：“这个月的工资钱花光了，没钱买烟。”

刘少奇笑了笑，“就去赊两包，现在已到月底，快发工资了，发了还上就是。”

何宝珍笑了，“赊过几次了，我实在不好意思再去赊。”

刘少奇想了想说：“那把我收捡的那些底货拿出来。”

何宝珍在床底下找出一个报纸包来，里面全是刘少奇平时吸剩下的烟头。刘少奇马上剥烟头取出烟丝，用细纸条一裹，含在嘴里抽起来。

刘少奇几乎抽了一夜烟。

第二天，何宝珍带着斌斌要离开家时，她从衣兜里掏出两包烟，放到刘少奇手中。刘少奇惊喜地说：“宝珍，知我者非你莫属呀。”

何宝珍不放心地说：“这烟我藏了很长时间，你抽烟太多没拿出来，昨晚也没给你。少奇，少抽点烟，你常咳嗽……”

有一种隐忍其实是蕴藏着的一种力量，有一种静默其实是惊天的告白。

何宝珍到宁乡了。她几乎每天到附近村庄里进门串户，和农民唠嗑，她问农民几口人，几亩地，一年收成多少，向地主缴纳多少租子，剩下的粮食能吃到什么时候；她还与妇女唠嗑，有些妇女说起不顺心的事情唉声叹气，何宝珍为她们撑腰打气，说，没有谁的人生是一帆风顺，总是会有一些荆棘，要坦然地面对它，顺利解开这个心结，获取心灵的平静。遇到一些磨难并非坏事，至少得到了成长。她还说要学会坚强，才是妇女独立的一部分；她还谈到女人的温柔，说女人事业要成功，并不一定要去“扮演”男人，以强硬的态度示人，有时，温柔的力量会更强大。何宝珍把了解到的情况用马克思主义的立场观点加以分析，写出论文向报刊杂志投稿。她发表了《宁乡县城的鬼迷社会》《女子教育与社会改造》，文章不仅文笔流畅，通俗易懂，而且立论正确，针砭时弊。她在文章中痛斥了湖南省长赵恒惕，说他领导下的湖南是“黑暗龌龊的社会，污浊腐朽的政治”。她痛快地说：“夺取政权，总是不可避免的过程。”她还针对当时社会流行的男尊女卑的风气，还有一些受过奴化教育的女学生幻想嫁给议员、法官、外国人做姨太太的思想，提出了“妇女问题，这是社会问题的一部分，妇女问题不解决，实行社会主义，定要多一层障碍；而支那的妇女，受了男上女奴的虐待，更加厉害，故欲使我们的彻底解放，非格外努力不可”。

夏去秋来，刘少奇、何宝珍要调到广州工作。何宝珍带着斌斌回到安源不久，刘少奇的二哥刘云庭从长沙来到安源，刘少奇、何宝珍当即敲定，把不到周岁的斌斌带回家乡抚养。

斌斌就要离开父母，抱在二伯刘云庭怀里格格地笑，那样开心。刘少奇对何宝珍开心地说：“斌斌和他二叔投缘，看看，一点不认生哩。”

何宝珍眉宇间都是笑容，她要与骨肉分离的伤感也消融了……

17

果然不出所料，刘少奇判断准确，反动派在1925年中秋节前的一天对路矿工人俱乐部动了杀机。

刘少奇离开安源去广州工作不久的一天。

晚上，月色如水，本来秋风送爽、万家将要团圆的良宵，可在晦暗如磐、动荡不安的岁月里，能有几家不颠簸、不破碎、不愁叹？

夜深了，笼罩在月色里的安源路矿，恰像寒气烟锁，万户萧疏。

路矿工人俱乐部里透出一缕鲜红的灯火，给死寂的大地带来一些生的气息。

地下党的同志们正在路矿工人俱乐部里开会。

路矿当局从工人俱乐部里嗅出了一些令他们烦躁不安的气息。

附近传来一阵阵杂乱的狗吠声，急促的脚步声由远及近。砸门声，叫喊声，啼哭声响成了一片。这是反动资本家盛恩颐妄图扑灭安源的革命火种，窜到萍乡，勾结湘赣两省的反动军阀，派出大批军警，大肆捕杀共产党员和工人积极分子。

地下党的同志们早已有了准备，何宝珍打开后门，让大家从后面的水沟里撤出隐蔽。

军警特务把工人俱乐部团团包围，用枪托砸烂俱乐部的门窗，闯进来，见里面没人，气急败坏地叫嚷着："给我搜！他们藏到地壳下也要抠出来！抓住的有赏！"

何宝珍要回到住处，处理一些重要文件。有同志说："来不及了。"

何宝珍执意要回去，说："你们快转移，我去了就转移。"

回到家中，她找出文件，点上火烧了。附近传来一阵阵急促的脚步声和叫喊声，何宝珍知道是敌人赶来了，但她没有马上撤退，而是找出一张纸，在上面写了一行字："盛恩颐猪狗作恶多端，绝没有好下场！"随后从容地离开。

天亮时，何宝珍急步走在去萍乡的山间小路上，她准备寻找机会离开安源。大路不能走，有追兵和岗哨。何宝珍走在山道上，小道弯弯，崎岖坎坷，她脚下生风，步履矫健，如行平地。拐过一个山头，有几户人家，她觉得有点累了，口也渴，想去歇歇脚，喝口水。猛地，几个持枪的军警追赶上来。何宝珍不惊不慌，灵机一动，转身走进一户人家里，从床上抱起一个出生不久的婴儿，轻声地哄起来。军警进屋看了看，朝何宝珍睃一眼，又向前追赶去。

何宝珍来到了火车站。

萍乡车站，敌人三步一岗、四步一哨，荷枪实弹的军警把持着车站的出入口，便衣特务像只恶狗一样在人群里东瞅西望，转来转去，嗅着可疑的人。

何宝珍躲在一边，看着来往的人群，想着怎么蒙混过关。

不远处的一个穿戴与何宝珍相同的妇女蹲在街边卖鸡蛋，引起了何宝珍的注意，让她有了想法，便走上前去，买下那个妇女的一篮鸡蛋，装成一个卖鸡蛋的。

由南昌开往长沙的火车长鸣着汽笛进站了，国民党军警特务们顿时躁动起来，持枪的军警伸出明晃晃的刺刀，呈剪刀状排在车站的入口两边，盘查着每一个进站上车的人。何宝珍提着满满一篮鸡蛋向站门口走去，一个站岗的军警喝问："站住，你上哪去？"

突然，何宝珍脚底一滑，摔倒在地，篮子里的鸡蛋倒出大半，跌碎了，鸡蛋清摊了一地。站岗的军警的皮鞋、裤子上溅满了一块黄、一块白的鸡蛋汁，气呼呼地骂着："倒霉，你眼瞎啦！"

何宝珍抓起一把蛋黄，对着军警哭诉："老天爷，你这样不长眼睛，赔我鸡蛋，我是靠卖了鸡蛋买药的啊，我男人病在床上等药救命啊！"

军警蹙着眉头，十分窝火，朝何宝珍踢了一脚，骂道："你在这里哭丧啊！赔你个屁！他妈的，我的皮鞋、裤子脏成这样怎么办，没让你赔已经便宜了，快给我滚一边去，少碍事！"

何宝珍赶紧提起篮子，躲过敌人的搜捕，进了车站入口处。

她搭上了去长沙的火车。

第五章 大浪之巅

18

五月的上海，已过早地进入炎炎夏日。

上海市区黄陂南路374号，原法国租界望志路树德里106号，浓荫蔽日，安静清凉。

走进上海中共一大会址纪念馆，我仿佛置身于1921年7月23日，在两层楼房底楼的餐厅里，看见十五个人秘密围坐在一张长方形大餐桌前，召开着一个重要会议，这便是举世闻名的中国共产党第一次全国代表大会。

一大原址是两栋砖木结构的两

层石库门楼房，这是上海二十年代的典型民居，一栋是一大代表李汉俊的家宅，另一栋是一大代表在上海的住所——文博女校。它们的建筑风格是中西合璧式的。

一大会址纪念馆分为两部分，一个是革命历史文物展，还有一个是一大原址。一大的会议室是楼下的客厅，约十八平方米，室内陈设均按原样仿制。雪白的墙壁，朱红的地板，窗明几净。中间放置着一张铺着白色台布的长方形会议桌，桌上放着茶杯与火柴盒架，桌周围有十二只圆木凳，东、西两侧靠墙各摆着一只茶几和两把椅子，整个会场显得十分庄严。我看见在与会的代表中，有十三位是中共代表，还有两位是来自共产国际的代表——荷兰人马林和俄国人尼柯尔斯基。

纪念馆里，还收藏一张刘少奇“五卅”运动期间用的名片，当时刘少奇任中华全国总工会副委员长和上海总工会总务科主任。这张名片现为馆藏国家一级文物。

19

刘少奇、何宝珍接到上级紧急通知，要求急赴广州，国共已经实现了合作，去筹备第二次全国劳动大会，开展工人运动，支援国民革命。

大历史有气魄。

1925年的中国是大江大河，巨浪扑岸，涛声不息。

时间似乎刻意安排中国共产党人在1925年隆重地登上中国历史舞台，大手笔地书写了中国新民主主义革命反对帝国主义最为浓墨重彩的一笔，革命浪潮一浪接一浪，一浪高一浪，一泻千里，势不可挡。

中国共产党第四次全国代表大会在上海召开；

周恩来发起的黄埔军校中国青年军人联合会成立；

中国社会主义青年团第三次全国代表大会召开，决定改名为中国共产主义青年团；

上海二十二家日商开办的工厂工人大罢工；

胶济铁路工人举行大罢工。

……

在宛若金鸡报晓的中国地图上，有许多标志江河的绿线，密密麻麻地纵横交叉着，遍布整幅地图，像是雄鸡的血脉，网贯全身。在这些绿线中，有一条标志大江大河的特大绿线，从西到东穿连海边，这是珠江。中国第三大河的珠江，与黄河、长江迥然不同，它水系发达，好像是蜘蛛网，覆盖了整个南中国。

珠江，又名粤江、香江，发源于云贵高原乌蒙山系马雄山，流经中国中西部六省区及越南北部，在下游从八个入海口注入南海，珠江是中国南方最大的河流。

珠江是一条有灵性的河流。

珠江文化的代表人物在历代产生了巨大影响：西汉陈钦、陈元，东汉牟子，晋代葛洪，唐代张九龄、惠能，宋代余靖，明代陈献章，清末民初，林则徐、洪秀全、康有为、梁启超、黄遵宪、容闳、孙中山等，光芒四射，数不胜数。

距离何宝珍牺牲八十一年后的今天，中国改革开放在广东“先走一步”，在深圳、珠海、汕头等沿海城市办经济特区的文化根由，正在于珠江文化具有海洋性、现代性；同时，我们更看到，改革开放之“天时、地利、人和”，使珠江文化更增添新的生命力，使广东和特区取得了前所未有的繁荣发展，当上了全国排头兵，取得了举足轻重的地位，具有世界性的影响！

不能不说，1925年的中国共产党人在广州召开第二次全国劳动大会的独具慧眼，良苦用心。

这次会议上，刘少奇当选中华全国总工会的执委、副委员长。从此，广州成为刘少奇、何宝珍从事革命活动的第二大驿站。

1925年，中国在旋转、震颤、碰撞、较量……

中国大地频起风雷。形势的严峻性，让上海急需筹建“全总上海办事处”，刘少奇、何宝珍受党中央和全总委派，从广州匆忙赶来上海。这时，青岛日商六大纱厂一万八千名中国工人，举行同盟大罢工，正处于风口浪尖、胜败攸关的危急时刻，中共中央派刘少奇又从上海火速赶往青岛领导日商纱厂的工人罢工。

青岛四方机厂的傅书堂、伦克忠陪同刘少奇来到青岛。

青岛工人罢工，就是震惊全国的青岛“五·二九”惨案。第一次同盟大罢工后，日本帝国主义指使青岛当局逮捕了青岛支部书记邓恩铭，把他驱逐出境。这时，中共山东地委派李慰农到青岛，和尹宽、刘子久、王尽美等共同领导罢工斗争。工人代表提出九项复工条件，日本厂主被迫签字答应。但复工第二天，日本厂主首先发难，强行开除五十多名工会代表，勒令工会解散。5月份，第二次同盟大罢工开始。危急时刻，刘少奇来到青岛。

工人们纷纷的诉苦，党组织的详情汇报，让刘少奇很快抓住罢工中的主要问题，他说出四点：一、青岛工人特别苦，应当进一步发动工人斗争，继续改善待遇；二、工会是工人的台柱子，要把工会组织好；三、要组织工人学习革命理论，提高思想；四、敌人相当强大，凶残又狡猾，要学会斗争艺术，特别要提高警惕，防止敌人反扑，防止上当受骗。

青岛工会组织蓬勃发展。大康、内外棉、隆兴三纱厂成立四方纱厂工会联合会，三纱厂的女工又成立起“女工执行委员会”。全市有数十家工厂成立工会，并挂起了工会牌子。铃木丝厂、水道局等厂方怕发生罢工，竟主动增加工资或改善劳动条件。

刘少奇在青岛呆了十来天，中共中央连续发出几封电报，催促他马上赶回上海。

这一段时间，应该是刘少奇工作最繁忙的日子，忙得不可开交，他像长了三头六臂，哪儿出现“火情”，他就奔赴到哪里“救火”。

上海发生了著名的“五卅”运动，刘少奇是领导人之一。

刘少奇离开后的青岛罢工斗争轰轰烈烈，帝国主义和军阀政府惊恐不安。日本两艘驱逐舰由旅顺驶入青岛,鸣炮数十发，以武力相威胁。5月29日凌晨，军警、日本人冲进纱厂追杀工人，当场有二十五人被打死打伤，逃到棉花包、趴在地沟里被搜出枪杀或窒息的童工、女工不计其数。

青岛罢工斗争有力地支持了上海人民大罢工，一南一北，此伏彼起，遥相呼应，让整个中国震荡，让全世界震荡!

没有长江便没有黄浦江。

黄浦江是黑暗中的旧中国最早醒过来的河流，它醒过来的时候，中国的淮河、沱沱河、滹沱河、嫩江都在沉睡中。

湘江也没有醒来。1920年7月在湘江边上出版的一本《天问》周刊第23号，泛黄的页面上刊载着毛泽东发表的《湖南人民的自决》:“社会的腐朽，民族的颓败，非有绝大努力，给他个连根拔起，不足以摧陷廓清……”

黄浦江最早醒来。中国共产党这轮新生的太阳就是从黄浦江上升起。

中国共产党的呱呱坠地，是开天辟地的大事变。

黑沉沉的中国天空上划出一道耀目的闪电。

“五卅”运动是中国共产党组织领导的运动，沉重打击了帝国主义，使中华民族从昏睡中觉醒，揭开了大革命高潮的序幕。

1925年5月15日，上海日商内外棉七厂资本家借口存纱不敷，故意关闭工厂，停发工人工资。工人顾正红带领群众冲进厂内，要求资本家复工和开工资。日本资本家不但不答应，而且向工人开枪射击，打死顾正红，打伤十余个工人，成为“五卅”运动的直接导火线。中共中央发出通告，决定在全国范围发动一场反日大运动。决定由共产党人李立三、刘华等主持，成立上海总工会。

这时，刘少奇赶到上海，负责上海总工会的日常工作，领导工人罢工斗争。

上海人民反对帝国主义的斗争惊涛扑岸，响雷贯耳。

5月30日上午，上海工人、学生两千多人，分成小组在公共租界各条马路上散发反帝传单，进行讲演，揭露帝国主义枪杀顾正红、抓捕学生的罪行，反对“四提案”。租界当局大肆拘捕爱国学生。当天下午，仅南京路的老闸捕房就拘捕了一百多人。万余名愤怒的群众聚集在老闸捕房门口，高呼“上海是中国人的上海！”“打倒帝国主义！”“收回外国租界！”等口号，要求立即释放被捕学生。英国捕头爱伏生竟调集通班巡捕，公然开枪屠杀手无寸铁的群众，打死十三人，重伤数十人，逮捕一百五十多人。其中捕去学生四十多人，射杀学生四名，击伤学生六名，路人受伤者十七名，死了三名。6月1日又枪毙三人，伤了十八人，制造了震惊中外的“五卅惨案”。

当天深夜，中共中央再次召开紧急会议，会议时间不长，内容却让在座的人热血奔涌。会议决定由瞿秋白、蔡和森、李立三、刘少奇和刘华等组成行动委员会，领导组织全上海民众罢工、罢市、罢课。

激昂的情绪像点上一把火就会烧起来。

有人要烧掉旧世界，就会有人要拼命地守住他的旧世界，不甘心束手就擒让出财源滚滚的黄金地。反动当局出动军队，还用二十艘军舰在黄浦江上游弋示威。他们满腹诡计，还暗中破坏反帝统一战线，从统一战线内部进行造谣生非，你倾我轧，玩弄各种花招，想搞分裂，削弱反帝力量。外国资本家和在外国资本家的商行、公司、银行所雇用的中国老板，也就是帝国主义和买办资产阶级，他们时不时地抛出一些鬼点子，利诱、分化和停止借款、运输、电力供应威吓大大小小的企业。上海证券物品交易所理事长、上海总商会会长、号称“布鞋财神”的虞洽卿害怕了，他以调解为名，乘机修改了工商学联合会向外国资本家提出的十七条要求，单独提出了十三条，把全国各地捐给罢工工人的钱组织了一个济安会，不肯把钱全部拿出来交给总工会去发放。后来，他们扛不住英国、日本资本家的压力，单独宣布提前开市，要求工人开工。

刘少奇、李立三十分震惊！

乌云乱舞，大地晦暗，黄浦江上的微风在夏天里也是冷飕飕的。刘少奇、李立三逆风而行，紧急召集代表大会，磋商对策。刘少奇主持会议，他首先提出目前急需要解决的三个问题：一、总商会议决，将于6月26日开市，我工界应持何种态度；二、发放罢工工友的救济费，应有良好秩序；三、工人罢工须有良好的组织，如无良好的组织，则一经外来压迫，即行溃败、涣散。现上海罢工工友达二十万，因此我们应讨论如何使组织严密而坚固。

代表们群情激愤，几十副粗大的嗓子、洪亮的嗓子、尖细的嗓子在喊叫，诉说自己的看法。会议最后决定：不管商界开不开市，工界决不依赖，要坚持罢工到底！

在一种沉郁的气氛中，刘少奇、李立三态度鲜明，意志坚强，话语铿锵，果断地发布由刘少奇主持起草的，以上海总工会名义发布的《告工友书》，号召“罢工工友须团结在自己工会周围，如铜墙铁壁一般，无论外国走狗怎样破坏，要一致抵制，决不动摇。加倍努力，坚固我们（工人）的团体，将罢工坚持到底。”

他们号召：“工友们！我们现在有全国人民做我们的后盾，又有全世界工人做我们的后盾，我们如果能够坚持，一定能得到胜利。我们不要害怕，不要受商界开市的影响，要下定决心，不得总工会命令，不得圆满目的，则头可断，工不上。工友们须坚持！坚持！决不上工！决不上工！”

“五卅”气势磅礴，波澜壮阔，席卷全中国。

中国天空下举起的一只只拳头如同一望无际的大森林，大山大河间回荡着愤慨的口号，如同炸雷经久不息：

“打倒帝国主义！”

“取消不平等条约！”

“撤退外国驻华军队！”

“收回租界！”

……

何宝珍紧紧跟随着刘少奇，他指挥到哪儿，她就冲锋战斗到哪儿。她把工会妇女工作做得扎扎实实，有条有理。“五卅”大潮，狂风吼叫犹如马嘶，乌云中蹿翻出电闪雷鸣的狰狞。何宝珍在骤雨中挟着疾风，披着雷电勇敢穿行。在电闪雷鸣中，她迎着风雨绽放成自己所追求的灿烂的莲花！她高傲地呼喊：“让狂风来得更猛烈些吧，让雷电照亮我们前进的道路吧，革命者的哲学就是斗争的哲学，在斗争中才能显出英雄的本色！”

瞿秋白曾这样写道：“‘五卅’后民众运动的发展，一直波及于穷乡僻壤，山西太原等处都有工会的成立，江浙则甚至于小村镇如双林、义乌等处，都起来响应。上海的街头巷口，普通的商人，十三四岁的儿童，争着写贴‘打倒帝国主义，废除不平等条约’的标语，争着唱‘五卅’流血的时调山歌。这岂不是革命运动深入普遍的群众之明证！”

1939年5月，刘少奇在延安工人学校讲演《中国职工运动简史》时，谈到“五卅”运动的伟大意义时说：“‘五卅惨案’是与‘二七惨案’不同的。‘五卅’是工运复兴、大革命开展的信号。像‘二七’那样的惨案应避免，而‘五卅’是不可避免的。虽然在‘五卅’有许多中国人牺牲了，但运动不但未被压下去，反而掀起了中国的大革命。”

20

闸北是上海繁华发达、人口密集的市区，灯火万家，衢市繁盛，人文荟集，风景迷人。这里有学校、仓库、税场、酒务、酒肆、茶楼等等。各方达官显要、蓄商巨贾、骚人墨客出没于高楼里弄。妈祖庙、上海市总商会、同盟会、会审公廨、汇司捕房、同茂酒楼和书场玉茗楼全在这里。

刘少奇、何宝珍住在闸北宝兴里。

参加罢工的工人、店员、学生、老师成千上万的，他们要养家糊口，每天都要吃饭和穿衣。刘少奇工作繁重，筹集罢工的资金。

每天，何宝珍在总工会办公室里抄写、整理材料，她和刘少奇办公室靠得很近，可是忙得很少见到面。刘少奇常常在深夜时才回到住处，有时天亮后回到家中，随便吃上点东西，又匆匆离去。何宝珍几乎天天跑往在宝山路某里弄的一个客堂间里的《热血日报》社，迫不及待地拿报纸看。主编瞿秋白说："每天有专人给你们送报纸，还用你跑来？"

何宝珍擦一把脸上的汗水，说："等不及了，我每天第一件事必要看报纸。"

"是这样呀，"瞿秋白推了推鼻梁上眼镜说："好，好。我们要抢在第一时间让社会各届和全世界了解知道'五卅'罢工的真相。你知道吗，英、日、美等各国帝国主义者施展他们惯用的封锁消息、造谣挑拨的新闻宣传政策，颠倒是非，掩盖事实真相。在上海租界出版的《时报》、《新闻报》等九家中国人自办的报纸，屈服于租界当局的政治经济压力，有的对事件轻描淡写，有的回避或歪曲事实，表现出妥协、动摇甚至媚外倾向。"

何宝珍说："我知道。你写的创刊号《发刊辞》写得好，简直是一首敢与帝国主义搏斗的正气的诗，我都能背上来。"她随口背道，"创造世界文化的是热的血和冷的铁，现在世界强者占冷的铁，而我们的弱者只有热的血。然而我们心中果然有着热的血，不愁将来手中没有冷的铁。热的血一旦得着冷的铁，便是强者之末运。"

瞿秋白笑了笑，"你读了社论《外人屠杀之反抗运动方针》和长篇新闻综述《上海外国巡捕屠杀市民之略述》吗？"

何宝珍说："读了，每一篇文章都读了，我们都很关注。"

瞿秋白说："我们编辑部虽然只是三五人，但一人顶三人用，又做编辑又当作者。"

何宝珍说："你们真了不起，一张木长桌，几条长凳，在一小间又闷又热的客堂间里，每天出版4开4版1万字的报纸，太辛苦了。"

瞿秋白说："能打破舆论的沉寂和封锁，能发扬'民气'，作被压迫民众的喉舌，及时报道评论运动形势，引导群众斗争，是我们的努力。"

何宝珍凝视着这位长得清秀，出生于江南水乡常州的共产主义思想播种者，第一个把《国际歌》译成中文，发表在《新青年》第一期上的才子，一种敬意不禁油然而生。后来，何宝珍看到这位书生革命家，他在武昌第一小学礼堂不久前召开的中国共产党第五次全国代表大会上，当陈独秀为自己的右倾错误进行辩护，为党员的人数中将近六万人，一下降到一万多人，党内的思想相当混乱，敌我的力量悬殊，中国共产党下一步该怎么办，很多人不清楚，看不到前途，看不到出路，而陈独秀也未能提出挽救时局的方针政策，罗亦农叹息说“糟糕”两个字时，瞿秋白抽着烟，长久地沉默。瞿秋白终于在沉默中爆发了。他在主持政治局工作后一针见血地指出，土地革命已到了最高点，农民要求暴动，中国共产党必须燃着这爆发的火线，以自己的军队来发展土地革命。瞿秋白当时只有二十八岁，革命的浪潮已将他推上了大浪之巅。

何宝珍又看到，从1927年夏天到1928年春天，瞿秋白参与领导全党先后在全国十几个省和地区举行了南昌起义、秋收起义、广州起义等武装暴动，吹响了武装反抗国民党的号角！

不过，何宝珍没有看到瞿秋白最后风华潇洒的生命绝唱。

……

傍晚，吴淞口江边凉风飕飕、冷冷的。

紧张地忙完一天工作，刘少奇、何宝珍难得相约一起回家共进晚餐。

吴淞口是长江入海前最后一条支流。也许是天气阴晦的原因，傍晚的吴淞口早早被一层黑纱蒙盖住，夜色与江水融化在一起，变成一个颜色，分不清哪是江水哪是夜色。涛声扑耳，如虎狼般吼叫。江风吹得又猛又狠，人走在江边，稍不小心就会被吹倒掉进江里。

路上有几盏电灯，在昏黑的夜色里，像醉汉睁着醉醺醺的眼睛昏暗地亮着。

刘少奇、何宝珍脚步走得不快，脚上的布鞋踩着沙土路发出沙沙的响声。刘少奇迎着风大声地咳嗽几下。何宝珍说："你最近咳嗽得厉害，我明天陪你找医生看看。"

江边空气湿漉漉的。刘少奇说："不要紧的，可能是抽烟太多了。"

何宝珍说："你还是少抽点烟。身体是革命的本钱，没有一个好身体，有再大的能力也没用。现在是罢工的关键时刻，革命离不开你。"

风一阵阵地吹起刘少奇的头发。他又咳嗽两声，说："我知道，少抽点烟就不会咳嗽了。"

何宝珍帮他扣了扣衣裳的纽扣，"这里风大，我们赶紧回去。"

他们脚步快起来了。

何宝珍想起前几天去报社的事，于是对刘少奇颇有兴致地说了。刘少奇深情地说："秋白为办报纸豁出去了。他们每天接到的来稿来信数以百计，报纸销数三万多份。秋白几乎不分昼夜地忙着写社论，编辑新闻，亲自编排、校对，直到报纸付印出版。到夜晚，他还要听取记者们的汇报，与他们商量新的选题。"

何宝珍说："我听说了，他特别注重工人群众的情绪，每日在报纸上回答他们提出的问题。每当发现重大问题时，他还亲自找工人谈话，核对材料，然后才把新闻发出。"

刘少奇说："秋白累得吐过血，可他不肯休息片刻，仍然工作到深夜甚至到天明，他经常对同志们说：'这样工作比在大学讲台上有效很多。'"

每天，何宝珍都惦记着刘少奇筹集罢工的资金情况，在办公的地方，看到刘少奇身边的人，她就会问刘少奇今天筹集资金的情况怎样。每当刘少奇回到家中，喜笑颜开，何宝珍就会说："看你高兴的样子，又是募集到一大笔经费了。"

刘少奇说："是的，是的，收获甚大。今天，学生组织了学生联合总会各处举行了援助上海工人罢工的大募捐，工人得到了一笔数目很大的钱，差不多有报票价收入。”

何宝珍也抑制不住兴奋地说：“我今天到几家工厂去，在皇宫门口看到一副大标语，写着‘英国人、日本人和狗不准进此皇宫’。”

刘少奇说：“这件事情影响很大。上海所有工厂，英国的、日本的，统统都起来罢工了，一共罢下了二十五万人。不但是工人，连工程师、洋行的职员、领事馆内的雇工，也都罢了工。现在不但商人罢市，学生也罢了课，商人和学生一块跑到各商会和总商会去请愿，向总商会长虞洽卿提要求，一定要总罢市。虞洽卿答应了，上海统统罢工、罢市、罢课。现在租界被封锁，不许粮食和小菜运到里边去。他们还与英国巡捕发生冲突。工商学组织了一个联合会，提出十七条要求，主要是政治上的要求，要收回租界一些需求。”

罢工浪潮汹涌澎湃，逐浪高!

何宝珍利用下工厂时间，带领一群工人、学生、店员到街上为罢工募捐，他们每人胸前都挂有捐款箱，一字排开站在店铺门前，向路边的行人散发传单，向路人募捐。何宝珍喊着口号：“打倒帝国主义”、“废除不平等条约”、“撤退外国驻华的海陆空军”、“为死难同胞报仇!”……行人用热情、钦佩的目光注视着何宝珍，注视着募捐的一个个工人、学生、店员。有一个老年人拄着拐杖向捐款箱里投了五十元钱后，喊道：“有你们在，中国亡不了!”周围人听了，都热烈鼓掌。

很多人拥挤着向捐款箱里投钱，有人主动出来维持秩序。

何宝珍心里骤然涌起一股股热浪，两眼有点潮热：少奇说得多好呵，“五卅”罢工已汇成一股被压迫民众觉醒的反抗声浪。上海公共租界工部局专门成立“出版处”，出版《诚言》宣传品，有一篇文章标题是：《沙面一役中国学生先放枪》。文章内容颠倒是非，混淆视听，蒙蔽真相，真可谓机关算尽！但是，蒙骗不了中国群众。群众把宣传品上的“诚言”涂改成“谣言”、“贼言”，把“看《诚言》”涂成“不看《诚言》”、“不看《谣言》”。

刘少奇忘记了时间，忘记了白天和黑夜，不知疲倦地投身于罢工大潮中。他病倒了。

经医生诊断，刘少奇染上了肺结核病。

党组织决定，何宝珍陪同刘少奇回长沙治病。

第六章 长沙城惊悚地一抖动

21

时间似乎在长沙城北潮宗街上停滞不前，一条狭窄悠长用麻石排列整齐的油亮洁净的街路，依然像九十年前一样简单、朴实，空气潮漉漉的，旅社、洗染、澡堂、理发的生活烟火徐徐，不远处的湘江不知疲倦地滔滔而下，耶稣教堂肃穆、庄重，高高的尖顶直插蓝天……

我站在湘江东岸入城“第一站”的三座抽象雕塑前，听着湘江的声声流水，眺望着麻石路上的熙熙攘攘的人群，仿佛看到毛泽东、刘少奇、何宝珍向我们缓缓走来……

史学家有一段这样的叙述：1920年9月9日，设在潮宗街56号的文化书社开业了。在鞭炮、鼓乐声中，在一群“长袍子先生”的簇拥下，湖南省督军、省长、湘军总司令谭延闿坐着八抬绿呢大轿来到这里。在人们的掌声中，他亲自剪下红绸——亮出了文化书社的牌匾，那上面“文化书社”是四个颇见功底的颜体——谭氏书法，这是他亲笔题写的牌匾。

我在“文化书社”遗址前徘徊。感叹的是：一个红色书社，能够存在七年之久——“马日事变”时被封查，在湖南政坛你方唱罢我登场的背景下，实在是个奇迹。

毛泽东、易礼容选择“开书店”，首要的目的是“传道”。在谈到书社的经营思路时，毛泽东说：“现实的急务，莫要于传播文化；而传播文化有效，则莫要于办‘文化书社式’的书社。”

文化书社创办不久就发展成为传播新文化、新思想的重要阵地，也是广大青年学生来往最多、受教育最深、受鼓舞最大的地方。

其次是“建网”。毛泽东编织出来的这张“网”，不仅是文化传播网，也为革命联络网。湖南早期党团组织建立后，文化书社及其贩卖部、分支机构大多成了党团的通讯联络机关或活动场所。1921至1923年，长沙文化书社俨然是中共湖南党组织的“总机关”。

后来，做了国民政府行政院长的谭延闿后悔地说：“晓得如此，我当时剪么子鬼彩啊，还不如把毛泽东抓起来枪毙了。”

22

11月，长沙寒风发出刺耳的呼啸声，树上的叶子早已掉落干净，湘江也在寒气中低声呜咽。

刘少奇、何宝珍住在长沙城西湘江边上的潮宗街56号文化书社三间房子里。这里距离湘雅医院近，步行只需十分钟，看医生诊病十分方便。

何宝珍喜欢麻石路面的潮宗街，喜欢走在长沙米市的板车木轮的吱吱悠悠响声中，喜欢街上挑江水贩卖的脚夫，喜欢江边排队等粮的密密麻麻的船只，汽笛声此起彼伏，不舍昼夜。每次陪同刘少奇去不远处的湘雅医院治病，她新奇地打量着街上的一切。

古老的街上，有客栈、茶社、米栈、烟馆、商行、戏台。潮宗街是个大米市场，米多自然也遍地粮仓，粮食仓库都是两层的木楼，楼板都是用木柱子支起，每隔一米便支起一根木柱，一眼看去仿佛丛林。米市讨价还价的声音汇聚成生动激越的生活交响曲。潮宗街上的住户几乎都是米店经营者，打米最多的米店一个工作日打出来的米重达九十多吨。打出来的米质量分为三六九等，最讲究的米号是“苏联米”，堪称是天字号。凡是进入这打米现场的工作人员从头到脚一律都要换上纯白的行头，戴上洁白的口罩，米要经过几十道工序的筛选才能出来。

街上旅馆也多，装有稀罕的电话，服务生待客殷勤有礼，勤送茶水，代看房间，通宵值班，呼唤便捷，招呼旅客乘车、上船，不误时辰。澡堂“客满”牌每日高悬。澡堂分雅、正、优、容四等座位，并附设女座，设有理发室、修脚室和南食部。雅正座均为瓷盆，置有沙发；客座为大池。服务态度好得不能再好：入浴时，替客围上浴巾，代客整理擦洗衣服，扎叠成卷，便于携带；客人浴毕入座，递上擦面毛巾，并帮客人擦去背部水渍；浴客休息时为之盖好浴巾，以防感冒；客将离座时再递毛巾，然后结账；客走鞠躬道别，拉门相送。洗染店以洗衣店为主，洋行职员、水兵、绅士、官商、名伶，都送衣来洗等，衣裤不论长短收费只银元五分。照相室，楼梯也铺上鲜艳的地毯，气派非凡。

刚刚进行医疗、休息半个月，刘少奇的肺结核有了明显好转，咳血少多了。

一天上午，从医院治病回来，刘少奇说：“宝珍，这些日子让你陪伴辛苦了，今天，我陪你在潮宗街上走走、看看。”

他带着何宝珍参观耶稣教堂。这是刚兴建落成的教堂，二层半建筑，青砖外墙，屋顶红瓦。

刘少奇指着大门中式对联“行所当行行真道，信以致信信福音”说：“五字六字七字八字字字达意。”

何宝珍叫好道：“评得好，你的话本身快成对联了。”

“纸上得来终觉浅，绝知此事要躬行。”刘少奇用认真的目光注视着何宝珍，“在苏联，无论是城市或乡村，教堂随处可见，而且一座比一座高大，一座比一座漂亮。”

何宝珍说：“一座教堂是一门艺术，一门集建筑、绘画、雕塑、音乐为一体的综合艺术。”

“是的。”刘少奇又问，“潮宗街上有一个名人知道吗?”

何宝珍脱口而出，“应该是军机大臣瞿鸿机。”

他俩并肩走出教堂，刘少奇说：“你怎么看待他?”

何宝珍想了想说：“瞿鸿机曾经两充考官，四督学政。晚清科考弊案频发，考官和学政成了油水可观的肥差，瞿鸿机不为诱惑所动，坚持公事公办，谢绝请客送礼，以廉洁扬名翰林院。”

“对。”刘少奇思索着说，“晚清的清浊纷争，因为北洋大臣、直隶总督袁世凯的介入非常激化。袁世凯野心大又工于心计，他靠源源不断的丰厚孝敬，使庆亲王奕劻对他言听计从，也希望用贿赂的手段拉拢瞿鸿机。瞿鸿机在河南任学政时与袁世凯的弟弟有师生名分，袁世凯派心腹向瞿鸿机问安，说他也应该向瞿鸿机递门生帖子，瞿鸿机心知肚明，回答‘不敢当!’袁世凯又表示愿与瞿鸿机结为异姓兄弟，瞿鸿机又谢绝了。后来，瞿鸿机儿子娶妻，袁世凯又送来一份厚礼，瞿鸿机竟原封不动地把礼金退了回去。袁世凯见拉拢不成，就算计着他，排除瞿鸿机出局之路。瞿鸿机最终被罢了官。”

街上一片伙计的吆喝喊叫声，刘少奇、何宝珍走在米市稻米飘香的人群中。也许是做女人特有的感觉，何宝珍看见每当有父母抱着牙牙学语的婴儿走过去，刘少奇眼睛总是盯住瞧，有时还回头笑着看婴儿，嘴里喃喃自语："这孩子应该有一岁了。"何宝珍想，少奇非常想念斌斌了。

何宝珍也想斌斌。世上哪有母亲不想孩子的，在斌斌几个月时，她们母子天各一方，再没有见过面，这更让她想念孩子。白天还好，她忙着大量的工作，几乎没有时间想孩子，可到了晚上，她在梦中几次见到儿子。

梦，是梦想。

梦想是石，敲出的一点星火，照亮看不见的地方。

一次，在梦中，她和刘少奇抱着斌斌走在上海大街上，刘少奇买了一串冰糖葫芦给斌斌拿着，斌斌笑嘻嘻的，突然启口喊了一声"爸爸"。第一次听见孩子喊爸爸，刘少奇兴奋极了，像看到春天第一枝报春花，喜出望外地说："斌斌会喊爸爸了！"这时，一个粗壮的男人冲过来，抢过斌斌，跳上有轨电车，走了。何宝珍听见斌斌嚎啕大哭，向自己拼命地招手，她不顾一切，丢魂失魄般地追过去。电车走远了，她想迈开大步追赶，可两腿发软没力气，迈不开步子，她想大声地呼救，嗓子怎么也扯不开来，喊不出声音，她焦急、挣扎、紧张，满头热汗，失声哭起来……刘少奇把她从梦中推醒过来，问："怎么了，做了噩梦吧？"

她说："我梦见儿子了。"

刘少奇说："我们与斌斌分开有一段时间了。"

她说："不知儿子长多高了，是胖还是瘦。"

刘少奇说："我真想他，找时间快把他接来住上一段日子。"

何宝珍想，是该早点回一趟炭子冲，接来斌斌，让少奇与儿子团聚，他心情愉快，对治疗肺结核病、早日恢复健康有帮助。

何宝珍说话、办事干脆利索，不含糊，不拖泥带水，痛快淋漓。

她回炭子冲接儿子到长沙小住，引起了周氏疑心，以为要带走儿子，不太愿意放走斌斌。何宝珍搂不住火了，与周氏大吵了一架。

二哥刘云庭是一个明事理的人，耐住性子，给周氏讲了不少道理，让何宝珍把斌斌接到了长沙。

何宝珍把自己与周氏吵架的事情告诉了刘少奇，她说："我知道你会怪我，一个读书见世面的人，连这点事情都没有处理好，还有什么水平。这不怪你，我在回来的路上想了，是做错了，有点失态。"

刘少奇说："你能这样去想、去认识很好，能换位为周氏设身处地想想，什么问题都迎刃而解了。"

何宝珍同情地说："周氏真不容易，她把斌斌当成了命根子，真怕失去。"

刘少奇说："斌斌是她全部的希望。"

寒凝大地的严冬，刘少奇、何宝珍小小的居室里，好像在四月天里，春暖花开，笑声朗朗。

刘少奇、何宝珍在长沙快五十天了。经医疗技术较先进的湘雅医院治疗，刘少奇的病已经好转，他对来看望他的已被改称为中共湖南区委会接替毛泽东做区委书记的李维汉说："我要回上海了。"

没人觉察到，一双双可怕的眼睛在暗中正悄悄地瞪着刘少奇。这是湖南省主席赵恒惕和他派出的特务们。

赵恒惕知道刘少奇是全国总工会副委员长、上海"五卅"运动的主要负责人。

"五卅"运动的浪潮惊天动地，席卷千里。长沙拉开了大革命高潮的序幕。国民党湖南省党部和中共湘区委紧密配合，成立了青沪惨案湖南雪耻会和长沙青沪惨案雪耻会。雪耻会发动和组织了长沙各界群众十多万人举行示威游行，散发反日反英传单七十多种、十多万份，反帝反封建的口号响彻岳麓山，要求解除英日巡捕武装，没收英日在华所办工厂。当天，英国、日本领署工人退工，湘雅、福湘学生退学，报界也停止出刊，长沙城笼罩在悲愤的气氛之中。进入6月以后，雪耻会的炮火对准英日经济，不买英日货物，不给英日侵略者提供粮食、燃料、蔬菜……

刘少奇回到长沙，赵恒惕心神不安，怕长沙随时要发生什么重大事情。

赵恒惕毕业于湖北方言学堂暨日本陆军士官学校，后官费到日本求学，在日期间加入同盟会，回国后跟随蔡锷督练广西新兵。辛亥革命爆发后，率领新军拥广西巡抚沈秉堃宣布独立，随即率部北上，驰援武汉，任左翼军司令，与南下的清朝军队对峙。民国成立后任第十六旅旅长，回到湖南协助都督谭延闿整编军队。二次革命狂飚起来，任总指挥率师攻鄂，袁世凯派遣他入湘，被湖南人称为“汤屠夫”的汤芗铭俘虏，押进京城判刑十年。1915年，袁世凯要称帝，颁赦令，蔡锷等名流保释出狱。次年袁世凯死，赵恒惕回湖南，任湘军第一师师长，嗣后代督军、湘军总司令、省长。1921年4月，赵恒惕通电反对孙中山任非常大总统，反对北伐军入湘作战；1923年前后，镇压农民，破坏农会，压制民众运动。

赵恒惕手上沾满共产党人的鲜血：捕杀湖南劳工会的领导人黄爱、庞人铨，封闭劳工会。派兵会同衡山的豪绅，摧毁刚刚兴起的岳北农工会，枪杀农民代表三人，逮捕七十余人，焚烧会址及房屋二十余所。1925年9月，他派出手枪队，协助江西军阀镇压安源路矿工人运动，打死工人四人，捕杀工运骨干黄静源。他还指使株洲驻军叶开鑫部杀害农协领导人汪先宗。

赵恒惕魔掌中的屠刀悄悄地伸向了刘少奇。

12月16日，长沙天空灰蒙蒙的，下起了细雨，还夹着细细碎碎的雪花，路上行人都低着头、缩着脖子匆匆赶路。

中午时分，何宝珍陪着刘少奇从湘雅医院回到书社，她和刘少奇还没有掸去身上的雪花、拿下脖子上的围巾，突然，书社的店门被猛地推开，随着一阵寒风袭来，闯进来三个便衣“顾客”。在书店从事地下工作的许文煊大声向这几位不速之客喊道：“先生，我是会计，有事找我吗?”

三个人头也不回，蛮横地向后楼走去。

刘少奇听到外面有喊声，知道情况紧急，对何宝珍镇定地说：“我去应付。”

何宝珍急忙朝楼下看看，见敌人已经控制了楼梯，来不及转移了。她望着刘少奇说：“我去对付。”

刘少奇想拉住她，何宝珍已经到了楼梯下。一个敌人张开两臂拦住她，何宝珍一只手攥紧他一只臂膀，向后一拧，他疼得身子歪到一边，连连喊：“哎哟，你要造反呀……”

又一个敌人扑上来，何宝珍眼尖手快，不待他靠近身边，另一只手抓住他一只手腕，扳向后边，她一只脚用劲踩他一只脚，他疼得龇牙咧嘴，叫唤：“妈呀……”

一个当官模样的人举着手枪对准着何宝珍。

刘少奇看到眼前情形，走下来，对何宝珍淡定说：“他们冲我来的，你回去带孩子。”

何宝珍铁青着脸，不依不饶，“他是病人，回长沙治病的，你们为什么抓他？”

当官模样的人问：“你是什么人？”

何宝珍理直气壮地说：“我是他的妻子。”

“没有你的事，你松手放开我的人。”当官模样的人打量着刘少奇说，“你就是刘少奇？”

刘少奇镇定地说：“我就是刘少奇。”

当官模样的人说：“好，请你跟我们走一趟。”

“为什么？”刘少奇声音低沉而有力，用两道严峻的目光扫了扫敌人。

当官模样的人说：“无可奉告，我们也只是奉命行事，请刘先生理解。”

何宝珍上前一步，阻止说：“你们凭什么无缘无故抓我丈夫，有什么证据？”

“我们抓人还用证据吗？告诉你，今天对刘先生算是客气的。”那两个人揉了揉手腕，盯一眼何宝珍，说：“你呀，长得怪细致，手脚上的劲比男人还大，功夫不简单啊。”

临出门时，刘少奇围了围脖子上围巾说：“宝珍，带好孩子，守住家门，我去了，不必大惊小怪。怕什么，为人不做亏心事，夜半打门心不惊。”

书社的板门被拉开了，寒风肆无忌惮地扑进来，刘少奇毫无畏惧地对三个敌人说：“走吧，前头带路。”

“带好孩子，守住家门。”何宝珍心里念叨着刘少奇这一句话。啊，这是一种叮嘱，更是包含着某种暗示。

刘少奇被抓走了，押往长沙戒严司令部，关进了盐运街盐道衙门监狱。

从湖南省政府内部传出消息，赵恒惕亲笔批示：刘少奇要被“就地斩决”。

什么是共产党人？什么是处险不惊？什么是冰霜风雪、刀尖火海？

何宝珍，就是共产党人！一个女人，为了红色的理想和信念，将温馨的家庭和嗷嗷待哺的孩子放到一边，坚贞不渝地跟随着丈夫，在血雨腥风中前行。刘少奇被抓走了，她没有惊慌，没有像一个通常的女人只顾去抹眼泪、叹息，作为一个历经过风雨的人，从省立衡阳第三女子师范学校组织学生运动、从奔赴安源路矿、从置身于上海“五卅”运动，她心里早已有准备，一个革命者，就是要踏着刀尖火海、裹着冰霜风雪走四海，随时随地做好被逮捕、被审讯拷打、被砍头的准备……

这是年轻的何宝珍真实的想法，这是何宝珍燃烧的青春。

不过，年轻的何宝珍突然身边没有了刘少奇，心里顿时觉得空落落，像失去了依偎的大山。

冷风抽杀着长沙人，抽杀着何宝珍。

何宝珍找到了中共湖南区委书记李维汉，她细细地报告了刘少奇被逮捕的过程。李维汉安抚了何宝珍，并说：“马上召开区委会议。”

啊，区委！此时此刻，何宝珍听到“区委”两字，格外亲切，区委是她和刘少奇的“家”啊。她心中燃起了一束火焰，顿觉温暖，心中有了大山，身上有了力量。

会议室里很静，很紧张。

李维汉与在家的何叔衡、易礼容、肖述凡等委员讲的话十分生动，条分缕析。几个抽烟的委员口里吐出的烟雾在屋里弥漫，有不会抽烟的人被呛得咳嗽几声，赶紧用手捂住嘴怕影响了开会。大家分析：赵恒惕之所以拘捕刘少奇，一是为了讨好洋人，希望得到洋人的支持，扩大自己的势力，在“五卅”运动中，洋人恨透了刘少奇；二是“五卅”运动的余波，在湖南至今未息。10月间安源路矿俱乐部主任黄静源被杀以后，长沙、株洲、衡阳、醴陵几万人举行追悼会，游行示威，震撼三湘。11月长沙又爆发几万学生抗议省政府拘捕和开除长郡中学、兑泽中学的学生。连日来，赵恒惕如坐针毡，忧心如焚。现在又见刘少奇这位工人运动领袖回到长沙，生怕推波助澜，所以要下毒手。

天黑下来了。会议开得很长，大家还分析可能突然会发生的事情，如果发生时该怎么办。最后，会议决定：立即组织营救，除了电告中共中央和中华全国总工会组织营救外，并由何叔衡、肖述凡通过长沙《大公报》发表消息，防止赵恒惕暗下毒手。

在湖南，赵恒惕一手遮天，他严密封锁拘捕刘少奇的消息。

12月17日，《大公报》顶住层层压力，冲破长沙乌云密布的天空，最先把刘少奇被拘捕的消息公布于众：

“上海总工会总务部主任刘少奇，近患肺病，日前偕其妻回湘养病，昨日(即16日)下午一时，刘往贡院西街文化书社购书，入门不到一刻，突来稽查二人，徒手兵一名，扭往戒严司令部。至其被捕原因，尚不得知。闻刘氏宁乡人，曾肄业长沙明德学校，近年居沪，为各项运动之领袖云。”

长沙舆论大哗。

看了报纸，赵恒惕暴跳如雷，骂骂咧咧说要追查是谁干出这事情。他怎能不恼羞成怒，这时正值第一次国共合作，孙中山先生“联俄、联共、扶助农工”的三民主义主张得到了国人的普遍叫好。赵恒惕竟敢明目张胆逮捕共产党工运领袖，在社会上引起轩然大波，他能不紧张、不担心破坏国共合作的罪名吗？

火上浇油，舆论的火焰越烧越大。赵恒惕没想到，25日，省港罢工委员会在广州发行的《工人之路·特号》182期也报道了刘少奇被拘捕的消息：

“中华全国委员会副委员长刘少奇君，在第二次劳动大会后，即回上海组织上海办事处。‘五卅’惨案发生，刘君日夕奔走，尽力尤多，因积劳成疾，回原籍湖南养病，不知为何被赵恒惕忽派人加以拘捕，现上海办事处已来电乞救。”

全国舆论哗然。各地工会组织、青年社团、进步人士纷纷通电全国声援，一天竟有几十份抗议书和救援信投递到湖南省府。中华全国总工会、全总上海办事处纷纷通电谴责赵恒惕，要求释放刘少奇。湖南学生联合会联合群众组织和社会团体向全国发出呼吁书，要求释放刘少奇。

一份份抗议书、救援信、通电、呼吁书像雪花纷纷飘来，铺天盖地扑向赵恒惕，他陷入全国舆论声讨和谴责的汪洋大海里。

赵恒惕心情烦躁不安，失态地把通电、抗议书揉成一团，掷到秘书长脸上，拍着办公桌，恨恨地说：“你们喊吧、骂吧、写吧，在长沙地盘上，看是我的枪杆子厉害，还是你们笔杆子厉害。”

中共湖南区委展开营救刘少奇行动。

何长工对何宝珍说：“你多配合组织行动。”

那些天里，何宝珍居住的书社窗口通宵闪亮着灯光，她像一道黑夜里的闪电，在长沙大街小巷里奔波闪现。

她把儿子斌斌送回炭子冲。

她安抚受了惊吓的老婆婆。

她与刘少奇的二哥、曾在湘军里做过军官的刘云庭商量营救刘少奇的办法。

一个天上没有星星的夜晚，何宝珍坐在阁楼上窗口边，望着黑沉沉的潮宗街，心乱如麻：组织上人人都在想办法营救刘少奇，我既是刘少奇的同志，更是他的妻子，营救刘少奇应该义无反顾地冲在前面，出更大的力。可是，我怎么才能救出刘少奇？茫茫长沙，浩浩人海，我又能找谁帮忙呢？她用手理一下头发，这几天，她没日没夜在外奔跑，没有心情、没有时间梳理头发，乱蓬蓬的。她想：这时，刘少奇要是在身边，他一定会想到出其不意的营救办法……

黑夜里的潮宗街像死了一样，没有一点声息，很难想象出它的白天繁华喧嚷。偶尔，一个打更的老头半天敲响一下木梆，慢吞吞地走过去。

刘少奇被拘捕离开她三天，何宝珍觉得像离开了两个月，她睁开眼睛和眯起眼睛面前都是刘少奇。她心里难过，埋怨自己，没有保护、照顾好刘少奇。她担心地想：刘少奇在监狱里受罪了吗？一天三顿吃什么饭菜？天这么冷，晚上睡觉盖的铺暖和吗？他身体虚弱，刚刚恢复好一点的身体能经得起折磨吗？她想：刘少奇被拘捕，她是有责任的，过一段时间，她要向组织上检讨……

不远处，一辆警车尖叫着掠过去，长沙城惊悚地抖动一下。

何宝珍闭上眼睛，继续沉思着。没有办法的时候，就是快要有办法了。她把自己和刘少奇熟悉的人像放电影一样从脑海里过了一遍。蓦地，一个人影跳进了心里，原省立女三师教过自己的教师欧鸣皋在长沙，他是宁远人，终身致力于教育事业，曾亲手创办私立育群学校，为湘南几县培养不少的人才。

何宝珍真是病急乱投医了。第二天，天刚亮，她匆匆梳洗一下，出门踏着积雪找同学李治国，打探欧鸣皋老师家的住址。

在一条幽深的小巷里，何宝珍急促地拍响了李治国的家门。李治国全家在睡觉，他问："谁呀？"

何宝珍说："我是何宝珍，找你有事。"

李治国边扣着棉袄边打开门，睡意未醒说："也只有你宝姐能这样大清早风风火火地打门。什么事？"

何宝珍说："我找欧鸣皋老师的家，你知道住哪里吗？"

李治国打量一下何宝珍，惊诧说："好久不见了，几时到长沙来的，你的脸色怎么不好？"

何宝珍说："我是从上海来的，到长沙才几个星期，我男人刘少奇被省政府抓走，关在戒严司令部，心情很差。"

"噢。"李治国慎重了，说，"欧老师现在教育厅工作，住在盐仓街，他儿子与我小学同学，我去过他家。我带你去。"

何宝珍说："马上带我去，行吗？"

"好，我知道。"李治国很热心地说，"这事不能拖。"

李治国戴上棉帽，领着何宝珍去欧鸣皋的家。他问："宝姐，你没吃早饭吧，我请你吃点？"

何宝珍说："不用了，先去欧老师家。"

李治国说："我买点葱油粑粑带给欧老师。"

何宝珍说："老同学想得细。我大清早上你家可是什么没带呀，你爱人会不会怪呀……"

"废话。"李治国笑了笑，说："你不是遇到难事了嘛。再说，我们老同学之间的事，碍她什么事。"

李治国买上几块葱油粑粑，用纸包裹着，细绳一扎，拎在手中，向何宝珍晃了晃，笑着说："行了，拜见老师去。"

何宝珍说："治国，有情后补啊。"

李治国说："你怎么这样客气啊。"

欧鸣皋全家人都起床了。欧鸣皋是谦谦君子，为人正直，待人热情。他见大清早自己的学生上门来，喜不自胜，请进屋，连连让座。他说："你们没吃早饭吧？现在一块吃。"

"欧老师，我们真的吃过饭了。"李治国把葱油粑粑递给欧鸣皋，

“你快吃饭，我和宝珍给你带来早点，葱油粑粑正热乎，您吃。”

欧鸣皋闻着葱油粑粑的清香味，笑道：“治国啊，你还像在学校时一样幽默风趣呀。”

李治国说：“欧老师，何宝珍遇到难事求你帮忙。”

何宝珍急忙说：“欧老师，请您帮忙，我遇上大事了。”

欧鸣皋望着何宝珍说：“什么事？你说。”

何宝珍把刘少奇被捕的经过细细说了一遍，最后，恳求说：“老师在长沙德高望重，求老师帮助疏通关系，及早释放，他现在有病，经不住牢里的折磨。”

“是这样。”欧鸣皋清瘦的脸上全是沉思的神色。半晌，他说，“小何，这事是大事，不能耽误，如果靠我一人力量肯定不行，困难太大。”

何宝珍面露焦灼的神色，呼吸也急促了，“那怎办？没办法了？”

欧鸣皋不急不躁地说：“我有一个想法，你的家乡道县的何维朴先生最近从上海来到长沙，住在理向街，他的声望很高，最好能请他出面帮忙斡旋。”

何宝珍连连地说：“我知道他，我们是本家，大画家。”

“这就好。”欧鸣皋拍手称道。

何宝珍、李治国向理向街疾步走去。

理向街是一个热闹的地方，尤其饭店美食有名气。

八九点钟时辰，理向街热闹起来，人群拥挤，摩肩接踵，小摊小贩叫卖声不绝于耳。

何宝珍的心扑在营救刘少奇身上，周围人群高一阵低一阵的叫卖声，她似乎一句没有听进耳朵里，只顾走路，想能马上见到何维朴先生。

明、清以来，道县东门村共出进士二十四人，曾有“十五代秀才世家”之美称，其中代表性人物有何家直系三代的何凌汉、何绍基、何维朴。何绍基，字子贞，是晚清杰出的书法家、诗人、学者、教育家，有“有清以来二百余年第一人”的美誉。他书法艺术突破了清代馆阁书体的方正规矩束缚，风格独特，自成一家，人称“何体”。何绍基是何维朴的祖父，何凌汉是何绍基的父亲。何凌汉嘉庆十年中进士，授翰林院编修，先后任工部尚书、吏部尚书、户部尚书等职，为官清正，同时又是有名的书法家。

何维朴从小受到严格家训，官至内阁中书，清末任上海浚浦局总办，辛亥革命后，舍官以卖画为生。何维朴能诗词、工山水，尤以绘画造诣最深，为海上画派代表人物。

到了何维朴下榻处，何维朴听说老家来人，而且是何氏家族人，心生欢喜，急忙相迎，握手亲切。

何宝珍、李治国坐了下来，何宝珍自报家门：“我是贵头村人，父亲何瑞蓉，母亲丁贞娥。”

何维朴若有所思地说：“我去过贵头村，那里有一条洑水河，很美的，我画过画。”

何宝珍心急如焚地说：“表叔，您是社会贤达名人，今天侄女来求您帮忙了。”

何维朴没有推辞，“你说。”

何宝珍一口气把刘少奇被捕的经过说了一遍。

何维朴说：“刘少奇被捕一事，现在长沙人全知道，成为谈论最多的话题。”

何宝珍有点忐忑不安地望着何维朴，等待他的表态。

何维朴诚恳地说：“我与赵恒惕也不十分熟悉，这事最好找欧阳振声。”

何宝珍望了望李治国，心里有点失落。她知道欧阳振声是湖南省议会议长，可谁能熟悉这个大官呢？即使找到他，又肯出面帮忙吗？

何维朴看出何宝珍有点失望，又提高声调说：“这样吧，明天我邀你老师欧鸣皋一同去。欧阳振声和他是宁远同乡。欧阳振声是省议会议长，是代表民意的，他讲话有分量，赵恒惕肯定是要听的。侄女呀，明天最好你也去，能把理由讲得清楚些。”

何宝珍激动得眼里闪耀着泪光。多好的表叔，多好的家乡人，多仗义执言的老人啊。

“谢谢表叔。”何宝珍连忙给何维朴鞠躬。

“谢谢先生。”李治国感动得也给何维朴鞠躬。

第二天上午，何宝珍、何维朴、欧鸣皋一同去看望欧阳振声。

在中国，欧阳振声是一个不容忽视的人物。

他是湖南宁远县清水桥田村人，毕业于日本早稻田大学。他与黄兴等人筹划过武装起义，计划泄密遭清军搜捕，其他革命党人逃往日本，而他仍然留在武昌，负责通讯联络工作。1911年，黄兴派遣欧阳振声，跟随宋教仁从日本回国，在上海秘密建立同盟会中部总会。袁世凯篡夺辛亥革命的胜利果实，为限制袁世凯的权力，组成责任内阁，欧阳振声随宋教仁积极活动，将原同盟会、国民公党、国民共进会和实进会等组织联合起来，成立国民党。1913年3月20日，宋教仁在上海车站被袁世凯派人枪杀，欧阳振声悲痛万分，每日举拳狂呼“报仇”不已。不久，他与谷钟秀等组织统一共和党，任干事，积极从事反对袁世凯的斗争。在一次议员会议上，他列举袁世凯十大罪状，进行弹劾。袁世凯恼羞成怒，下令解散国会，并秘密缉拿欧阳振声。他被迫离开北京前往上海。

1922年，欧阳振声回到湖南，参与赵恒惕组织湖南省政府，选为省议会议长。

跨进门，何宝珍一见欧阳振声的面，觉得这是一个性情爽快但又是很有城府的人。

欧阳振声一见何维朴、欧鸣皋两个在湖南举足轻重的人物一块来到府上，心想，他们是无事不登三宝殿，肯定有什么大事情来找我。欧阳振声在上海时，与何维朴有过来往，知道他这个大画家很清高，一般事不容易求人，袁世凯任大总统时，曾经派人求他画一张像，被毫不客气拒之于门外。现在他能主动上门拜见，也是对自己的信任。

欧阳振声请客人们品茶，说：“何老夫子，什么时候来长沙的？”

何维朴说：“来了半个月，过几天就回上海。”

欧阳振声说：“怪不得今早看见有喜鹊在门口一个劲叫呢，原来是您老和鸣皋兄莅临寒舍，我万分荣幸。”

何维朴说：“今天来有事相求，请您高抬贵手，帮一个忙。”

欧阳振声说：“何老夫子所托事情，承蒙信赖，在所不辞。你说，什么事吧。”

何维朴指着何宝珍说：“她是我的表侄，又是你同乡欧鸣皋省立女三师学校的学生，叫何宝珍，她的丈夫刘少奇早几天被戒严司令部抓起来，麻烦您在赵恒惕省长面前方便时说说情，早日释放。”

欧阳振声看了看何宝珍。

何维朴转过脸，望着何宝珍，“你说一说，把刘少奇被捕的经过，如实地禀告欧阳议长。”

何宝珍刚要开口，欧阳振声摇摇手，说：“不必说，这情况我早知道。”

何维朴问道：“赵恒惕省长为什么要抓他？”

欧阳振声咂咂嘴，“这个，这个嘛，一下子说不清楚。”

欧鸣皋插话说：“欧阳议长，这事只有你能帮忙说上话，刘少奇太年轻了……”

欧阳振声脸上一会是乌云，一会是阳光。他心事重重地望了望何宝珍，又看了看何维朴，下决心说：“好吧，何老夫子和我的老乡来了，这个情面是要给的，我一定尽力帮忙。不过，刘少奇是宁乡人，我还得找宁乡的议员们一起到赵省长面前去讲情。”

走出欧阳振声的院门，何宝珍顿觉心中的雾霾在慢慢地退却，头脑也不那么昏沉，几天里的疲累几乎没有了。她仰脸望着一半白云一半乌云的天空，让寒冷的风扬起长发，舒一口长气说：“少奇，亲爱的，你有希望出来了。”

太激动了，何宝珍急切地想把自己这些天营救刘少奇的情况，还有欧阳振声议长答应说服赵恒惕释放刘少奇的好消息向组织汇报。她赶到中共湖南区委，接待她的是何叔衡。何叔衡既是何宝珍的老师，又是刘少奇的同乡和同志。听完何宝珍的汇报后，何叔衡用深邃的洞察一切的目光看着何宝珍，说："你这几天跑得是有成绩的，连欧阳振声议长都被说服了，很不错。不过，凡事要从好处着想，从坏处着眼的。我们应该估计到，现代的中国是军阀专政，议会是配相的，像赵恒惕这样跋扈的军阀，议长讲话他不一定全听，所以我们还要多找门路。"

一番话，点点滴滴在心头。何宝珍刚才激动的心情顿时平静下来。是啊，组织上分析得多么透彻，把反动政府的本质和嘴脸看得一清二楚，如果不及时剥开他们的画皮，不仅营救不出刘少奇，还会让组织蒙受重大的损失！

何宝珍说："何委员，你讲的太对了。"

何叔衡说："我们是这样考虑的，从赵恒惕的军队入手。赵恒惕特别倚重第1师1旅旅长兼长沙警备司令叶开鑫、第1师师长贺耀祖，他俩是赵恒惕的左右手，赵恒惕全靠他俩维持，才在湖南坐得稳。他俩都是宁乡人，作用会更大一些。现在关键是找到能搭上关系的人。"

何宝珍想了想，说："少奇的二哥刘云庭曾在湘军里，参加过辛亥革命，我问问他，看有没有办法。"

刘少奇被捕后，炭子冲的刘少奇家里一片惊恐不安。刘少奇的母亲搂着孙子斌斌直淌泪水，几乎不吃不喝，晚上睡觉失眠，眼睛睁到天亮。她还昏厥过，醒来后直喊叫刘少奇的小名字："我的九伢子，我的九伢子呢？"

刘少奇几个兄弟围着母亲，揉胸口、掐太阳穴的，安慰说："妈，不碍事，九伢子过几天就出来了。"

母亲喊道："你们蒙我、哄我老太婆，你们都是九伢子的亲兄弟，吃妈一个奶水长大的，一点不想法救救他……"

二儿子刘云庭说："妈，你放心，我现在就赶往长沙找人。"

心随情动。

在潮宗街书社里，刘云庭与何宝珍见了面，不等刘云庭开口说话，何宝珍就抢先说：“二哥，我为少奇的事情正要找你，你在湘军中当过军官，现在还有认识的人吗?”

刘云庭说：“我正为这事来长沙找你。这几天，我老想这事，我看，去找洪庚飏，他是我们宁乡人，少奇同学。我知道，他俩过去是好朋友，经常到我们家里玩。他现在是湖南省禁烟局局长，是场面上的人，认识上层人多，他应该有点办法。”

“这是一条好门路。”何宝珍眼睛亮起来，“二哥，事不宜迟，我俩现在就去吧。”

何宝珍、刘云庭见到洪庚飏，他和爱人袁素很是热情，又是让座又是沏茶。洪庚飏听说何宝珍是刘少奇的爱人，就张口闭口称嫂子，说他和刘少奇虽不是兄弟却胜似亲兄弟，他们是坐过一张桌子的同学，从小到大就佩服刘少奇，说他有才能有抱负。接着，洪庚飏还说刘少奇是他和袁素的婚姻介绍人呢。

事情是这样的。1922年秋天，洪庚飏从日本学成归来，在上海与刘少奇不期而遇。老乡见老乡，两眼泪汪汪。他们聚在一起太高兴了，说着各自的经历和今后的打算。洪庚飏家有寡居多年的母亲需要照顾，打算回湖南谋事。共产党那时还秘密活动，刘少奇没有太多地宣传自己的组织。那些日子，他们相处得十分愉快。刘少奇与洪庚飏还有更深一层关系。那时，宁乡姑娘袁素正在上海师范专科学校上学，她早就认识刘少奇，常有往来。现在，洪庚飏到了上海，刘少奇喊来袁素，三个年龄相仿的老乡，不期而遇，他们在外滩散步，边看风景边聊天。几次接触后，刘少奇见洪庚飏和袁素互相间有好感，干脆当起了红娘，把他俩牵到了一起。

此时，洪庚飏说：“我是从报纸上看到刘少奇被捕的，我和袁素天天嘀咕，一直在想，怎么救出他。”

刘云庭说：“赵恒惕对你怎么样?”

洪庚飏说：“这人飞扬跋扈，我有事去请示他，爱理不理的，我一般也不想见他。”

刘云庭说：“你和叶开鑫、贺耀祖关系怎么样？”

洪庚飏马上说：“我们都是宁乡人，关系还可以，叶开鑫还是我爱人的干爹呢。”

何宝珍急切地说：“叶开鑫、贺耀祖是赵恒惕手下的师长，赵恒惕在湖南能站住脚，全靠他俩，叶开鑫、贺耀祖讲话，赵恒惕不得不听。”

洪庚飏点点头说：“嗯，有道理，既然是这样，我来斡旋。”

何宝珍感受到了刘少奇的朋友在刘少奇生死攸关的时刻，挺身而出，义不容辞，出手相助。她有点激动，给洪庚飏深深地鞠了一躬，说：“洪局长，我代表刘少奇谢谢你了。”

洪庚飏连连摆手，说：“嫂子，你不要这样，刘少奇的事就是我的事，我会尽力相救的。另外，我想把事情做得牢靠些，后天中午安排一桌酒席，请他俩来，还请几个宁乡的老乡来作陪，你俩也来。”

何宝珍说：“时间很紧，只怕刘少奇在里面情况突变，明天宴请他俩怎样？”

洪庚飏说：“不行，来不及，还有一些准备工作。”

刘云庭说：“庚飏局长让你费心了。”

洪庚飏望着何宝珍说：“嫂子，我们也许这是最后一搏，不能有一点细节上的闪失，必须要万全、万全、再万全。”

何宝珍相信地点了点头。

洪庚飏想了想，又说：“嫂子，届时你和袁素要打扮一下，这样的场合要讲究点仪表。”

洪庚飏是一位有心人，他家藏有不少名人字画，并知道叶开鑫有收集文物字画的癖好，于是委派心腹侍从周维宾连夜赶往宁乡家里，找出一幅乾隆皇帝御笔条幅，又找出一幅在长沙书画市场炙手可热的清代王鉴的山水画，第二天连同邀请函，分别送到长沙叶开鑫和贺耀祖公馆。洪庚飏还知道叶开鑫喜爱收藏古董，在银楼打了一套银质餐具，送给了叶开鑫。叶开鑫得到这个传家之宝后，两眼放光，连连说：“好，好。”

这一天，怡园酒家的高级客厅里布置一新。

何宝珍、袁素打扮入时，都穿着旗袍，何宝珍身上的旗袍是浅绿色，她烫着发，耳朵上佩戴闪亮的坠子，嘴唇上略施淡淡的口红，看起来，端庄、秀气、大方。

叶开鑫、贺耀祖如约而至。

宁乡的两位省议员也来了。

叶开鑫和贺耀祖分别坐在主宾、副主宾位置上。

开宴了，洪庚飏举起酒盅，以主人身份说：“在座的都是同乡，彼此都不必客气，平日大家各忙各的，难得见面，今天相聚小欢，一醉方休。”

几杯酒下肚，大家话多了，从长沙谈到宁乡，谈到宁乡历史悠久，文化源远流长，山水俊秀，地杰人灵，英才辈出。

何宝珍掌握了叶开鑫暴躁的脾性，有勇无谋的个性，瞄准时机就出手，她用激将法刺激叶开鑫，说：“宁乡是一个出人才的好地方，人才济济，在长沙当大官的也不少，可都是有职无权……”

“这什么话，我不喜欢。”叶开鑫瞅了瞅何宝珍，摇摇头，神情不爽，用指头点了点她面前的小酒盅，说：“给她换上大杯，说错话，罚酒。”

酒店侍从给何宝珍端上一个倒满酒的大杯子。

大家都怔怔地望着何宝珍，不知怎么办是好。

袁素望一下叶开鑫，小声地求情说：“干爹,她是妇女,不会喝酒。”

“你不要过问了，这是规矩，我喝酒就这样。”叶开鑫武声武气地说。

场面上气氛有点不自然。

何宝珍出手惊人。她见时机成熟，望了望叶开鑫，端起酒杯，一饮而尽，脸上轻松自然。

叶开鑫先是惊愕，后来带头“啪啪”鼓起掌来。跟上，大家都热烈地鼓起巴掌。

洪庚飏轻轻地松口气，赞叹说：“道县男人酒风强悍，没想到，妇女的酒也不弱男人啊。”

这时，何宝珍问：“叶长官，我还能接着说话吗？”

叶开鑫点点头，“喝了酒，应该你说话。”

何宝珍说：“我刚刚说的话没有错。前几天，我看见有人打着你的牌子找赵省长，为宁乡人刘少奇说情，被办公室人挡了驾，说叶开鑫在省政府什么有职无权，像他一样的大官一抓一大把。”

大家趁热打铁，纷纷说：“省政府太不像话了，叶长官掌握千军万马，在长沙一人之下，万人之上，谁敢这样狂言。”

在大家面前，叶开鑫觉得丢了面子，他拿起酒盅朝地上一摔，讪讪骂着，“妈妈的，是办公室谁？我下午就去查一查，非把他撵出办公室。”

这时，洪庚飏趁势说出请叶开鑫帮忙释放刘少奇。

贺耀祖一直没讲话，静静地端详着每一个来宾。

贺耀祖是一个忠情厚义的人，对共产党有好感，赵恒惕拘捕刘少奇，他私下说，这事很不得人心。此刻，他已看出来宾都是来做刘少奇的说客，也帮忙说：“由我和叶旅长一同出面说情，释放刘少奇问题不会太大。”

两个省议员说：“刘君在‘五卅’惨案中，身先士卒，日夜奔波，肝脑涂地。他的言行是正义的，现在拘捕他，难道爱国有罪吗？”

袁素撒娇说：“干爹，刘少奇是我家洪庚飏的同学、好朋友，你帮帮忙呗。”

叶开鑫见贺耀祖已表了态，自己又拿了洪庚飏送的乾隆皇帝御笔条幅和一套银质餐具，就顺势说：“好吧，我和贺师长帮一下看看。”

1926年1月26日，刘少奇终于恢复了自由。

赵恒惕心烦意乱，对手下的人说，让刘少奇迅即离开湖南，走得越远越好。他把一册《四书》交给叶开鑫，让转送刘少奇，叫刘少奇多读点圣贤书，不要再跟着共产党到处造反了。最滑稽的是，平时只管拿别人金银财宝的大官叶开鑫，一心想催促刘少奇早点离开长沙，破天荒送给了刘少奇二百块大洋，作为离开湖南的路费。

23

1926年2月19日，刘少奇来到广州，中华全国总工会在国民党中央党部大礼堂召开欢迎会。中华全国总工会执行委员邓中夏发表了热情洋溢的讲话："刘少奇同志是为工人阶级的利益而被捕的，经过各方努力，各地打电报，才迫使赵恒惕放他出来。刘少奇同志是我们工人阶级最发愤最勇敢的一位战士……"

在主席台上，刘少奇脑海里还在浮现着自己的母亲在获悉他被释放后赶到长沙相见的一幕。

老人家不顾七八十里路，从炭子冲磕磕绊绊赶到长沙，见了他，一把抱住，从头到脚看了一个遍，查看是不是哪儿少了一根头发、哪儿缺了一小星点肉。最后，她"扑通"跪下来，泪流满面，哭着说："九伢子，你要答应妈，今后不要再做这冒险事了，跟妈回家，万一你在外有个什么三长两短的，妈妈还怎么活啊……"

刘少奇扶起母亲，手细细地抚摸着她的一头白发，眼睛潮湿了。是啊，母亲老了，为了操持一个大家庭，她老人家毫无怨言地付出了一辈子。他从长大成人，几乎没在母亲身边尽过孝心，真想能留在母亲身旁，尽一点做儿子的责任。他心里翻江倒海，呼喊着，母亲啊，母亲，九伢子什么都能答应你，可就是要儿子留下来不能答应你，儿子做不到啊，我和何宝珍都是党的人，早已把一切交给党了……

刘少奇的母亲是由二哥刘云庭搀扶着回到炭子冲。

第七章
春暖花开

24

1926年的春天，广州的木棉花开得又多又红。

刘少奇到广州后，先是代任生病住院的林伟民做中华全国总工会委员长，他与邓中夏、苏兆征等同志，边斡旋广东、香港各个工会组织的联合，共同对付国内外反动派，边筹备全国第三次劳动大会。

刘少奇、何宝珍在广州的住地是越秀南路惠州会馆二楼。何宝珍一住进惠州会馆就知道，何香凝的丈夫廖仲恺就是被暗杀分子枪杀在惠州会馆大门的台阶下。

何宝珍被安排在总工会做妇女工作，经常与向警予、邓颖超、何香凝、蔡畅等人在一起。

有的同志对刘少奇、何宝珍建议，现在是国共合作时期，广州的形势比较好，应该把儿子接到这里来。刘少奇说，把儿子接来谁带，我的母亲年老行动不方便。同志们说，我们共产党人也是讲究亲情的，既要革命，也要培养我们革命的接班人。何宝珍说，让我母亲来吧，她还不到五十岁。

何宝珍的母亲丁贞娥来到广州了。

母亲的到来，何宝珍真是欢天喜地的。她被母亲和父亲感动了，母亲来广州一路上吃了不少苦。道县到广州没有火车，要到郴州坐车；从道县到郴州也不通车，几百里路，不是山就是沟，步行要五六天才能到郴州。何宝珍给母亲寄了钱，再三叮嘱坐轿到郴州。母亲穷惯了，心疼钱，固执要步行。父亲不放心，陪着母亲一会步行，一会背着她，一会坐轿走上一段路，一直送到郴州，上了火车。何宝珍听了母亲说是徒步走到郴州，心里疼得锥子钻似的。

母亲第一次见到女婿刘少奇，她不时地打量一下他，见他仪表英俊，气度不凡，说话文质彬彬，对她是一口一个“妈”地叫着。在饭桌上，刘少奇不停地朝她碗里夹好吃的菜，她心里喜洋洋的，脸上溢出满意的笑容。她对何宝珍说：“宝崽，你有福气，摊上了一个好姑爷。”

晚上，母亲要洗脚，何宝珍拿着小木盆要去端水，母亲不让。何宝珍说：“我一年到头不在你身边，就让我给你洗吧。”

刘少奇夺过小木盆，笑嘻嘻地说：“我来给妈洗脚，你是妈的女儿，我也是妈的儿子。”

母亲乐了，“不用，不用，你们都是大忙人，歇着吧，我自己来。”

刘少奇说：“妈给了宝珍身子，女婿孝敬你理所应当。”

母亲喜得眼里闪耀着泪花说：“我真是前辈修来的福分。”

刘少奇端来半盆温水，挽起衣袖，给母亲洗脚。他说：“妈，我能娶到宝珍，是我一生的幸福啊。”

母亲说："小刘，话不能这样说，你是我家宝崽的贵人啊。"

听着，看着，想着，何宝珍心里荡漾起深情：少奇，我该怎么感谢你呢，该怎样紧紧地跟随着你，把党的工作做得更好，回报你对我这些实实在在的真情呢……

这天，丁贞娥看见，刘少奇拿着几朵含苞待放的莲花蓇葖走进门，恭敬地递给何宝珍，笑道："这是你喜爱的莲花，今天路过越秀公园，专门给你采了几朵。"

何宝珍捧着莲花蓇葖，轻轻嗅着清香，暖意融融地说："少奇，谢谢你。"

丁贞娥脸上溢满喜气，跑进厨房里，给刘少奇准备饭菜。

5天后，刘云庭从炭子冲把斌斌送到了广州。

何宝珍见到儿子，一个母亲热气腾腾的关怀之心冲上来了，伸手去抱，斌斌一眼认出了她，扑到妈妈的怀里，"哇——"的一声哭起来。何宝珍一遍遍吻着儿子的小脸，吻着儿子眼睛里流下来的泪水，眼里控制不住也噙满泪花。

丁贞娥不知是头一回见到外孙高兴的，还是为女儿与她儿子艰难见上一面心里难过的，她眼睛里泪花闪闪，用手不停地擦着。她说："人亲骨头香，真的假不了，假的真不了，时间再长，儿子也认得母亲。"

在广州，刘云庭歇了一天便匆匆离去。

两个月，眨眼间工夫过去了。广州城里暖洋洋，红肥绿瘦，姹紫嫣红。

全国第三次劳动大会结束了，苏兆征被推选为委员长，刘少奇被选为常务委员、秘书长，李立三、邓中夏分别被选为组织部长和宣传部长。

这时，国民革命军进行北伐，一扫千里，节节胜利。共产党人叶挺将军领导的"铁军"，像一股钢铁洪流，所到之处，摧枯拉朽，战无不胜，滚滚向前。

10月10日，国民革命军攻克武汉，国民党党部也设在武汉。

全国总工会决定迁往武汉，刘少奇和何宝珍要先去武汉做一些前期准备工作。

广州表面的一切如同往常一样，可是共产党人灵敏地嗅出不少反常的现象。3月20日，蒋介石发动了“中山舰事件”，命令军队占领中山舰并在家中逮捕共产党人李之龙，包围苏联顾问和共产党机关，扣留了第一军和黄埔军校中周恩来等中共党员，严密监视邓演达；5月间，蒋介石在国民党二中全会上又提出了限共、反共、溶共的“整顿党务案”。

刘少奇和何宝珍商量，武汉形势冷暖莫测，乱云飞渡，母亲和斌斌不能去，让母亲回道县，斌斌送回炭子冲。

丁贞娥在家里没有闲下来的时候，洗了女儿和刘少奇的衣服，又把斌斌刚刚换下的衣服洗了；她忙碌着带外孙，外孙子只要哭喊一声，她马上心疼，好像是她不小心跌了他，连连埋怨自己没及时给水喂饭，抱在怀里哄着逗笑；她忙碌着洗刷锅碗瓢盆，把家中从里到外擦洗得干干净净，收拾得井井有条；她忙碌着外孙子和刘少奇可口的饭菜，当何宝珍、刘少奇回到家中，热气腾腾的饭菜已端在桌上，碗筷摆放整齐。刘少奇有点过意不去，说：“宝珍，妈年纪大了，不能让她整天这样不停地忙，我们有时间多做些家务活。”

母亲乐道：“你们尽管忙自己工作，我在老家里忙惯了，这点事不够我忙的，我要歇下来反倒有点不习惯。”

一天，何宝珍提前回到家中，看见母亲坐在窗户边的床沿上，明媚的阳光斜射进窗户，落在母亲身上。斌斌睡觉了，母亲边照看着外孙子，边用拳头一下一下捶打着肩膀、后背。何宝珍心头一酸，母亲是长时间超负荷忙碌着家务活才累得腰酸背痛，她再也控制不住燃烧的感情，跑到母亲面前，帮母亲捶打和轻揉着肩膀、后背，似嗔似爱地说：“姆妈，谁让你做这么多家务事，我外面事情再多再忙也能挤出点时间回家忙忙……”

母亲没事一样笑着，“姆妈没什么，不要乱说，让小刘听了不好。”

天下的母亲对儿女都是一副热心肠呵！何宝珍怎能不知道母亲在疼着自己、爱着自己呢，明明是女儿常年在外没法子孝敬她、欠她的，可她总觉得欠着女儿的，没尽到母亲的义务，千方百计地想着补偿……

母亲，你不欠女儿的，是女儿亏欠你！何宝珍心里疼爱地喊道。

猛然，何宝珍发现母亲头上有了几根银光闪闪的白发，惊讶地喊道："姆妈，你有白发哪？"

丁贞娥不介意地笑了："早有啦，姆妈老了。"

何宝珍拨弄着母亲头上的白发，说："我替你拔掉。"

丁贞娥说："宝崽，人都要老的，拔掉白发也要老的。"

母亲的爱没有够的时候。丁贞娥真想和朝思暮想的女儿、外孙多呆上一点日子，可她人老心未老，看出女儿和女婿最近有心事，有什么话想对她说，他们碍于什么事迟迟没有讲出来。她想，一家人有什么话不好意思讲呢？她想，他们要说的话肯定是他们工作上的事情，他们整天忙工作，心里只有工作。

是啊，丁贞娥哪里知道，刘少奇和女儿早已把自己的一切交给了党组织，交给了还在昏昏沉睡中的祖国，他们要与一批共产党人和革命志士拯救祖国母亲。上海发生"五卅"惨案，全中国出现反抗外国在华势力的运动，各地直接参加声援运动的人数估计有一千多万。刘少奇和中华全国总工会总书记邓中夏、香港海员工会的苏兆征等人，以全国总工会名义，召集香港各工会联席会议，成立全港工团联合会，决议罢工。6月19日起，各个由指挥的工会，包括：电车、印刷、船务首先响应，三日内就有二万人离开岗位，返回广州。学校学生同时罢课。在广州，沙面英租界的华工积极响应，拒绝向英商及领事馆提供服务。那些日夜，刘少奇和何宝珍把自己紧紧地拴在省港大罢工这列迅猛疾驶的火车上。

母亲，毕竟是母亲，她只知道疼爱、怜惜儿女。丁贞娥又敏感地想，小刘和宝珍会不会是有什么其他原因要送她回去？

这天，何宝珍回来早，母亲问女儿：“宝珍，最近有什么事情吗?”

何宝珍笑道：“姆妈，一直想跟你说没有说出口，我和少奇很想你老人家能在这儿多呆几天，可是不行了，我和少奇要离开广州，去武汉了。我和少奇商量，想送你回道县，把斌斌送回宁乡。”

母亲像没事一样笑着说：“这事啊，行呢，不影响你们工作，我过几天就回去。”

何宝珍有点内疚地说：“你刚和斌斌在一起……”

母亲打断了女儿的话，“我来了不少天，心里也放不下你爹爹、弟弟。来你家这些天，我看到了，知道你和小刘是干什么的，你们都是做大事情的人，姆妈不拖累你们。姆妈虽不识一个字，可不糊涂，懂得事理……”

何宝珍与刘少奇早商量好，节衣缩食，把省下来的钱给父亲、母亲和弟弟买些布料和鞋袜子。何宝珍要带着母亲上街买衣料和鞋袜子，母亲怎么也不依，说：“宝崽，你和小刘有这份孝心行了，我和你爹爹、弟弟心领了，你们不要买，花费那么多钱。我知道你们手头很紧，也不富裕。”

何宝珍执意要上街去买，她说：“姆妈，这是我和少奇的一片心意，我们再有难处也比家里好多了。你听我安排，不要让我和少奇心里不安。”

母亲没办法，依了女儿的话。

一家人刚聚又散。刘少奇、何宝珍护送母亲、斌斌，坐上了粤汉铁路火车。何宝珍陪着母亲在郴州车站下了车，等着父亲来接迎。刘少奇带着斌斌直接去长沙，回老家炭子冲。

郴州到了。何宝珍的父亲何瑞蓉接到信后，早早赶到了郴州。他给女儿带来了道县的粽子粑粑、道县抓鸡和一袋油豆腐。何宝珍看见父亲过去乌黑的头发现在大半都白了，额头上也有横七竖八的皱纹，他那双有些浑浊的眼睛告诉她，父亲老了，已经到了需要儿女照顾的年龄了。她心里隐隐不安，都说女儿是父亲的小棉袄，可我这件“小棉袄”给父亲带去了什么温暖，不但不能孝敬他，还要让他为女儿忙碌。何宝珍拉住父亲的手，心疼地说：“爹爹，这么远的路，谁让你带这么多东西来。”

“你喜欢吃的。”父亲憨厚地笑道，“家里做的，给姑爷、外孙都尝一尝。”

说着，父亲打开破布口袋，从里面掏出一把油豆腐，“宝崽，你吃，多吃点。”

父亲手微微地抖动，一不小心掉落两块油豆腐。他慌忙把手中的油豆腐放回口袋里，低头寻找油豆腐。他找到了一块油豆腐，还有一块油豆腐滚到了一辆木架车底下，他蹲下来，歪着头看着，手伸到车底，拾起油豆腐。他怕拾起来的油豆腐沾上泥土，放在衣服上揩一揩，又用嘴轻轻地吹了吹，放进了口袋。

父亲拿出一个形状如一段锦竹的粽子，说：“知道你喜欢吃咸水粽，糯米是用稻草灰水浸泡过，用柴蔸熬了一整夜，放个二十天不要紧。”

何宝珍接过粽子大口吃起来，边吃边笑，两眼发热、发湿，让她不由想起小时候的夜晚，她在睡梦中，突然感觉到有东西轻轻地盖在身上，她睁开惺忪的睡眼，模糊地看见父亲正在为她盖被子。随后，父亲离开她的房间，轻轻地放下门帘。二十多年过去了，她一直没有忘记父亲离开她房间时温暖的背影。

火车进站了，父亲和母亲推着搡着让何宝珍进了车站。

何宝珍一步三回头，依依不舍地丢下一句话：“我有时间就和少奇带斌斌来看你们……”

25

何宝珍后来才知道的一件事情：

1930年冬天到来时，在一场大雪里，何宝珍的父母因为赔偿蒋松甫家解除婚约的钱，卖掉两小间破屋，住到一边何氏宗祠的一间破屋里。他们贫困潦倒，曾多少次多少次仰望黑夜的星空，在密密麻麻的星星中，寻找那一颗属于他们女儿的星星，把有朝一日会过上好日子的奢望全部寄托在女儿何宝珍身上。盼望着，盼望着，望眼欲穿，四年过去了，何宝珍音讯全无。

母亲哭了，父亲哭了，女儿，我们的宝崽，你在哪儿？

母亲和女儿的心是相通的。何宝珍一直惦记着父母，在远方，隔着千山万水，她心中一声声地呼唤父母。只能诅咒蒋介石，国民党公开反共，到处捕杀共产党人和工农革命骨干，何宝珍与刘少奇的革命活动转入地下，他们怎能写信，只能与父母断了联系！

漫天大雪像是要遮住何宝珍父母哀伤的心，祭奠痛苦，温暖苦痛的灵魂。

丁贞娥经受不了精神上、生活上的折磨，趁丈夫何瑞蓉外出之际，悬梁自尽了。

何瑞蓉回来见妻子已死，四顾茫然，凉意遍身，也悬梁自尽了。

第八章
向英国租界挺进

26

衡阳到武汉大约513.6公里，坐大巴正常需要七个多小时。

午饭后，我坐着一辆桑塔纳轿车，赶到武汉时，天已傍晚，沉重的暮霭在武昌和汉口之间宽阔的长江上空纷乱地飞扬。

暮霭如烟。

暮霭如云。

暮霭如历史。

我一下沉入了历史的烟尘之中。

时间的烟云没有湮灭1926年中国共产党人在武汉留下的遗迹，没有冲洗去汉口全国总工会机关驻地，没有冲洗去刘少奇、何宝珍居住的两层楼房……

27

武汉是武昌、汉阳、汉口的合称，三镇处在长江腹地，素有“九省通衢”之称。

长江辗转千里，进入武汉一下变得开阔畅达，浩然大气，江成了开阔的海，水成了奔腾的山。

一泻千里的江水激荡着思想。

1926年10月10日北伐军攻占武昌后，全国革命的重心由广州转移到武汉。9月起，大部分中共中央委员到了武汉。

北伐前夕，武汉地区只有十三个工会；到1927年初，工会发展到三百多个，会员达三十万人。从1926年10月起的半年时间里，武汉工人举行罢工三百多次。

10月21日，刘少奇抵达武汉，并兼任全总汉口办事处秘书长、湖北全省总工会秘书长。刘少奇、朱少连、项英、李立三等组成临时常委会，负责主持日常工作。

在武汉武昌黉巷，毛泽东等人创办农民运动讲习所，培训农民运动骨干力量。

中华全国总工会武汉办事处在汉口友谊街16号，刘少奇、何宝珍居住的地方是大智路和友益街相交处东北侧的尚德里2号，这是典型的石库门式建筑，大门为石框木门，两层楼，有前后天井。这里距离全总办事处约三百米。刘少奇在这里会见工友与基层工会负责人，这里成为了中华全国总工会和省总工会领导开会的地方。在这里，刘少奇撰写了《工会代表会》《工会经济问题》《工会基本组织》三本小册子，在中国工会建设史上，第一次完整、明确阐述了工会的性质、任务和组织原则等问题。

刘少奇与老战友李立三等人用很短时间办起了工人讲习所。

到了武汉，何宝珍心中只有工作。在刘少奇的眼中，她是大革命中的一团火焰，在黑夜中燃烧，在大雾里发光，风吹不灭，雨浇不熄……

在家里，何宝珍从来不会为工作的事情对刘少奇多嘴多舌，问得太多，更不会谈家长里短，他们聚得少离开得多，也没有那么多的时间谈一些闲话。她没有太多的奢求，只想能静静地多听他说说话，多看上他几眼。可是，她是女人，孩子的母亲，有时也会说几句伤感的话，甚至流下几滴泪珠，但她想，刘少奇不会嗔怪她，因为他是一个能够了解和领会心灵的丈夫。他们志同道合，为着一个理想、一个主义而呼喊、追求、努力、奋斗。

在汉口妇女协会里，何宝珍担任执委兼组织部长。短短两个月里，何宝珍去过了纺织厂、刺绣厂、缝纫厂、编织厂、卷烟厂、火柴厂等几十个工厂，她还到偏僻小巷的居民家里聊家常。她成立了妇女训练班，宣传妇女解放，揭露声讨养婢、缠足、童养媳制度对妇女的残害。她记忆出奇的好，见过一个人就能记住模样，还能喊出姓名。一天，何宝珍又到纺织厂，看见二十几岁女工黄春香过来，她正想上前打招呼，黄春香一低头走过去了。何宝珍奇怪，她是一个性情开朗的人，现在怎么怕见人不肯讲话了。她追过去，说："黄春香，我是何宝珍，我上次来过，我们说过话。"

黄春香满脸喜笑，惊讶说："何大姐，我以为你早忘记我，没想到还记得我啊。"

何宝珍笑眯眯地说："我们是姊妹，怎么会忘记呢。"

黄春香说："我最喜欢听你说话了。我想今天下班让你到我家，我有话想对你说。"

何宝珍拉着她的手说："行呀，我正想和你好好地说说话。"

下了班，黄春香带着何宝珍回到家中。一进门，她对着何宝珍跪下来，说："何大姐，你无论如何要帮我一把。"

"你怎么了？"何宝珍急忙扶起她，关切地说，"我们是姊妹了，你这样干什么，有什么话尽管说，我一定帮忙。”

黄春香说：“你上次说，我们女人要自己救自己，你说，怎么个救法?”

何宝珍问：“什么事?”

黄春香气愤地说出了一段事情：她的妹妹在九岁时因父亲病逝，家里欠下不少债，母亲没法子把她卖给了老板王静斋做丫环。现在妹妹有十七八岁了，长的俊俏，王静斋心旌摇荡，想纳为小妾。她妹妹一口咬定，不同意。王静斋衣冠禽兽，把妹妹捆绑起来，要卖到妓院去。

黄春香流着泪水说：“何大姐，你要赶紧想法子救我妹妹，他们准备今晚送她到妓院去。”

何宝珍听了，早已两眼冒火，义愤填膺地说：“欺人太甚，现在是什么时候，禁止蓄婢纳妾，他还敢明目张胆地纳妾。我们妇女协会为你妹妹撑腰说话。”

黄春香说：“谢谢何大姐，只有求你帮忙了。”

何宝珍打电话给工人纠察队，来了几个背着钢枪的队员。黄春香领着何宝珍和纠察队队员赶往王静斋家里。纠察队队员冲上楼去，解救了被捆绑住的黄春香的妹妹。

纠察队队员押着王静斋到了妇女协会。

何宝珍逼视着王静斋，“你知道为什么让你来这里?”

他嘴上说话硬邦邦的，“我花钱买来的人，谁也管不着。”

何宝珍情绪有点激动，“她是人，不是牛羊可以买卖。”

他说：“你为什么盯上我呢，汉口纳妾的人多了，不是我一人，你们怎么不去管?”

何宝珍激动得提高了声音，“谁说不管，都要管，今后纳妾就是不行!”

王静斋被何宝珍像锥子一样的目光盯得心里发虚，脑袋像霜打的庄稼一样垂下来。

何宝珍说：“你想过没有，你母亲也是女人，如果把你母亲卖人做妾，你心里是什么滋味?”

周围居住的很多妇女听说妇女协会正在批斗一个蓄婢养妾的老板，她们丢下手中的事情赶来瞧热闹。

“给他戴高帽子游街，看他还敢不敢欺负妇女!”一个妇女愤慨地喊道。

“给他拿着铜锣，游街敲着，喊‘我不是人，我不是我妈养的’!”又一个妇女气愤地捋衣卷袖，手指戳着王静斋喊着。

何宝珍情绪激动地说：“王静斋，妇女们要送你游街，怎办?”

王静斋抬起头，见面前是黑压压的妇女，她们个个都是黑着脸，用冒火的眼睛瞪着自己。他心怦怦地跳着，真怕恼羞成怒的妇女们押着自己游街示众。他害怕地想，如果让自己边游街边敲着铜锣喊“我不是人，我不是我妈养的”，那今后还有脸见人吗?他不敢想下去了，苦丧着脸，向何宝珍求饶，“我不纳妾了，行不行?我不想游街。”

何宝珍说：“你敢保证?”

他连连点头，“我保证，我签字画押。”

王静斋当场写下了字据。

何宝珍拿着字据说：“王静斋，是你亲手写的字据，如果反悔，那就不是游街示众了，要送你到国民政府法办去。”

王静斋低声下气说：“有字为凭，若是反悔，随你们处置。”

何宝珍让他回去了。王静斋临离开妇女协会时，向何宝珍和妇女们鞠了一个90度的躬礼。

何宝珍看了看情绪高昂的妇女，声音洪亮地说：“姐妹们，我问你们一个问题，刚刚王静斋为什么要向我们求饶，他过去向我们求饶过吗?”

大家一条声喊道：“没有——”

何宝珍问道：“为什么?”

大家相互望了望，疑惑地看着何宝珍。

何宝珍像在安源工人补习学校给工友讲课一样，从一边拿起一盒洋火，拿出一根火柴棒，当着妇女们面前擦燃，竖立起来让火苗燃烧，可火苗晃悠几下，熄了。她又从洋火盒里拿出五六根火柴棒，放在一起擦燃，竖立起来后，火苗一直向上呼呼燃烧。她就说："一根的太细太小，烧起来没有力气，五六根扎在一起就粗了、大了，烧起来有力气，不容易熄掉。资本家老板欺压我们妇女，一个人跟他们斗，就像一根火柴棒，力量太小，斗不过他们。如果大家团结起来，就像五六根、十几根火柴棒扎在一起，力量就大了，王静斋就斗不过我们了。希望姐妹们参加我们妇女协会，参加的人越多，我们的力量就越大。"

汉口认识何宝珍的妇女越来越多，要求参加妇女协会的妇女也越来越多。

汉口妇女放足、剪短发成了一时的风尚。

在大街小巷里，汉口妇女举着红红绿绿的小旗子，喊着"打倒列强，除军阀"、"反帝反封建"的口号，给北伐军送吃送喝的，到医院给受伤生病的战士唱歌演出。

1927年的元旦，武汉是在喜庆的鞭炮声中迎来的，武汉各界群众为国民政府迁都武汉和北伐胜利举行各种各样庆祝活动。有人说，这天上午10时左右看到了九头鸟，听到天上有鸟的奇特嘘叫声，像沉闷的哨音，跟其它的鸟叫声不同，抬头望去，见是一只簸箕大的巨鸟，翅膀大约有两米，羽毛黑灰色；有一簇脑袋，大约有九个头，红色的嘴巴，尾部是圆扇形，像孔雀开屏，又像车轮，旋转而飞。一会儿，这只九头鸟便飞进了远方的山林。九头鸟的出现，是九九大顺，凤凰呈祥……

历史，是黑暗到黎明、黎明到黑暗之间的裂变，一瞬间，星移斗转。

1月3日下午，民国中央军事政治学校宣传队在汉口英租界附近的江汉关钟楼旁讲演，这里是汉口的金融贸易区，过往行人多。宣传队队员大声、亢奋的演讲，感染得过路人站下来不走了，越聚越多。英国租界当局恐慌了，怕中国人要闹出大事，急忙调动长江里英国军舰上的水兵登岸。英军水兵端着带刀长枪，像洪水猛兽冲出租界，扑向手无寸铁的听讲群众，当场刺死一人，打伤三十多人，血流遍地。

这时，中国共产党的湖北省总工会第一次代表大会正在汉口召开，刘少奇在会上作组织报告。突然，几个工人急急忙忙跑进会场，气喘吁吁地抢着对刘少奇说："刘少奇同志，快，不好了，出大事了！""怎么回事？"刘少奇站起身来，神色严肃。一个工人说："英国水兵打伤了好多中国人。""帝国主义强盗在行凶！"刘少奇把棉大衣往桌上一甩，手一挥，愤怒地说，"走！我们到现场去。"

刘少奇带领着一群工人，大步向出事地点奔去。

刘少奇赶到现场，见到了当场被打死的码头工人李大生。他望着地上的血迹，怒不可遏地说："这是帝国主义强盗欠下的又一笔血债，我们一定要他们偿还！"

他向工人纠察队员招手说："跟我来！我们去向英国当局提出抗议！"夜深了，汉口友益街16号三层楼上仍灯火通明。刘少奇和李立三主持召开全总汉口办事处和湖北全省总工会联席会议。会议决定，以湖北全省总工会第一次代表大会的名义发表《为反对英水兵惨杀同胞通电》，要求政府自动收回英租界。

三九严寒，滴水成冰。武汉人民群众反对帝国主义的热火却成了燎原势头，越烧越大、越烧越旺。

武汉开始罢工、罢市、罢课。

汉口济生三马路举行了三十万人参加的反英示威大会，举起的愤怒拳头如同森林，口号声声震天。会后举行的示威游行队伍像一条长龙，前不见头后不见尾，群众高喊着"打倒帝国主义"、"收回租界"等口号，向英租界挺进。

何宝珍怀孕在身，组织妇女走在示威游行队伍中。这几天，她怀着大肚子上工厂、串门串户，动员妇女们参加示威游行，妇女们跟着何宝珍走在游行队伍前面。工人纠察队员对何宝珍她们关爱地说："游行时，你们女同志最好走在后面，让我们男同志走在前面，英国水兵随时会开枪的。"

何宝珍说："你们男同志能走在前面，我们女同志就能走在前面，我们不怕流血。"

刘少奇担心何宝珍的身体，说："宝珍，游行的路很远，你这身子能吃得消吗？"

何宝珍不在乎地说："放心，不碍事。现在是反对列强的关键时刻，大家都去了，我怎能缺席、不挺身而出？"

英国水兵端着带刀长枪企图阻挡游行队伍。何宝珍走在队伍前面，胸膛迎着寒光闪闪的刺刀，毫无畏惧。她攥住身边姑娘的手，鼓励说："不要怕，紧紧跟着姐姐，我们在自己的国土上游行，到处都是我们的人。"

寒风吹到姑娘脸上，她一点不怕冷，坚毅地说："跟着你，我什么都不怕。"

游行的人们，成千上万的，相互间有认识或不认识，他们手挽着手，排着的队伍像一条长龙，后边推动前边，迈着坚定的大步向前进。何宝珍腆着大肚子，举着小旗子，一步不落后地前行。她身边的姑娘不时望望何宝珍，心里暗暗为她担心。姑娘小心翼翼地说："何大姐，你要累了就说一声，我陪你到旁边歇歇脚。"

何宝珍晃一晃头，大声呼喊着口号。

姑娘看着前边工人武装纠察队，他们身穿蓝卡布中山装，佩带着红布上缝有"工纠"二字的臂章，帽子上面安着红帽花，腿缠绑带，俨然是军人打扮，显得威武雄壮。她兴奋地说："纠察队人真威武雄风。"

何宝珍说："他们在保卫我们。我们要向他们致意。"

姑娘眼尖，突然看到刘少奇带领工人纠察队奋勇在前，冲入租界，马上拆除沙包、电网组成的防御工事，扫清障碍。随后，工人纠察队冲进英租界，包围了巡捕房和工部局办公楼，驱逐了租界内的巡捕。愤怒的群众登上英国巡捕房的屋顶，扯下英国旗，很快升起了中国国旗。她连连喊道：“大姐，快看，我们人冲进去了，我们国旗升起来了。”

“看见了。”何宝珍目光一直没有离开刘少奇，她看到刘少奇他们冲破了敌人封锁，心底升起无限豪壮的荣誉感。她听刘少奇发表演说。他讲道：“我们的立脚点是什么？就是解除一切束缚，完成革命。现在虽然解除了一部分的束缚，但是还有帝国主义者及未打倒的军阀，仍然向我们进攻，我们还是准备我们的头颅、我们的血，往前奋斗。”

武汉国民政府发声了，向英国政府提出抗议，并由外交部长陈友仁主持对英交涉。

英国政府抗不住中国扑面而来的正义大潮，作出了让步，与武汉国民政府签署协定，把在汉口的租界交还中国。

第九章
江风猎猎

28

1927年4月，在黄鹤栖息地武汉江城，在一栋普通的民居里，刘少奇、何宝珍的女儿呱呱坠地。

今天，两鬓染霜的何宝珍女儿刘爱琴伤感地说："可以说，我记忆中没有母亲的印象。"

世上的母亲身上都有一种特别温暖的味道。

刘爱琴不知道母亲的味道是什么样，想念母亲的味道，她拿着母亲留在世界上惟一的一张相片，用它来取暖，用它来想象着，一点一点走出孤单、寂寥……

刘爱琴的母亲相片是父亲刘少奇给的。本来她父亲那里也没有母亲的照片，她母亲的妹妹在贵州，保存着一张母亲的照片，是母亲在广州照的。1950年解放以后，刘爱琴的姨妈给刘少奇写信找她的姐姐，刘少奇回信说你姐姐已经牺牲了。姨妈写信的时候把照片寄过来了……

29

刘少奇肺病又复发了，组织上批准他到庐山去疗养。

这是刘少奇在武汉召开的中国共产党第五次代表大会上当选为中央委员后。

何宝珍内心中的感情潮水涌过来又涌过去，一下下扑打着心。她用自责的口气对刘少奇说："都怪我没有照顾好你，肺病才复发……"

刘少奇不介意地说："怎能怪你？你怀有孩子，还为组织上做了那么多工作，很不容易。我这是老毛病，可能是工作太劳累就犯了。"

何宝珍说："照顾好你是组织上的决定，你现在这样子，还是我没有尽责任。"

刘少奇笑了笑，"我们是夫妻，不能……"

何宝珍接过话来，"你不仅是我的丈夫，还是党的领导，我要对组织负责任。"

刘少奇说："看样子，在家里还是我要服从你的话了。"

刘少奇要走了，他准备搭乘贺龙的兵船到九江，再上庐山。

夏日的傍晚，武汉这座城市经受过一天的太阳烘烤，这时热量才一起爆发出来，闷热得树上的知了有气无力地聒叫，人坐在那里一动不动，身上的汗水也朝下不停地流淌。

婴孩刘爱琴刚刚三个月，在床上正香甜地睡着，刘少奇用扇子给孩子扇着凉风，眼睛看了又看孩子，嘴贴着她的鼻子、脸蛋，额头轻轻地吻了吻，最后用嘴唇轻轻地碰了碰她的小耳垂，喃喃地说："乖女儿，好好听妈妈的话，爸爸外出了，过一段时间来接你和妈妈……"

何宝珍与刘少奇结婚后，他到哪儿工作她就会陪伴到哪儿，即使有时相互间离开，也是短暂的。何宝珍意识到，刘少奇这次去庐山可能要很长时间，也许养好病会去别的地方工作。第一次可能要分离这么久，何宝珍心里有些发堵，孩子还不认识爸爸，他就要离开了，她有很多想说的话被堵在嗓子眼里说不出来。

刘少奇提着行李要走了，他深情地望一下何宝珍，说："宝珍，你辛苦了。"

何宝珍要送他，刘少奇不让送。

何宝珍把孩子交给邻居大妈照看，坚持要送他到船上。

坐车到了江边码头上，刘少奇把行李放上船，陪着何宝珍在江边散步。

晚霞似血，把江面都染红了。江风如火，吹在身上暖烘烘的。

江风猎猎，掀乱了刘少奇、何宝珍的头发。他俩心事重重，步履沉沉。

是啊，他俩心事像眼前的江水一样混沌、沉重、湍急，滚滚滔滔向天边流去。一切变化得太快、太坏、太不可思议了。中国革命正进入紧急阶段，胜利的北伐战争向长江下游节节推进，工人运动和农民运动在全国风起云涌，已经动摇了帝国主义在中国的统治。风云突变，蒋介石邀请国民党中的老牌反共分子胡汉民出任国民政府主席，蒋介石自己任中央军委主席和国民革命军总司令，国民党公开分裂成"武汉"、"南京"两个政府。1927年4月12日清晨，蒋介石露出了真正的面目，从背后杀向革命人民。在他的指挥下，上海一伙青帮流氓冒充工人，袭击了闸北的上海总工会会所，正当工人纠察队进行英勇反击时，蒋介石指挥的反动军队来到现场。他们颠倒黑白，说是"工人内讧"，以维持治安为名，缴了工人纠察队的枪械，蒋介石指挥的流氓组织"上海工界联合会"，又占领了上海总工会会所。

闸北工人从反动派手里夺回了总工会会所，宣布全市举行总罢工。第二天，工人们高呼着"打倒新军阀"等口号，冒雨游行，遭到反动军队的袭击，上百名工人和市民倒在血泊中。蒋介石下令封闭了上海总工会等革命组织，疯狂地捕杀共产党员和革命群众，4月12日到15日，就有三百多人被杀，五百多人被捕，五千多人失踪，汪寿华、陈延年、赵世炎等党的负责同志先后牺牲。

5月17日，反动军官夏斗寅在宜昌叛变，带领军队进攻武汉。

5月21日，长沙“马日事变”。反动军官许克祥发动了残杀共产党人的事变，他亲自指挥，包围了湖南省共产党党部、总工会、农民协会、省党校、省特别法庭等共产党机关，解除了工人纠察队和农民自卫军武装。他们残害了临湘农民协会委员长和常德近郊农民协会委员长，占领了益阳县工会、农民协会等革命机关，缴了农民自卫军和工人纠察队的枪，把常德革命团体包围起来。工人纠察队进行抵抗，遭到机枪扫射，共产党员、革命群众被打死八十多人。

广州、北京等地的反动派，也向人民举起了屠刀，李大钊、肖楚女等一大批优秀的共产主义战士壮烈牺牲。

陈独秀的“一言堂”，解散共产党人领导的工人纠察队，一夜之间，一支五千多人、三千多杆枪的队伍瓦解了。陈独秀以为解散了工人纠察队，没有了枪支，就能换取蒋介石的欢心，维护国共合作。错了，太幼稚、天真了，不准备反抗就不要拿起武器，要反抗就要拿起武器。这让党对蒋介石的叛变活动，缺少了应有的准备，给革命事业带来了严重的恶果。

刘少奇心中在滴血，在怒吼。工人武装纠察队凝聚着他和一批共产党人的心血，从制定培育计划，举办训练班，讲课，进行军事、政治训练，弹指间，毁于一旦。

生命总是在自己的啼哭中开始，于别人的泪水里抵达终点。

武汉将要成立的国民政府主席汪精卫暂时还没有跳出来，公开叛变革命，但在对待共产党的一些事情上，已经露出了蛇一般凶险的目光。

中共中央决定，凡是在武汉的已暴露的共产党员身份的同志，有的转移或隐蔽起来，有的派往贺龙、叶挺部队中去。

何宝珍没有暴露共产党员的身份，又刚生下第二个孩子刘爱琴，被安排到武汉国民党组织部做收发工作。

这时，刘少奇要去庐山。

晚间的江面上，除去急流的铿锵声，其他一切静悄悄的。江风吹在身上也不那么热了，凉爽爽的。

刘少奇在兵船甲板上与何宝珍、纠察队长刘荣以及沿途护送刘少奇的张大贵一块儿吃饭。

刘少奇对着刘荣问：“你怎么看待汪精卫这个人?”

刘荣说：“我见过他一面，一表人才，听说口才很好，笔扫千军。”

刘少奇望着何宝珍说：“我问这个问题，是要我们看清现在刚成立的武汉国民政府对共产党的态度。”

何宝珍说：“汪精卫今年2月下旬离开法国，乘火车经过苏联归国。在途经莫斯科时，斯大林专门接见了这位国民党左派领袖。4月以来，他任武汉国民政府主席，与叛变革命的蒋介石面和心不和，勾心斗角，争夺权力。4月5日，汪精卫和陈独秀两人一起联名发表了国共两党领袖联合宣言，从表面上看武汉国民政府主席还是容纳共产主义。”

刘少奇点上一支烟，深深地吸上一口，目光扫视着黑沉沉的江面，脸色严峻地说：“汪精卫不可靠。他有三个观点非常危险，一是容纳共产党加入国民党，而不是国共两党对等联合，二是苏维埃制度均不能引用于中国，三是如不服从国民党，就必弃之。汪精卫‘容共’是一时政策，而不是永久主义。”

大家心情都沉重了，陷入沉默中。

江面和天空黑糊糊的，搅成了一锅粥，分不清江水和天空。

凝重的空气，让刘荣、张大贵有些喘不过气来。刘少奇手上的烟头忽明忽灭的，给黑暗、沉闷、让人窒息的夜色里带来一些鲜亮和生命的气息。

刘少奇说：“我们革命不能轻信依赖汪精卫，在对待‘容共’上，他与蒋介石的态度是相同的，一脉相承。上海‘四一二’大屠杀和长沙‘马日事变’让我们共产党人的血流得够多了，已经警醒我们，提高警惕，未雨绸缪，防患于未然。”

何宝珍说：“我们共产党人的鲜血不会白流的，也绝不会被反动派的淫威所吓倒!”

“对。”刘荣、张大贵攥紧拳头，坚定地说，“反动派的淫威吓不倒我们!”

刘少奇点点头，望着何宝珍说：“宝珍，你留在武汉，坚持工作，还要带着孩子，万事小心谨慎……”

何宝珍说：“你放心去吧，安心养病，看书写东西不要多熬夜，会伤身体。我带着孩子不要紧，遇事会小心谨慎的。”

兵船要启锚了。

刘少奇用劲地握了握何宝珍的双手。何宝珍看着江风中的刘少奇，心里感情的潮水哗哗地流着，在这分手的时刻，她没说一句话，刚强的她把感情深处的私房话掖得紧紧的，不愿告诉他，不愿告诉任何人。她心里说，我深深知道你不是我一个人的，你是属于党的。我要经受住离别的考验，要战胜缠缠绵绵的儿女情长，要驱逐妇女的柔软和懦弱，学会品味刚强、忍耐，学会胆大心细，学会在心酸的时候没有泪水。我要把自己坚守在武汉，坚守在家里，让你放心地无所牵挂地在远方养病和工作。所有的苦和荆棘的路，我会一个人慢慢地走。

这是何宝珍，淡淡的忧伤都独自承受，如云飞扬的思念也独自承受……

几天后，汪精卫喊出了“宁可枉杀千人，不可使一人漏网”的反动口号，他像一只疯狗，红着眼睛，屠杀共产党人和革命群众。

30

汉口中山大道六渡桥下有一座水泥钢筋结构、十分坚固的六层大楼，这是华侨简氏兄弟在1917年兴建的，当时叫南洋大楼，现在是武汉国民政府所在地，国民政府组织部设在这里。

在别人眼中，做组织部收发员工作是太琐碎、太不起眼，嫌各个部门常来寄信、查信叽叽喳喳，不时找点麻烦，都不愿干，嫌不实惠。何宝珍竟干得"有滋有味"。她是个心思缜密的人，从收发员工作中不断地寻找和发现对党组织有用的信息情报。早上，邮递员送来报刊，她第一件工作是用很短的时间把全部报刊、信件、文件通览一遍，在第一时间内把认为没有什么用处的报刊、信件、文件登记后发下去；她第二件工作把认为有些用处的文件留在一边，没人的时候细细地看看，确认没有太大的用处就登记后分发下去；她第三件工作就是细看那些认为有点用处的文件，把重要的东西悄悄地记录下来；她第四件工作跟同事们闲磕牙交流沟通，搞好关系，把偶尔听到的认为有用处的信息记在脑子里，她把各个方面收集到的信息及时递交给组织。

收发室主任常常表扬何宝珍工作勤奋、扎实，很会做收发工作。一次，来了大批文件，几个人经过一个多小时的分拣也没有处理完，个个累得汗流浃背，怨天怨地，骂骂咧咧。下班时间到了，有的人想方设法编个理由溜走，有的人借故上厕所不见踪影了。何宝珍暗暗高兴，独自分拣查看着文件，她把这些文件分拣完后，楼上楼下分发下去。

这天，何宝珍发现一个重要文件，她像每次一样留下文件，悄悄地放进包里准备带回家，晚上进行摘录。想不到，分管副部长给收发室打来电话，索要这份文件。何宝珍把文件送过去，回来就想，怎么把文件再要回来呢。她敢想敢干，故意在下午要下班时，到副部长办公室，说："部长，上午给你的文件还没登记，我拿走登记后明天还你，行不行？"

副部长没有责备一句话，反而表扬了何宝珍的做法。

上级组织不断派遣外地的党内同志来武汉从事“地下”工作，何宝珍常常是第一个接头人，安排他们吃住行，并配合其他同志为他们办理好一些必备的身份证件。

何宝珍都是选择政府部门附近的房子做为同志们的住处。有一个同志到了武汉，看了何宝珍选择的房子，心存顾虑，说：“在敌人眼皮底下活动行吗？”

何宝珍说：“越是危险的地方越安全，越是安全的地方越是危险。”

那同志仍然不太理解，“我觉得有点玄乎。”

何宝珍说：“看起来偏僻的地方很安全，其实是敌人最不放心的地方，他们眼睛最容易盯住的；在敌人眼皮底下住着，他们虽然有时来查户口，看起来危险，其实他们觉得最放心，也以为我们不敢住。”

7月下旬，武汉这个“大火炉”愈发燠热，白天和晚上一样热烘烘的，像是要把有生命的东西都要蒸熟一样。

上级组织突然通知何宝珍，近几天内与地下党员丁觉群、徐伯贞还有云南籍两位女同志一起转移到九江，由九江联络点负责人林亚丹护送上庐山。林亚丹是林伯渠的弟弟。

组织上还给何宝珍带来了一封刘少奇的信。

何宝珍的心飞上了庐山。分别十几天，她觉得像分别几个月，每一天过得是那么的漫长。

刘少奇在信中说，兴许是庐山的清静，适合疗养，他的病已大为好转。何宝珍既高兴又有些不踏实，刘少奇是一个善解人意的人，说自己的病已大为好转，是不是怕她多操心，有意安慰呢。

明天就要走了，何宝珍心中丢不下还不足一岁的女儿爱琴。女儿是母亲心上的一块肉啊！

女儿刚刚好玩，见人就笑，脸蛋上旋出两个深深的甜甜的小酒窝。女儿已经认识她了，她只要一进家门，女儿胖乎乎的小腿乱蹬，小手一招一招的，嘴里含糊不清喊“妈、妈”，她听了，心里甜丝丝，陶醉了，一天的疲倦或不开心的事情全都飞散了。

感情有时像是一只虫子啃噬人的心。刘少奇才走十几天，可在信中露出的感情像离别了许久，他说十分想念女儿，问女儿现在会不会说话，会不会喊爸爸和妈妈，还问何宝珍教没教女儿喊“爸爸”。刘少奇特别交待，要她代他问一声女儿“好”。父女情割不断呵，何宝珍心想，少奇想念女儿，把女儿当成已长大懂事的孩子，能够和他交流说话了。是啊，孩子虽小还不能说话，但她一双眼睛看着爸爸、妈妈，心里似乎什么都明白、都会说。她真想带着女儿去见刘少奇，可她叹了一口气，现在是非常时期，刘少奇从地上转到了“地下”工作，女儿怎么去，再说又路途遥遥的。

革命者有温柔的情爱，也有钢铁般的意志。革命者的孩子虽然小，也是一个小小的“革命者”，在他们最需要父母呵护、疼爱的年龄里，他们却只能服从革命的需要，与父母分离，天各一方……

何宝珍找到一个工人积极分子，要把女儿托付给他的妻子抚养，这个工人和妻子满口答应。

要走了，何宝珍愈加觉得难以离开女儿，这种心情是过去送别斌斌时所没有过的。她想，也许是女儿要寄养在别人家里感情上一时难以接受的缘故。

何宝珍觉得欠女儿的东西很多很多，她千方百计想填补感情上的缺憾，似乎怕这一走再也见不到女儿。她给女儿做了一件小衣服、小鞋子，转念一想，不行，孩子长得快，小衣服、小鞋子很快就不能穿了，她又做了一件大一点的衣服，做了一双大一点的鞋子。

她给女儿洗澡，特意找来民间传说中的去邪祛毒的艾蒿泡在温水中，给女儿洗了三遍，还是觉得没有洗够。她眼中的泪水滴落到澡盆里，哭了，她又责怪自己，哭什么，淌什么泪水，你不是说要战胜缠缠绵绵的儿女情长，要驱逐柔软和懦弱，学会胆大心细，学会在心酸的时候没有泪水吗，现在这样子，还是刚强的何宝珍吗！

女儿莫非知道了妈妈要走，知道妈妈这一走，就是母女俩的诀别？女儿两只又大又亮的眼睛盯着她，兴奋地喊：“妈、妈。”

何宝珍给头发稀疏的女儿梳洗头发，扎了一根小辫子，又扎了一根小辫子，扎了九根小辫子……

何宝珍几乎一夜未睡，轻轻地唱着：“小兔子乖乖，把门儿开开，快点开开，我要进来……”

天亮了，她把女儿送到工人家里，女儿还在香甜的梦中。工人的妻子说：“把女儿叫醒吧，你再看一眼，她也能看你一眼……”

何宝珍微微地摆摆头，怕惊醒女儿，悄悄地说：“不了，给她睡。”

工人的妻子知道，何宝珍是怕女儿睡醒过来叫妈妈，那她心里会更难受得离不开……

何宝珍匆匆离去，在远远的地方，她站下来，望了望留下女儿的人家，不由得哽咽一下，她把难受的哭声压在喉咙里，不愿发泄出来。

去九江的船启航了，何宝珍站在甲板上，迎着强劲的江风，眺望着远方。蓦然，她隐约听到背后有女儿大声哭喊着叫“妈妈”，掉头寻找，什么也没有，只有奔腾而来的滚滚江水……

第十章 思想像闪电一样爆发

31

每当处于关键的时刻，刘少奇、何宝珍就在中国革命历史上迈出一个新的步伐，闪烁出新的光芒，同时，也是中国革命开始一个新的转折。

刘少奇需要养病，但工人运动领导工作更需要刘少奇，工作重要，身体同样重要，没有一个健康的身体怎么去应对风云变幻的严峻斗争？党中央同意，刘少奇回上海，边工作、边疗养。

1927年10月，刘少奇化装成海员，何宝珍扮成海员的妻子，从庐山脚下星子县乘船秘密来到上海。这时，中共中央领导机关已由武汉迁回上海。

1928年3月，刘少奇、何宝珍到了天津，受中央委托，解决顺直省委问题，主编党刊《出路》。

一年在忙忙碌碌中飞快过去，第二年的3月，刘少奇、何宝珍艰难解决顺直省委问题后，又回到上海，担任沪东区委书记。

夜，已深了，刘少奇却毫无倦意，坐在灯下，一支接一支地抽烟。他遇到一个新的棘手问题。上海正处于血雨腥风之中，敌人杀红了眼，到处搜捕革命同志。在这种情况下，怎么开展党的工作？怎么开展工人运动？有的同志说，不能被反动派的嚣张气焰所吓倒，革命者不能畏首畏尾，要敢于逆水行舟，赤色工会组织带领工人斗争。刘少奇不同意，这不是拿鸡蛋碰钉子——找死吗？这不是把革命的烈焰烧向反动派，而是在毁灭断送革命的火种。

何宝珍心里的血与火在燃烧。在斗争的风浪中，她坚定不移地站在刘少奇一边，她信赖他，在与反动派的一场场较量、一次次殊死搏斗中，她的丈夫从来没有怕过、退缩过，她看见他始终是一副大无畏的气概，脊梁不弯，投以匕首，报以蔑视、冷笑、嘲讽、斥责，以生命和鲜血捍卫着党。

微弱的灯光闪耀在何宝珍的脸上，她出神地望着刘少奇，为他的忧愤而暗暗焦虑。

“少奇，有些同志太低地估量了反动派的凶残，上海四一二惨案流在马路上的烈士鲜血还没干，是不是还要再流啊，难道教训还不够深吗?”何宝珍不由自主地感慨道。

“是的。”刘少奇望着她，说，“你还没睡啊，正好可以讨论问题，我们如果用政党及赤色工会来团结群众，肯定是要吃亏的。”

何宝珍说：“可以肯定。”

刘少奇凝望着她，沉思着说：“我问你一个问题。”

这时，何宝珍知道刘少奇对思考的难题已有了迎刃而解的答案。

刘少奇说："你常到工厂里，是不是每个工厂都有自己的工厂委员会?"

"有的。"何宝珍点点头。

刘少奇说："我认为，在当前用政党及赤色工会来团结群众是不可能的，工厂委员会是目前组织群众最好的方式，因为大多工厂都有工厂委员会，而且是处理工厂日常琐屑问题的，运用它是一种策略。"

灯光照亮刘少奇的脸颊，他眼中闪动着自信的光芒，"赤色工会没有群众基础，群众中的一切组织我们都要抓，要通过这些组织去团结群众、教育群众，使赤色工会扩大起来。这些组织要用保护色，我们党员参加这些组织的任务，就是要多取得宣传的机会。"

真理越辩越明。

刘少奇和沪东区委决定，每个党支部要担负起宣传群众与领导斗争的责任；每位党员都要去做群众工作，支部还要办一个"小小报"作为解决实际问题与宣传当中用。

何宝珍到老怡和纱厂去做群众工作。

这时，她怀着小儿子毛毛，也就是允若。

怡和纱厂在上海杨树浦路上，何宝珍腆着大肚子在纱厂走进走出。

纱厂有三千多工人，不少人熟识何宝珍，她和他们聊过话，聊得很细，问家中几口人，收入多少，欠不欠账，每天吃几顿饭，能不能吃饱肚子，过年能不能吃上肉饺子，还问他们为什么穷，帮他们出点子，告诉说，穷人与穷人要心连心，抱团才能取暖，她的话听了心里暖和和的。

一天中午，三个女工拉着何宝珍的手不让走，要留下她吃饭。何宝珍知道她们吃的午饭是各人从家里带来已煮熟的饭菜，在厂内蒸一下，停机三十分钟吃饭。她不同意，说还要办别的事情。三个女工说："何大姐，你是怕我们饭菜不够吃的吧，尽管放心，吃不了。"

盛情之下，何宝珍坐下来了。

在纺织机旁，三个女工把饭菜摆在一起，每人从饭盒里给何宝珍倒上一些饭。何宝珍只是朝嘴里拨弄饭，手中的筷子几乎不夹菜。三个女工拼命地朝何宝珍碗里夹菜。何宝珍见她们只顾照料着她，自己不吃菜，就说："你们怎么吃得很少啊？"

她们说："我们只想看着你吃，今后有时间多跟我们说说话。"

进入了5月，天有点热起来了。

这天，一个熟悉的纱厂女工来到何宝珍家里，急切地说："何大姐，我找你好苦，今天总算找到了，快帮我们想想办法吧。"

何宝珍问："有什么事，告诉我。"

女工心急火燎地说："大家没办法，才让我来找你。"

何宝珍说："你说出来。"

女工说："厂里不让我们中午蒸饭了。"

何宝珍说："怎么回事？"

女工说："厂家说是耗煤太多，赔不起了。"

何宝珍说："岂有此理，每天中午只能吃冷饭冷菜？"

女工说："是这样，很多人都是胃病，怕吃冷饭。"

何宝珍说："这事发生有多长时间？"

女工说："个把月了。很多人忍不住气，找厂长论理，又说不过他们，现在只有消极怠工。"

何宝珍说："我想想办法，明天去纱厂。"

回到家中，刘少奇听了何宝珍汇报后，说："要取得斗争的胜利，必须提出正确的口号。"

刘少奇当即召开区委会。他在会上提出："告诉工人们，喊出一句'要求恢复蒸饭'的口号；另外再扩大宣传一句'停机一小时回家吃饭'的口号，给资本家施加压力，让资本家自己去权衡，恢复蒸饭和回家吃饭的损失大小。"

刘少奇要派代表以上海总工会的名义与纱厂资本家谈判。何宝珍说："我去，我熟悉老怡和纱厂的情况。"

刘少奇看着何宝珍微微凸显的肚子，心想，何宝珍虽然现在行动不太便利，但她历经风雨，心明眼亮，反应机智，能文能武，没有人比她更适合了。他信任地点点头。

这时，负责站岗望风的人跑来说，一群便衣特务来了。刘少奇一边示意大家镇静，一边布置怎么转移。何宝珍突然站了起来，把手一挥说：“我们与敌人决一死战！”她拔腿就要往外冲。刘少奇一把拖住她，严肃地说：“快走，这是命令！”把她推了出去。

到家里，刘少奇对何宝珍婉转地说：“今天虚惊一场。”

何宝珍心直口快地说：“现在想一想，你当时对我的命令是对的，我不够镇定，有点冲动。”

刘少奇严肃地说：“斗争是残酷的，稍有不慎就会给党造成损失，我们一定要在斗争中学会斗争。”

何宝珍专心地听着，说：“你讲得太对了，今后我会注意的，要学会斗争。”

刘少奇说：“明天的谈判，对你也是一场考验。”

何宝珍信心十足，说：“这些年跟着你东奔西跑，多少学到一点白区工作的方法，你就放心吧。”

何宝珍仿佛已经置身于怡和纱厂的谈判桌上，与对手你来我往、寸步不让、针锋相对、唇枪舌剑地较量。

夜深人静，何宝珍细细地翻阅材料。

刘少奇在写文章，他见何宝珍还没睡下，催促道：“快一点钟了，还不睡?”

何宝珍看一眼伏在桌上写文章的刘少奇，说：“你不是还没睡吗。”

刘少奇说：“我习惯了，你现在是特殊阶段嘛。另外，睡眠不足也会影响谈判。”

何宝珍没有倦意，说：“还有一点数据没查清楚，心里不踏实。”

“噢。”刘少奇点上一支烟，吸上一口，继续伏案疾书。

火苗闪烁。何宝珍看着灯光勾勒出的刘少奇清瘦的轮廓，内心不由发出轻微的叹息。她对刘少奇说：“我给你买夜宵。”

“噢。”刘少奇说罢，倏地想起妻子怀有身孕，掉过身来，说，“我去买。”

“你抓紧写材料吧。”何宝珍起来了，给刘少奇桌上的煤油灯续上一些油，把灯芯拨得亮闪闪，说：“我买了夜宵回来就睡觉。”

她珍爱刘少奇，是对自己生命本身的珍惜，这是信仰与信念、丈夫与同志。

第二天，果然不出预料，谈判气氛紧张。

谈判之前，纱厂代表把何宝珍请到隔壁办公室，想拉拢何宝珍，能在谈判桌上少为工人说点话。他们先是问寒问暖一番，接着捧上一百块银元。

她厉声地问：“这是干什么，想用金钱拉拢我，堵住我的嘴，让我昧着良心出卖工人的利益?”

纱厂代表脸上堆着极不自然的笑容，说：“误会了，谈判正常进行，我们只不过是略表一点心意，你太辛苦了。”

她说：“你们要是有这样慈悲怜悯的心肠，把银元多用在工人身上，省得我们来谈判。”

金钱行不通，资本家要在谈判桌上用“舌头”开辟出一条利益的道路。

谈判像是两个人切分蛋糕，切分换得最大的利益。

谈判思考过程实际上就是双方都在寻求自己最大的利益方案，同时，也满足对方的最大利益的需要。

何宝珍不是第一次谈判了。

可以说，谈判桌是看不见硝烟的搏杀战场，看不见惊涛骇浪而又暗流湍急、凶险潜伏的大海。何宝珍该是谈判桌上的傲霜斗雪、护春催花的花魁，大海上开顶风船的骁勇的驭手。在省立衡阳第三女子师范学校与欧阳骏在谈判桌上，一次次，她看到了桌面上的针锋相对，硝烟弥漫，杀声四起，看到共产党人坚韧不拔、从容的笑容、含蓄的提问、深沉思索的目光、冷峻跳动的眉峰后面，那傲然挺立的真诚品格、人格尊重的温暖、知识吐出的境界和追求，她还看到了千百种美丽的花朵景象：白的、紫的、黄的、蓝的、红的……五颜六色、林林总总、美不胜收。

谈判里有无法避开的狂风巨浪。

谈判的过程是起起伏伏的波涛。

她与纱厂资本家谈判，一个小时没有谈完，又用三个小时连续地谈。何宝珍有这样坚韧不拔的毅力。

她出现在谈判桌上，脸上庄重和严肃，也偶有浅浅的笑容。

谈判是一门艺术，是在久旱无雨的天气里求着雨露，在荒凉的沙漠硬土里要开出娇美的花朵。

何宝珍谈判是有备而来的。她把怡和纺纱厂的各种资料数据掌握得一清二楚，走上谈判桌怎能不迈着轻松的步子呢。

谈判过程中，何宝珍在坚韧里蕴含着平静。当双方进行谈判的时候，她抓住对手的振振有词的狂言漏隙，趁虚而进，话语锋利，逻辑严密，逼得对手语言苍白无力，张口结舌，没有还口之时。她刚烈含蓄的言语交织着对工人的爱，让周围的人深受感染。她谈的道理，让对方不会有一点怀疑，深信肯定是这样；她的责任感让你愈发对她要维护的工人利益甚至厂家利益充满信心；她不会用同情、惋惜来怜悯对方，只会把淬火加钢的自信如何确立告诉对手。

谈判会遇到障碍，这考验着双方的耐力和心力。

这时，何宝珍从心里迸出两个字：坚持。

在坚持里，她以自己为中心推论，找寻会让对手让步或吃惊的一些逾越障碍的途径，让他们接受她的想法。

她说："怡和是'洋行之王'，你们纺纱厂是'纱厂之王'，财大气粗，怎么在工人中午蒸饭事情上斤斤计较，有点丢了西瓜拣芝麻，请问，合算吗？"

纱厂代表两只深度近视镜后的眼睛眯缝着，"知道我们有多少工人吗？"

她说："不仅知道纱厂有三千工人，还知道1895年怡和洋行投资一百三十万元规银创办怡和纱厂，工人一千五百余人；1897年投产，有纱锭五万余枚。"

纱厂代表说："你对我们很了解，我还希望你了解纱厂现在一天耗电量多少，耗煤炭多少，付工人的工资总额多少……"

她在冷静中倾听纱厂代表的观点后，思想像闪电一样爆发，"这些我都了解，我还知道怡和洋行在1843年上海开埠后，捷足先登，派遣代表达拉斯成立上海分行，资本额一千万港元，外籍负责人是渣甸家族、孖地家族、盖西家族，中国的买办或华籍高级职员有杨枋、林钦、唐景星、祝大椿、潘志莹、方守成、李廷芳、刘越洋、王维尧、潘澄波、潘志铨、唐玉田、唐荣俊、唐纪常、陆维庸、祝兰舫、朱吟江……"

纱厂代表慌张地说："我们还是围绕蒸饭事情谈吧。"

"难道我所说的历史与今天发生的事情没有关系吗?"何宝珍不容商量地说，"怡和洋行早期主要靠鸦片贸易，获取丰厚的利润，1847年统计资料表明，经由上海输入的鸦片共达16500箱，1860年达到28438箱，按当时银元计价，英国人在上海出版的《北华捷报》鸦片价格在1861年的幅度，是515两到600两一箱，而在1876年，它的最低价格是540两，年终时则高达630两。后来从事进出口贸易、保险、地产、航运、铁路、码头仓库、公用事业、工业航空……"

纱厂代表坐不住了，脸上难堪，把何宝珍又请到隔壁办公室，说："你记忆过人，我们不谈过去，还是……"

她说："谈过去也是谈今天。你们选择，是恢复蒸饭还是要让工人停机一小时回家吃饭，是不是还要开除怠工工人，利弊明摆着，你们权衡权衡，如果需要，我可以帮助你们算一笔经济账，怎样?"

几个纱厂代表被镇住了，相互套着耳朵低低地商量一下，无奈地晃了晃手，说："收摊结束，快让她们走吧。"

纱厂被迫同意恢复工人中午蒸饭的制度，并答应不开除怠工的工人。

工人们欣喜若狂，眼泪流出来了，用惊异的目光看着何宝珍，没想到她腆着怀孕的肚子，凭一张嘴巴打败了飞扬跋扈的资本家。

第十一章 荆棘丛生

32

1929年7月14日，是沈阳相当平常的一天。

辽河从北向南平缓地流过沈阳。辽河是东三省南部的最大河流，是中国七大河流之一，起源于与辽宁省交界的河北省平泉县，流经河北、内蒙古、吉林和辽宁，在辽宁省盘山县注入渤海，全长1430公里。

辽河有壮阔之美。

这一天，沈阳天气晴朗，有微风，不像是在炎炎夏日，倒像是凉风徐徐的秋天。沈阳的《健报》、

《盛京时报》等报纸登载的最大新闻是一个小公务员在法院要与妻子离婚，妻子不从，状告丈夫养有“小三”。“小三”当场反击，说自己不是“小三”，而是小妾。这一天，根本没有人注意到，刘少奇、何宝珍夫妇拎着箱子乘火车悄然地来到沈阳。

三个月前，沈阳还叫奉天，4月2日，张学良继任被日军炸死的父亲张作霖官职，主政东北，就任东三省保安总司令，把奉天的名字改了过来。

东三省统称满洲省，辖今天的辽宁、吉林、黑龙江三个省和内蒙、河北一部分。

在火车上，看见波光粼粼的辽河，刘少奇知道，沈阳到了。

刘少奇来东北，出任中共满洲省委书记。他化名赵子琪，身份是海军司令部某副官，何宝珍的身份是小职员。

他俩在张作霖的东北讲堂小住几天，与党的组织接上头以后，住到南满铁路南侧的工业区惠字78号，一座陈设简单的平房里。

刘少奇是在满洲省委危难之时担任第五任书记，他的前任是陈为人，湖南江华人。

满洲省委是1927年10月建立的，原为临时省委，1928年10月改为正式省委。1927年七八月间，大连、奉天等地党的领导人和党员连续被捕入狱，群众斗争只能逐渐由公开转向隐蔽。不到两年时间，省委先后遭到四次破坏，最后一次省委在奉天大东边门外党员牛思玉家召开省委扩大会议，被警察发现，省委书记陈为人等省委主要负责人几乎全部被捕，一些党员团员经不住凛冽的寒风撕扯，经不住飞旋的雪花扑打，遮蔽了眼睛，心里摇摇晃晃，他们想，我们的组织还能坚持下来吗？还能坚持多久？怎么办？

满洲大地上曾经点燃的工运、农运的星星之火，在黯淡中，忽明忽灭……

中共中央委派特派员谢觉哉到东北巡视三个月后，向中央写了一份汇报材料。谢觉哉指出：“满洲党需要一个有本事的领导者，首先做点斩除荆棘的垦荒工作。”

刘少奇踏上满洲大地，身陷荆棘丛里，他怎样才能斩除荆棘，踩出一条党的生存、发展的道路？

这是一场殊死战斗！

刘少奇在荆棘丛里连眉毛都不皱一下，他沉静地说：“必须抓紧做斩除荆棘的垦荒工作，建立强有力的省委领导班子，恢复党的组织。”

只用一个多月的时间，刘少奇用一把野火干净利落地烧掉了“荆棘”，十九个党支部与一百八十二名党员之间保持了紧密联系。刘少奇还从湖南、湖北、河南抽调了一批党员骨干充实东北党组织，杨靖宇就是这一时期进入东北的，被任命为抚顺特别支部书记。

满洲大地上的秋风，吹得人神清气爽。满洲省委负责人分头奔赴奉天、哈尔滨、大连等地，举起了发动和领导工人运动的熊熊火炬。

刘少奇选择去奉天纱厂，大家都知道这里工作难度最大。

奉天纱厂是素有“东北王”之称的军阀张作霖管辖的企业，兴建于1921年，有三千多工人，大半为童工。这里工人遭受着厂方敲骨吸髓般的盘剥，每天要劳动十二个小时以上，工资只有四五角钱，多者也只有六七角钱。工头动辄打骂工人，还借故就罚，甚至开除。厂方对工人监管极严，工人没有出入厂门的自由，在上下班出入门时要被搜身，工厂警卫经常借机恣意侮辱女工。纺纱厂从1929年7月份开始给工人开发半资，而且发的全是贬值很快的奉票。工人们憎恶极了，蹲在一起常落泪，他们说：“不能这样傻干下去，找他们讲讲理，还让不让我们活了！”

分管奉天市委工作的省委常委孟坚向刘少奇汇报：奉天纱厂正在酝酿8月27日罢工。

刘少奇向孟坚提出来，组织纺纱厂工人开展“要现洋不要奉票”的斗争，如果厂方不答应，就在8月27日工厂发薪日举行罢工。

刘少奇决定亲自去纺纱厂参加党支部碰头会，要把这次罢工的大火烧好，掀起满洲工人运动斗争的新高潮。

8月22日下午，何宝珍精心地给刘少奇准备了一身衣服。刘少奇身着工人装束，孟坚头戴礼帽、身穿长衫，一派教书先生的打扮。何宝珍用眼睛上上下下仔细一端详，说："行，很像，可以走了。"

奉天纱厂位于沈阳市郊，位置比较偏僻，周围是一片坟地和树林，寂静得让人心悚。

刘少奇到纱厂门前树林里时，离工人下班时间还差十几分钟。刘少奇、孟坚就隐蔽在纱厂北门外的树林里，等候与纺纱厂党支部书记常宝玉碰头。

下班的汽笛拉响了，可是厂门迟迟未开，只见工厂的大门口几个厂警来回走动。凭着长期地下工作经验判断，刘少奇预感情况可能有变，正要与孟坚分头离去，这时，工厂大门突然敞开，一群厂警直扑过来，高喊："抓住他俩……"

两人被抓捕了。

满洲省委秘书处的工作人员李文玉在马路上看见了刘少奇、孟坚被纱厂厂警拘捕，马上回到省委向秘书长廖如愿报告。廖如愿听了，紧急通知省委常委回来举行特别会议，采取应对措施。他又特地找到何宝珍，说了刘少奇、孟坚被纱厂厂警拘捕。

何宝珍先是惊愕，后是万分镇定，多年在白区的历练，惊涛骇浪，电闪雷鸣，出生入死，她遇到险情不会惊慌失措。她知道，越是这种情况，焦急恰恰正是束手无策的表现，毫无用处，关键是要镇静，了解情况，协助组织采取应付办法，怎么样做好营救工作。

她对廖如愿说："我们要冷静，不要乱了阵脚，要先想办法了解赵子琪、孟坚怎么被拘捕的，对症下药，采取应对办法。"

廖如愿对几个省委常委称赞说："何宝珍不简单，不愧是跟着赵书记经风雨见世面，遇到这样大的事情，镇定自如，一点不慌乱。"

何宝珍找到李文玉，问了刘少奇、孟坚被拘捕时的情况。

李文玉安慰她，"大姐，别急，省委总会有办法营救的。"

何宝珍说："小妹，我有这个信心。现在很想知道他俩是什么原因被拘捕，你来沈阳时间长，奉天纱厂有熟悉的人吗？”

“有。”李文玉连忙点点头，“有一个老乡在纱厂里做厂警。”

何宝珍追着问：“什么名字？”

李文玉细细地想了想，说：“叫唐旺祥。我去过他家一次，平时没什么来往。”

何宝珍说：“知道他名字就够了，我们能了解到赵书记和孟部长是什么原因被拘捕、现在怎么样就行了。”

天已晚，满洲省的夜空静静的，像一泓秋水，挂在上面的一勾月牙和密密麻麻的星星显得特别的亮堂。

在家里，何宝珍的心像被火烧烤着似的，可白天在别人面前，嘴里总说不要焦急。这时，她在床上睡不着，脑子里像岩浆在燃烧、鼎沸。她爬起来，两手抚摸着肚子里的孩子，仰头望着天上，心里翻腾着：少奇第一次在长沙出事时，那时正是国共合作，可以利用国民党以及各地团体，用电话电报和报纸对赵恒惕施加压力，长沙是家乡，有上层的熟人可以帮助疏通关系……现在是在千里之外的沈阳，不要说没有上层的熟人能帮助疏通关系，就是找个熟悉的人都难，加上我党已转入地下工作……

她心里说：少奇，我亲爱的丈夫，你在里面受罪了，知道我没有睡觉在想你吗？你在干什么？何宝珍眼前老是出现监狱、铁窗、老虎凳、辣椒水……

她几乎一天没有吃饭。早上起床后，随便抓一小块干饼塞进嘴里，就算是一顿饭；中午她做了一点饭，还炒了一个小菜，心想，不能不吃饭，肚子里的孩子需求营养，即使不想吃也要吃点……她刚朝嘴里扒了两口饭，心中就有无数的钢针乱扎，胃里发酸发涩，喉咙咽不下饭。

这时，她觉得肚子里真的饿了，并感觉到肚子里的孩子也饿了，这个小家伙用小拳头、小脚乱捶乱踹她的肚子。她无心情把饭重新温热一下，已成了习惯，工作起来就没有时间概念，不管早晚，风里来雨中去，常常一个人吃饭，随便扒拉几口就算事了。她端起冷饭，吃了两口，心里又发堵难受，吃不下去。

她睡到床上，心想：少奇这时肯定没有睡着，有人说，夫妻习性相通，心灵会有感应。他没有睡着，那会想什么？她与他一起生活六年，怎能不了解他，她自信地想，他在想她和她肚子里的孩子，想送在宁乡老家的母亲和儿子，想送给人家的女儿，还更会想满洲省党的工作……他就是这样一个人，为工作贡献了自己。她还想，少奇身陷囹圄，他会意志刚强，信念坚定，一定能机智勇敢地应付过敌人……

天刚亮，何宝珍起了床，梳洗过后，从箱子里翻出一套短衣裤穿起来，打扮成平民妇女。

八点钟，何宝珍、李文玉来到唐旺祥家里，他的两个小孩刚刚吃完早饭，背着书包要上学。李文玉掏出两块银洋，每个小孩给一块。

唐旺祥妻子对孩子们说："别要姑姑的银洋。"

李文玉笑道："嫂子，一点心意。"

唐旺祥妻子谦让着，"你这么大的礼，哪好意思收哩。"

孩子们拿着钱早已走远，唐旺祥妻子客气地说："你好长时间没来哦。"

李文玉说："家里家外忙哩。好久没见大哥大嫂子,今天过来看看。"

唐旺祥妻子朝卧室里喊道："旺祥，太阳升起多高，还不起来呀，文玉小妹来看你了。"

唐旺祥揉着惺忪的眼睛，从卧室里走出来，喊道："文玉来啦。"

李文玉微笑着说："大哥，大清早就把你吵醒了。"

"他妈的，昨晚倒霉。"唐旺祥想在老乡李文玉面前显摆一番，说，"队长非要我参加审讯，这是什么破事情，还值得我去，熬到天快亮才来家。"

李文玉问："大哥出山亲自参加的事情，肯定是大事情喽。"

"什么大事？屁，鬼大点事情，简直瞎闹腾。"唐旺祥很不愉快。

李文玉问："几个什么人，犯了厂里什么规矩？"

唐旺祥不屑地骂了一句话，“这几人，他妈的，我看啊，也全是傻货，没事找事做，发奉票不发现银洋也不是你一个人，所有工人都这样，你他妈的带头闹什么，要搞什么鸟罢工。真不知天高地厚，罢工是你他妈搞的吗，那是共产党做的事，他们常搞罢工。你说这小子傻不傻?”

李文玉顺水推舟说：“世上还有这样傻人呀。”

唐旺祥说：“沈阳这样大，什么鸟人没有。不过呀，这小子说的也是实话，问他有没有人指使，他死活说没有。”

李文玉问：“是谁啊，我认识吗?”

唐旺祥说：“你要是认识他们，你也变成傻子了。”

李文玉说：“大哥，你说的也太邪乎了，是谁啊?”

唐旺祥说：“告诉你也不认识。一个是我们厂里的常宝玉，一个是沈阳的教书先生，叫孟坚，还有一个是湖南人，叫成秉真，排字工人，从武汉来找工作的。”

几句对话，何宝珍全弄清楚了，刘少奇他们还没有暴露真实身份，营救他们出来的机会多了、大了。她钦佩刘少奇，在敌人面前用化名瞒天过海，巧妙地渡过难关。成秉真确是刘少奇表哥的名字，这些年来，一直在外闯荡，不知道干什么。刘少奇用他的名字作化名，是预防敌人打电话去问地方上究竟有没有这么个人。少奇多睿智呵!

唐旺祥谈兴正浓，言犹未尽，继续眉飞色舞、口溅唾沫地说：“骨头最硬的人也经不起我审问。审问要有点真本领的，靠那几个小子能镇住什么鸟人？我审问那个姓孟的，问他是不是共产党，他说不是，我就给他鼻子里灌水，灌水很难受的，呛得连气也喘不过来，他死去活来不承认是共产党。我不喜欢这个教书匠，我们厂的事，你瞎掺和干什么。”

“姓成的你审问了?”李文玉问。

“那个啊，审了。”唐旺祥自负地说，“有时审问不需要复杂，很简单，审问这个姓成的，我喊来常宝玉问问，‘他是谁?’常宝玉说‘不认识’。我看他说话的表情不像是撒谎，还能审出来什么？这三人马上要送奉天警察商埠三分局去。”

唐旺祥最后的一句话让何宝珍心里“咯噔”一下，弄不好刘少奇他们会在警察商埠三分局出现意想不到的坏结果。何宝珍急于要向省委汇报这个刚刚才获知的消息，李文玉看出了何宝珍的心思，随机应变，敷衍起唐旺祥，说何宝珍叫曹雪芬，住在她家边上，丈夫有病，孩子又小，生活困难，想到纱厂找点事做，请大哥帮忙。三言两语说罢，她们拔腿匆匆离去。

时间一刻没耽误，何宝珍赶回省委机关，向廖如愿和几个常委汇报了刚刚获得的情况。

这时，杨一辰从纱厂打探情况也赶回来了，他掌握的情况与何宝珍、李文玉所知道的差不多。

原来几天前，孟坚到纱厂同厂里中共支部商定斗争方案后，常宝玉等在工人中进行宣传。厂方得悉这一情况，立即四处寻找“煽动者”。就在这时，工人党员崔凤翥叛变，他向厂方告了密，常宝玉就在两天前被捕了。

何宝珍证实了自己的判断，刘少奇用浓重的湖南口音，以排字工人找工作为由头，查无对证地骗过了敌人。

廖如愿松了一口气，满有把握地说：“用不着担心了，省委机关也用不着迁移了。”

几个常委都频频地点点头。

廖如愿思索说：“厂方既然要往警察局送人，我们就要抢先做疏通工作，以免节外生枝。我想，该起用银行里我们的同志，他们在这里呆的时间长，熟人多，也许就有办法。”

大家都认可这样做。

廖如愿又详细地布置一番。何宝珍回到住处，把身上衣袍换了，俨如一副贵妇人的模样，同廖如愿到奉天银行，找到地下党员李涤尘同志，神情严峻地说出了省委书记“赵子琪”与组织部长孟坚出了事。李涤尘听后惊骇不已。他说："如愿同志，你交待任务吧，需我干什么?"

廖如愿说："动用你熟悉的人际关系，想方设法进行营救。"

李涤尘说："有关系，警察局司法主任与我称兄道弟的。"

廖如愿说："司法主任还是能说上话的。"

李涤尘说："保险一点吧，这样行不行，既然厂里要往警察局商埠三分局送人，我先给他写封信，探探口风如何?"

廖如愿望了望何宝珍，何宝珍闪了闪聪敏的大眼，说："可以写信。但是，信上写的一定要与赵子琪、孟坚交代的身份相符。写成秉真，湖南人，排字工人行了。孟坚未化名，不要紧。"

廖如愿深思熟虑，"我看呀，先救一个。"

何宝珍问："为什么?"

廖如愿说："他俩虽是同案，但是他们向厂方交待，相互不认识，因此只能请求关照成秉真。"

李涤尘轻轻地说："有道理，如愿同志考虑的周到。"

廖如愿说："先救出一个，孟坚我们再想别的办法。"

信很快写好了，廖如愿、何宝珍认真看了看。何宝珍说："我来送信。"

廖如愿说："理解你的心情，但你不能频繁出现，送信不适合。我找另外同志送去。"

天黑了，廖如愿、李涤尘、何宝珍等同志呆在省委机关里，等待送信同志带回来的消息，没有人想起来要回家，没有人想起肚子饿了，要吃饭。他们担心、焦急，送信同志能带回来一个什么样的消息，是好，是歹，生和死也许就在一瞬间。

送信同志回来了，笑容可掬地说："司法主任看过他俩档案，对我说，问题不大，让李涤尘放心好了。"

大家都轻轻地松了一口气。

廖如愿说："看来放人没有问题。"

天上漆黑一团，但在何宝珍眼中，天穹已不再是浓厚的墨色，已从露出的裂隙间，透射出明亮的星光……

不久，奉天高等法院开始对刘少奇、孟坚的所谓“煽动工潮案”进行审讯。

这时，何宝珍向廖如愿提出一个想法，她说：“我能不能和杨一辰争取去探监，若能见到子琪和孟坚，把情况摸得更扎实些。”

廖如愿说：“这样更好哇。”

刘少奇、孟坚、常宝玉被解往地方法院检察处时，何宝珍与杨一辰去探监。何宝珍到团省委机关，找到关碧云，借了衣服、鞋子、假发，打扮成城市贫民妇女，手里提着衣物和好吃好喝的东西，以刘少奇表姐的身份来到监狱；杨一辰头戴礼帽身穿长衫，以孟坚的同事身份来的。怕引起敌人的怀疑，杨一辰走先，何宝珍稍后一点才来到。

看守的目光在何宝珍脸上扫来扫去，问：“你来看谁？”

何宝珍说：“看我表弟成秉真。”

看守问：“他是湖南人，你怎么认识？”

何宝珍说：“我就是湖南人，嫁到这里七八年了。我给他送换穿衣服，还有吃的。”

看守见她说着一口夹生的沈阳话，相信地“唔”了一声，挥了挥手让她进去了。

何宝珍见到了刘少奇，觉得他瘦多了，她忍住心疼，双手紧紧攥住他的手。刘少奇心里明白，何宝珍是组织上派来接头探情况的。他含蓄地说：“表姐，我在这里一切正常，弄清楚后，就能出去了。”看守不太注意时，他又说：“敌人不太清楚我的真实身份，他们没有抓住我什么把柄。”

何宝珍把组织上的营救措施告诉了他。

刘少奇低声而坚定地说：“转告组织，在任何情况下，我都不可能改变一个共产党员的信仰，宁可玉碎，不为瓦全。”

在一边的杨一辰看到周围没有看守巡逻，跑过来，交给刘少奇二百四十元奉票，说：“组织上给你的经费，用它在里面买个方便吧。”

几天后，奉天高等法院开庭审讯，不到一小时，法庭的调查结束。法官见案卷中根本没有物证，刘少奇仍然坚持原来的口供，审讯毫无结果。法院作出判决：刘少奇、孟坚“煽动工潮”案证据不足，不予起诉，取保释放。

1930年4月，刘少奇回到上海向中央汇报工作。何宝珍在沈阳生下小儿子刘允若，乳名毛毛，不久，也回到了上海。

第十二章 最心累的时候

33

刘少奇的肺病又有点复发，咳的痰里带着血丝。

何宝珍又开始担忧刘少奇的身体安危了。她知道他的肺病有点复发是什么原因，一是操心着工运所累的，二是中央总书记向忠发和秘书、宣传部长李立三与他的工运指导思想不尽相同，产生了矛盾，他心中郁闷所导致的。那天，她和刘少奇从东三省回来，到上海中央秘密的接待处报到，周恩来去了莫斯科汇报工作，项英还在莫斯科没有回来，苏兆征患盲肠炎已离开人世，向忠发、李立三和贺昶接待了他俩。

贺昶，湖南人，朱舜华的丈夫，是毛泽东发展的第一个党员。1921年6月29日下午6点，毛泽东和何叔衡一道在长沙小西门码头，趁着暮色，登上开往上海的小火轮，参加在上海召开的中共一大会议。当时登船的除毛泽东与何叔衡外，还有毛泽东的好友贺昶。一大闭幕后，8月3日，毛泽东、何叔衡在返湘客轮上，便以介绍人身份发展贺昶入党。贺昶参与领导了震惊中外的京汉铁路大罢工，历任中共湖南区委组织部长、中共湘西南特委书记、中共江西省委书记。江西省委遭到敌人破坏，现在到了中央秘密的接待处，以旅社老板的身份，接待党内来往的同志。

何宝珍、刘少奇见到贺昶开心极了，握住他的手好久没有松开。

何宝珍对向忠发、李立三感觉不太好，向忠发是一个管不了大事，只看李立三眼色行事的人。毛泽东曾说过："李立三同志是一门大炮，说话办事常常过头。贺昶同妻子朱舜华常常串门去李立三处谈工作、汇报情况，发现李立三对一些工作和任务有些急于求成，考虑问题时，不够周密细致，一旦遇上不顺心的事，常常发脾气训人，贺昶婉转地向他提醒，不要急躁，讲究方法。但李立三对贺昶的讲话，形同耳边风，根本听不进去。

面对刘少奇、何宝珍的到来，李立三没让他们安顿好住处，就一定要他们去沪东区工作。

沪东地区是一个鱼龙混杂的地方，帝国主义、军阀、买办、大资本家和青洪帮都呆在这里。

贺昶当时在场，对李立三的安排，抱有不同的看法，待刘少奇走后，他对李立三说："少奇同志才刚到上海，一些基本情况还没掌握，你就让他去那个复杂的地方，是很危险的啊！"

李立三板着冷冰冰的脸，不予理睬。

贺昶气忿忿地回到家里，朱舜华看到他满脸不高兴的样子，就问怎么回事。贺昶忍不住地把事情经过说了一遍。

朱舜华听了，也愤愤不平。她说：“当下，少奇、宝珍要有住的地方，我们赶紧为他们找房子。”

在杨树浦高郎桥，他们找到一家豆腐店三楼上的一间小亭子间，租了下来。他们把租了房子的事告诉了刘少奇、何宝珍夫妇，他俩都握住贺恕、朱舜华的手一起庆贺。何宝珍与朱舜华久别重逢，兴奋地搂抱成一团。

沪东区的工运在刘少奇的领导下，很快得到了恢复。

一天下午，刘少奇来到中央向李立三汇报工作，贺恕也在场。刘少奇把工作的进展情况作详细的汇报后，征求李立三对下一段工作提出意见。李立三说：“前段工作你做了一些，但还是不够的，根据你说的，目前要谨慎地发动工人起来罢工，我不同意，那是小脚婆走路，总是怕摔跤，而现在我们的工人群众是先要大干，不要那种小干。你这是当群众的尾巴，而不是当群众的领导，思想有问题。”

刘少奇见李立三不听取意见，固执地主张一定要发动总罢工，耐心地解释说：“罢工迟早要搞的，具体要看条件是否成熟，我在沪东各个工厂，作了深入的调查和了解，一旦搞起来，很可能会失败。”

李立三一听，面露不悦之色，站起身，在房间里踱了几步，回头询问刘少奇：“你怎么知道罢工一定会失败呢？斗争吗？要趁热打铁。”

刘少奇见李立三固执己见，就默言无语地坐在一旁，再不开口了。

贺恕觉得李立三太武断了，想提醒他：“少奇的意见，值得考虑，他在沪东知根知底，万一发动总罢工，就要死许多人，我们中央虽是一句话，可这句话就是千万人的大行动，不考虑周到，那不是在大干，而是蛮干！”

李立三仍然坚持自己的意见，对刘少奇下达死命令：“发动总罢工，必须搞起来，这是中央的决定。”

贺恕和刘少奇相对无言。刘少奇默默地走出门。临分手时，刘少奇紧紧地握着贺恕的手，嘱咐说：“贺恕同志，他越来越偏激了，今后与他打交道，可要当心啊。”

贺恕语调平静地说：“少奇同志，你放心，在原则问题上，我是要坚持真理，立三的底细我清楚，润之也清楚，在安源的时候，要不是润之修改罢工计划，他早出问题了。”

刘少奇说：“他现在代表中央说话，我们还是要灵活地执行，这次沪东罢工，凶多吉少，我心里是清楚的，现在惟有减少损失，争取达到好的效果。”

说罢，刘少奇匆匆地走了。

每天一早，刘少奇就到沪东工厂区活动，深夜才回来。

何宝珍在沪东恒丰纱厂工作，晚上常常坐在灯下，默默地帮助刘少奇抄写文件。刘少奇回到家中也不马上休息，洗把脸后，就在灯下看材料、写文章。何宝珍常常怀抱毛毛，凝视着刘少奇，火苗照着她闪耀着幸福又有点忧郁光泽的眼睛。她了解刘少奇，理解刘少奇这段日子焦虑的心情，他对总书记向忠发他们的盲目罢工持有不同看法，但他是一个有原则性的人，坚持下级服从上级，他已把生命托付给党了，只要是党的需要，他随时会赴汤蹈火，冲锋陷阵，直到献出生命。在自己心爱的人最心累的时候，何宝珍知道作为一个妻子该为他做些什么，他需要的是慰藉，需要的是精神上的支持。她就是在他需要伸手时就能寻到的一把椅子、一本书、一个扶手。何宝珍心中翻滚着浪花：我爱的人，是我真的深爱的一个人；他要工作，我会为他挑灯；他要想孩子，我会带好孩子、用心呼唤不在身边的孩子；他要去远行，我会在心里祝愿他平安；他要是坐牢，我愿为他牺牲自己。我希望我的爱人，永远牵着我的手，带着我走下去……

一次，贺恕看到刘少奇不时地咳嗽，并不时地吐出一口口的血痰，他劝刘少奇注意休息。

何宝珍拉着朱舜华的手说：“请你转告李部长，少奇的肺病又发了……”

刘少奇在一边听了，知道何宝珍想干什么，忙打断说：“立三这个人的脾气我知道，我们在安源时工作过，他一旦决定的事，一般不轻易更改。不要找他，我继续留在沪东。”

“可是你的身体行吗？”贺恕有点担心。

“不碍事的。”刘少奇摆了摆手势，又咳嗽一阵后，喘着气说，“贺恕同志，你在他身边工作，有些事要给他提醒，他常常犯急躁病，这样容易出事。”

最坚硬的树通常是大风来时最先倒地的。

贺恕、朱舜华遇到了“左”的寒流，工作变动了，住的房子也被劝退出来。刘少奇点起一支烟，慢慢抽着，他望着何宝珍说：“贺恕、朱舜华夫妇的境遇全是受我牵累，现在连住的地方都没了。”

何宝珍沉思一下说：“让他们搬来跟我们一起住，怎样？”

刘少奇点点头说：“这好，我也有这样想法。”

贺恕、朱舜华与刘少奇、何宝珍还有毛毛合住到一起了。五个人吃住在一起，每个月的生活费用，全靠中央每月发给刘少奇二十元、何宝珍八元的津贴。朱舜华在一个工厂里做工，每天只赚两毛钱。一次，贺恕生病没钱上医院，何宝珍把刘少奇从沈阳带回来的一件皮袄当掉了，治好了贺恕的病。

时间里什么都在变化，什么事情都有可能发生。

6月，刘少奇接到党中央通知，担任中国工会代表团团长，去莫斯科参加职工国际第五次代表大会。会后他被选为赤色职工国际执行局委员，并留在赤色职工国际工作。

何宝珍为两家人的生活日夜操劳，可她在贺恕、朱舜华面前一副乐呵呵的样子，看不出劳累的样子。贺恕、朱舜华不忍心看着何宝珍为他俩的生活整天奔忙，想替她分担点生活负担，贺恕找到柳亚子帮忙，介绍到了世界书局做编辑，朱舜华到江南造船厂子弟学校当了教员，他们准备搬到辣裴路339号居住。何宝珍知道了，不快地问：“怎么哪，是不是我做错什么事情惹你俩不高兴？”

贺恕笑道：“宝珍同志，误会了，只因为我和舜华在你这儿生活得愉快，我们才商量要搬出去。”

“为什么？”何宝珍有点不相信。

贺恕说：“让舜华给你说。”

朱舜华拉着何宝珍的手，掏心掏肺般的说：“少奇不在家里，我和贺恕吃的喝的全依赖你一人，坐着享清福，这怎么行呢？我们也有四只手，要劳动，要挣钱，要为你分担一份辛苦。再说，我和贺恕也快被你养得变成‘剥削者’了。”

“哈哈。”贺恕失声笑起来。

何宝珍说：“我们之间是什么感情，是患难之交，我和舜华是从衡阳女三师风雨中走过来，感情比亲兄妹还要亲，我的家就是你们的家，有我何宝珍一口吃的，就不会让你俩饿肚子。”

贺恕连连点头。朱舜华亲热地连连拍着何宝珍的手，说：“我还不知道你的为人吗。”

第十三章 廖承志被捕的消息传遍上海滩

34

刘少奇回到上海已是1931年的秋天，何宝珍刚把家搬到北京路一家五金店的楼上。刘少奇看着新家宽敞的三间房，抱着毛毛，欣喜地说："儿子，我们住新房子喽，这都是妈妈辛苦操劳置办的，妈妈真好。"

刘少奇还没有完全享受新搬来的家带来的快乐，奉命调往江西瑞金中央苏区工作。

这是1932年冬天。

组织上找何宝珍谈话："根据当前工作的需要，经过研究，你继续留在上海，邓中夏担任全国互济总会党团书记兼任主任，你做副主任兼营救部部长，与赤色国际互济会经常取得联系，努力争取国际援助，积极营救被捕的同志。你有什么想法？”

何宝珍说：“我是一名共产党员，保证无条件地服从。”

她语言不多，但表情庄重，语气诚恳、坚决。

是啊，这是不同寻常的时候，上海不久前发生了中共中央的重要人物顾顺章、向忠发先后叛变的事件，是周恩来临危不惧，沉着镇静，在陈云等同志协助下，经过几天几夜不眠不休的紧张战斗，终于抢在敌人的前面，保卫了党中央和江苏省委机关的安全。

何宝珍知道，互济总会在这次突发事件中也遭到几次破坏，被捕了不少同志，这时去互济会和担任营救部部长困难重重。她想：该怎样去工作，不辜负组织、不辜负身负的使命？

回到家中，何宝珍一边为刘少奇去苏区工作准备行李，一边把组织上要她留在上海的工作情况告诉刘少奇。

刘少奇听了，沉默半晌说：“做这个工作难度很大，容易引起敌人注意，你必须要慎之又慎。”

何宝珍说：“我早有思想准备，随时随地做好牺牲自己。”

刘少奇深思熟虑地说：“个人的生与死是小事，能不能完成党交给的任务才是大事。要你谨慎行事的目的，就是要好好地完成党交给的任务，在任何情况下，不要使党组织受到损失，做到保守党的机密，永不叛党。”

“嗯，我会照你的话去做的。”何宝珍面露坚毅，掷地有声地说。

天一亮，刘少奇就要离开上海了。夜已深，何宝珍催促他早点睡觉，可他没有半点睡意，留恋家里温煦的灯光，灯光下香甜睡着的毛毛。灯光把何宝珍的身影投映在墙上，她不停地忙碌，给刘少奇准备了几块面饼，还怕不够，又烙了几块塞进他的行李袋。她唯恐给刘少奇忘带什么东西，常常这边放进了行李，那边再掏出来重新看看……刘少奇在屋里走来走去，看来看去，他打量房子里的陈设，想到这些年自己常常在外，把家丢给妻子一个人，心里有点酸酸的内疚……

他坐到床边上，望着何宝珍，轻轻地唤了一句："宝珍，过来坐一会。"

何宝珍在他身边坐下，他拿起她的手，细细地摩挲、看着。她手掌很粗糙。他说："你为我们的家付出太多了。"

她头靠在他臂膀上，说："为了你和孩子，为了党的工作，我愿意付出。"

他说："我这一走，只留下你一个人。"

她说："你放心去吧，我已经习惯了。"

忽然，他想起几个孩子，说："斌斌、爱琴不知现在怎样了。"

她仰起脸,望着他,望着闪烁着无限爱意的目光,说:"我真想他们。"

他用手轻轻地拍了拍她后背，说："是啊，我也想。"

她忘神地说："斌斌在老家我还放心，就是爱琴寄养在武汉不知怎样，我真是有点放心不下……"

夜空，寂静如冰，月牙挂在树梢上，数不清的星星眨巴着眼睛。

又是一夜未睡，何宝珍与刘少奇几乎说了一夜话。

人难道真会有什么预感，能看见不应看见的东西，听到不应听到的声音，或者感觉什么事情一定会发生吗？何宝珍也许有这样的预感，她与刘少奇时聚时分，早已习以为常，但这一次，她心里总是有点慌乱，隐隐不安，觉得刘少奇一旦离开就再也见不到了……

刘少奇刚要走出家门时，她脱口喊了一句："少奇，再抱一抱我和毛毛。"

刘少奇收住脚步，用有点意外的目光望了望她。他刚刚拥抱过儿子和她，她现在又要拥抱，怎么回事？过去，他们多少次离别，她可是从来没有过这样做的。

刘少奇亲了亲毛毛，又抱了抱何宝珍。

他的身上融进了何宝珍对他的全部热爱，她帮刘少奇又围了一下围巾。他感觉到，她用心闻着他身上散发着的气息。

拉开门，一阵寒风扑来。刘少奇走进了清幽幽的星光里。

从此，刘少奇和何宝珍山水不再相逢。

35

上海搜捕共产党员的风声一天紧似一天。

何宝珍化了名，叫王芬芳。

何宝珍有时做交通员，有时当教员，有时跑联络。她有时边带孩子、边守店铺，起早贪黑，除了想方设法卖烟酒外，还做一些猪头肉、卤猪肠、盐水花生米等凉菜，辛辛苦苦地忙碌一天，只能赚到一两块钱。她每月去看关在监狱里的同志，送些食品和日用品。在担任交通员工作中，一次在递送密件时，忽遇敌人戒严搜身检查，她连躲闪的地方也没有，急得头上直冒汗。敌人快要检查到她身边时，她看见路旁有一个算命瞎子，面前摆着一个签纸盒。她心里一动，跑过去，把密件放入签纸盒内。敌人过来了，搜查了何宝珍身上后，对算命瞎子只是瞥了一眼，看都没看签纸盒，就走过去了，何宝珍悬挂的心终于落了地。

进入3月，何宝珍根据上级党组织的指示，为一些被捕的同志聘请律师、寻亲找友，想方设法营救他们出狱。

3月28日，中午，何宝珍正在家里带孩子，这时，外边有人轻轻地敲了三下门。这是组织上的联络暗号，何宝珍急忙跑过去，拣起丢在门口的一根纸烟，回到屋里，从抽空烟丝的纸烟里取出一个小纸卷，一看，是中华海员工会党团书记廖承志今天被捕，组织上要何宝珍设法营救。

何宝珍早知道廖承志是廖仲恺、何香凝的儿子，在广州时，她与何香凝经常来往。她钦敬何香凝，廖仲恺被害，“廖案”的发生经过在报上披露后，何香凝写了“精神不死”四个大字，贴在自家的门口，表示对国民党右派的抗议；蒋介石、汪精卫叛变革命，何香凝愤怒地辞去国民党的一切职务。何宝珍也十分佩服廖承志，廖仲恺被害，他经常朗声背着父亲被陈炯明囚禁时，写给他和姐姐廖梦醒的诀别诗：“女勿悲，儿勿啼，阿爹去矣不言归。欲要阿爹喜，阿女、阿儿惜身体！欲要阿爹乐，阿女、阿儿勤苦学……”廖承志还和姐姐瞒着父母参加反帝示威游行，当队伍通过沙面桥开往沙面租界区时，机枪噼里啪啦地扫射过来，一颗子弹打穿了廖承志的帽子……

何宝珍知道营救廖承志该怎样去做，知道什么地方是敌人的软肋、死穴，什么地方是她们呐喊、冲锋的突破口。她把儿子毛毛放在床上，怕他翻身滚下来，周围用被子、枕头围起来，锁上门，径直去了何香凝家里。

在何香凝家门口，她发现一边有几个人鬼鬼祟祟地盯着自己，她警觉到这是特务，这些鹰犬在这特殊时期监视着何香凝这个“敏感”人物，盯梢跨进这所房子的人。何宝珍来不及顾虑太多，每一分钟对营救廖承志都是特别宝贵的黄金时间，她双脚坚定而有力地跨进何香凝家里。

何香凝在画一幅梅竹图。她隐居上海后以卖画为生。

何宝珍仍以在广州时的称呼叫道：“姑姑，告诉你一个不幸的消息，你老人家千万别难过啊。”

何香凝放下画笔，凝望着何宝珍，“发生什么事情?”

“承志被捕了。”

“什么，在哪被捕的，今早还好好的，你听谁说的?”

“可靠人告诉我的，听说上午在去全国总工会办事时突遭逮捕的。”

“又是蒋介石使的坏。”

“姑姑，”何宝珍提醒何香凝，“现在最要紧的是防止蒋介石指使特务暗下毒手。”

“对。”何香凝走到电话机前摇了几下，拿起话筒与《大公报》主编通了话。

何宝珍匆匆离开何香凝家里。回到家中，她看见毛毛从床上滚下来，在地上睡着了，脸上还挂着闪亮的泪痕……

翌日，廖承志被捕的消息传遍了上海滩。

何香凝又通电全国：“全国军事政治长官公鉴：小儿承志在沪，昨晚被外国捕房拘捕，但未悉拘在何处，余愿与儿共留囹圄，要求解往华界，既死亦愿在华界，不在租界，请查示复。”通电发出后，震动了国民党最高当局，蒋介石也装模作样地复电称将“设法营救”。

一场大营救展开了。

宋庆龄得到消息后，与蔡元培、杨杏佛等人商量，聘请吴凯声、马常做廖承志的辩护律师。

29日晚上，柳亚子摸着黑急匆匆地赶到何香凝家里，告诉她：反动当局即将转解廖承志到南京，受特种刑讯。柳亚子有些口吃，加上心情急，讲得上气不接下气。何香凝一听，喊了一声“承志”，当时就心脏病发作，疼痛难忍，现场紧急抢救。

“欺人太甚！”柳亚子激愤异常，叫人用藤椅把何香凝抬上汽车，开到了上海市政府，找到市长吴铁城。

何香凝摆出一副要死要活的样子，说：“我不活了，我要跟儿子一起坐牢。”

何香凝不好惹。吴铁城生怕把事情闹大不可收拾，急忙打电话给宋子文。宋子文考虑到事关重大，又急电蒋介石。蒋介石真怕她死在上海市政府内，气恼地骂骂咧咧：“何香凝是一个泼妇，我们惹不起她，把她儿子释放算了。”

廖承志被押到上海市警察局。吴铁城来了，他摸出一张条子，要廖承志签字，那上面写着：我脱离共产党，服从三民主义。

廖承志一看，气得把条子撕得粉碎说：“刀砍枪毙，任由尊便。”

吴铁城脸色铁青，他与南京通话后，又拿出第二张条子，上面写着：我今后脱离一切政治活动。

廖承志把那条子攒成一团，扔进痰盂里，回答说：“我怎能签字？援助东北义勇军不是政治？抗日不是政治？”

吴铁城没办法，只得又换了张条子，上面写着：我住在上海，奉母家居。

廖承志看后，反问道：“我现在不是住在上海我母亲家里？在家自然侍奉母亲，又何须签字？”

吴铁城“唉”了一口气，背后恨恨地骂道：“犟种一个。”

后来，何香凝、柳亚子在那条子上具保签字，吴铁城才释放了他。

廖承志获释了，上门慰问的人络绎不绝，记者们也蜂拥而来。何香凝并不因爱子获释而停止斗争，她对国民党“中央社”记者发表谈话，又提出了要“拯救全国政治犯”的强烈呼吁。

36

特务盯上了何宝珍。

在去何香凝家的第三天，也就是1932年3月31日上午，何宝珍发现家门口有几个形迹可疑的人，她肯定地判断到，这是那几个在何香凝家周围游弋的特务，她被他们盯上，马上要对自己“行动”了。她下意识地攥紧拳头，眼睛朝四周瞅了瞅，看有没有什么能顺手操用的“家伙”，心想，如果他们闯进来，自己操起“家伙”还可以搏杀一阵子。

毛毛啼哭了，她进了屋。她知道自己就要离开孩子，抱起毛毛亲了一口，递到邻居大嫂的怀里，急促地说：“麻烦你带带，过几天就有人来接的。”

邻居大嫂刚刚接过毛毛，几个特务便冲进屋来，一个戴墨镜的家伙举着手枪，说：“老实点，你叫王芬芳吧，跟我们走。知道你会几下拳脚，识相点，我们手里的家伙不是好惹的。”

“为什么？”何宝珍边问，边朝不远处的一根碗口粗的木棒看看，心想，要是能抓到手，马上能撂倒他们几个。

“跟我们走一趟就知道了。”戴墨镜的家伙怕何宝珍突然反抗，手枪紧紧顶在她肋巴上。

何宝珍朝邻居大嫂怀里的毛毛望了最后一眼，她一扬头，挺身跨出门去……

第十四章 刀剑与精神

37

一路上，囚车发出刺耳的怪叫声。

何宝珍坐在囚车上，透过小窗口，望着街上来来往往的人群，她在心里呼喊：亲爱的人们啊，你们知道祖国正在处于水深火热之中吗？知道我们的祖国母亲正在深受帝国主义、买办资本主义、封建主义的压迫、蹂躏吗？知道一个个共产党人为救中国正在奔走呐喊、流血牺牲吗？你们也许不知道，从你们身边掠过的这辆囚车上就是一个为解救千万劳苦大众出苦海的女共产党员……

她看到车外不少有钱人的少妇打扮得花枝招展，不住发出轻浮的浪笑声，忧心如焚！

敌人迫不及待了，第二天就摆开一副如临大敌的架势开始审讯何宝珍，他们要看看这个女人到底是什么人，有什么来头，会不会是共产党，为什么敢冒天下之大不韪跑到何香凝家里。

上海警察局的预审庭不大，里面有点暗，白天亮着灯，像醉汉睁着的眼睛，昏昏欲睡。

预审台上坐着两个警官，眼睛瞪着面前的嫌疑女犯。

他问："你叫什么名字，从事什么职业？"

她平静地回答："我叫王芬芳，职业是老师。"

"你最近干些什么？"

"每天是上课、逛街、到朋友家玩，这也犯法吗？"

"你说细些，到过哪些犯人家里去？"

"我去的都是朋友、老师家里，哪有犯人家里？"

"你没说实话吧，你的行踪我们早已掌握。我现在提点线索，你前天，3月29日到过哪里？你要老实一点，说实话，免得受罪。"

何宝珍心里有数了，敌人掌握自己的情况并不多，只是知道她去了何香凝家里。

她故意想了想，说："到过何香凝家里。"

他们追问："到她家里干什么？你们是什么关系？"

"没有关系，谁都知道她是社会名人，是画家，我想求张画，这也犯罪吗？"

庭审难以继续下去，两个警官没有抓到任何有用证据，又支支吾吾一番，为自己打个圆场，草草收场。

没有几天，两个警官又提审一次何宝珍，还花言巧语地劝说她，递上点心要她吃。何宝珍打翻了点心，大声嚷嚷："你们抓错人了，快点放我走，我家里还有小孩。"

警官说："你知道不知道，你现在是一名政治犯。"

庭审仍然毫无收获，不了了之。

何宝珍是当政治犯抓捕的，警察局又把她押解到南京宪兵司令部。

南京城南，瞻园边上，高大的黄色围墙，黑色的屋顶，朱红色的大门，就是南京宪兵司令部，威严而又神秘。宪兵司令部由首都卫戍司令部与陆海空军总司令部宪警处合并组成，用于进行城镇战斗与维持军纪、社会秩序，抓捕异见人士。警务处军法课是专门逮捕和审讯政治犯的。共产党员罗登贤、邓中夏、黄励、郭纲林、顾衡等烈士都曾在这里度过了生命中最后的时光；陶铸、陈赓、丁玲和田汉等人也在这里被囚禁过。这里的牢房为全封闭式，不见天日，从不放风；电网高墙，不在话下；层层铁门，道道警戒；屋顶之上，岗哨密布……江洋大盗飞檐走壁之徒，也插翅难飞。

宪兵司令部司令是谷正伦，心狠手辣，死抱住蒋介石"宁可错杀一千，不可放走一个"的信条，凡是沾了共产党边的统统都抓，凡是共产党及其嫌疑者格杀勿论。宪兵司令部看守所原先极小，只能关押数十人，到他手上不断扩建，能容五百人之多，还另外设立了专门对付所谓要犯的"优待室"。

囚车进了宪兵司令部，何宝珍下了车，朝四周望了望，她恍然明白，这里是大家常说的南京"魔窟"。她听说过，这里关着不少女同志，有江苏省委组织部长黄励、陈潭秋爱人徐全直、南京地委委员陈君起、二十二岁的丁香等等。

她仰脸望望天空，哦，她像在黑暗的地狱里呆了几个月、几年，已经不认识天空，像第一次看到天空一样，感到蓝蓝的，深深的，洁白的云彩飘飘浮浮，那样新丽，那样新奇。

有一个宪兵在她背后用力地推了一把，她向前踉跄几步，眼睛依然望着天空……

又是不停地审查，政审的人员始终认不清楚何宝珍的真实身份，他们狗急跳墙，恶声说："你是不上刑不说真话，今天要让你知道宪兵司令部的厉害。”

她遭受了酷刑。

敌人用蘸水的皮鞭抽打她，身子不停地朝下滴血。

敌人往她鼻子里灌煤油。灌完一壶又一壶，灌得鼻里、耳里、嘴里流血，两眼发黑。

她上老虎凳，给她加了三块砖，又加到四块、五块、六块。她眼前发黑，昏厥了过去。

敌人又给她压木杠子……

何宝珍挺过来了，几绺汗涔涔的乱发贴在惨白的脸上。

敌人毫无事实根据地把她判了十五年徒刑，关进南京模范监狱。

南京模范监狱就是老虎桥监狱，位于南京老虎桥32号。

北洋政府时期江苏有三大监狱：第三监狱在苏州，第二监狱在上海，第一监狱在南京，就是老虎桥监狱。

老虎桥监狱创建于清朝光绪年间。从1917年到1937年，监房有一百七十二间，能容纳犯人三千名，规模达到历史鼎盛时期。在南京设立军事监狱之前，军事犯、政治犯都关押在这里。1928年8月，南京第一陆军监狱建成后，这里的政治犯、军事犯才迁移出去。由于南京第一陆军监狱和后来建立的中央军人监狱没有女监，所以，从全国各地押解到南京的女政治犯、女军事犯判刑后都关押在这里。

中国共产党创始人之一陈独秀就曾经被关押在这里。

关押在这里的共产党人有：何宝珍、帅孟奇、杨放之、黄静汶、夏之栩、钱瑛、耿建华、宋涟、萧明、彭镜秋、熊天荆、易纪均、陶茅谷、丁惠、刘小浦、林玉娟、朱凝、薛迅、黄海明、黄隽、杨克冰、谭国辅、王根英等女政治犯等。

盛夏，素有火炉之称的南京，闷热得使人窒息。

夏季的监狱是闷热难捱，监狱当局不顾犯人们的死活，硬是不准开牢门通风，也不允许外面的亲友送点解凉的食物、药物过来。

3号牢房铁门被打开，何宝珍一进去，像走进一个蒸笼，又热又闷，汗水从头上、身上直冒，像泉水一样朝下淌。里面坐着不少人，眼睛齐刷刷地盯着何宝珍，打量着她。有一个人惊呆了，认出是何宝珍，失声喊出来，“你……”正要叫她的名字，何宝珍抢先接口说：“还认得我王芬芳吗？真没想到能在这里见到你。”何宝珍巧妙地告诉她们自己已改用了名字。

认识何宝珍的人是夏之栩，她是烈士赵世炎的爱人，何宝珍在武汉与她一起工作过。何宝珍敬重她，也敬重她的母亲。夏之栩的母亲叫黄友梅，大家似乎都忘了她的姓名，只是称呼她“夏娘娘”。事实上，夏只是她的夫姓。她中年丧夫，靠替人洗衣和做手工度日。她的女婿赵世炎在婚后两年被敌人杀害，留下年轻的妻子夏之栩和嗷嗷待哺的孩子。她是一个胆大心细的“夏娘娘”。赵世炎被捕那天晚上，敌人正在家里张网以待，怀里抱着孩子的夏之栩把求助的眼光望向母亲，夏娘娘说：“你抱好孩子，有我呢。”她走向阳台，打算把那儿的一个报警信号换成夜用的。

特务盯着夏娘娘说：“你要干什么？”

夏娘娘若无其事地说：“下这么大的雨，我把窗帘子放下来。”

特务说：“站住，不许乱动。”

夏娘娘一低头，正好看见赵世炎在马路上走向这个危机四伏的家。她急中生智，把手边的一个花盆向楼下推去。很可惜这个花盆没有落在马路上，而是落在水沟边上。雨声太大，赵世炎没有听见。他被逮捕了，半个月后被反动派杀害。

夏之栩在丈夫牺牲后，回安坊路的家中看望孩子和母亲。阳台上多了一个铁罐头盒子养的花，一盆鲜红的蔷薇。夏之栩记得这盆花在赵世炎被捕的那天晚上，被母亲推下楼去摔碎了，怎么又养了一盆？母亲走过来说：“盆子碎了花还活着，第二天，我就把它收拾回来了，你看它跟原来不是一样吗？”

牢房里还有帅孟奇、化名彭友姑的钱瑛、化名田耕的熊天荆、化名郭英的郭纲琳以及易纪均等十人。难友们都隐瞒着自己真实的身份，这是斗争的需要。夏之栩把化名“王芬芳”的何宝珍介绍给大家认识，说是她的朋友，完全可信、可靠。

帅孟奇和何宝珍握手说话时，何宝珍只是点点头，装着像从未认识过。她早知道帅孟奇，还匆匆见过几面。帅孟奇担任过中共湖南汉寿县委委员，她非常能干，组织农会，成立妇女协会，建立儿童团，打击土豪劣绅，惩治恶霸，开仓济民，成为汉寿县很有威望的领导人。大革命失败后，她装扮成讨米的农妇，走了一个多月的路，在武汉找到了向警予，被党组织派往莫斯科东方劳动者共产主义大学学习。她在武汉长江局任过秘书，到浦东区从事过工运，还担任过江苏省委妇女部长，在上海以做工为掩护，到纱厂、丝厂的工人群众中去。

钱瑛常常对着何宝珍微笑。在武汉，何宝珍就知道了钱瑛。当时钱瑛担任湘鄂西省总工会秘书长，还做过中共潜江县委书记。她丈夫谭寿林在广西担任梧州特委书记，参加过广州起义，后来在雨花台就义。何宝珍有时暗暗看着瘦小的钱瑛，心里赞叹，她真是一个有骨头的人，坚强勇敢直面人生。

广州起义失败后，钱瑛踏上寻找党组织的路程。她急于脱险，来到江边，跳上一只民船。这是一条贩卖女人的黑船。钱瑛趁船老板和打手不备，一头扎进了珠江。一位好心的渔民救起她。这天晚上，钱瑛到一家小客店投宿，被隔壁房间的两名住客盯上了。这两个男人见她孤身一人，长得白皙灵秀，先是起了邪念，后来又怀疑她是“赤匪”和“共党”，打算抓她去领赏钱。他们不怀好意的样子自然逃不过钱瑛的眼睛。钱瑛急中生智，关紧房门，在手帕上仿照《木兰辞》写了一首诗，诗中说自己是一个恪守旧礼教的节孝女子，不料在和父亲外出投亲的路上遇到土匪，父亲被打死，随身带的钱物都被抢走，她处境艰难，却毫不动摇。第二天，钱瑛天刚亮就起床，混上了火车，那两个男人一直盯到了车上。警察查票时，发现钱瑛无票乘车，怀疑她是“共党分子”，对她进行了搜查，搜出了那块写着诗的手帕。他们对这首仿《木兰辞》诗大为赞赏，觉得这样一位“节孝双全”的女子不会是“共党”，就把她放了。

惨痛的经历绝对是让人迅速成长的最有效催化剂！

何宝珍想，没有骨头的人是可悲的。没有骨头，命比纸薄；有骨头的人，铁骨铮铮，所向披靡。

晚饭后，在黑暗中，何宝珍在地铺上辗转反侧睡不着，心里想着远方的刘少奇和亲手设计营救狱中同志的一个个计划，她还想念自己的孩子斌斌、爱琴、毛毛。牢房里黑暗得几乎什么也看不见，她整个人仿佛是一个缥缈空幻的影子，自由自在的，她似乎心里想到什么就能得到什么，想要离开地面马上就能飘飞起来。她觉得自己像一只蝴蝶，两个翅膀一张一合快乐地扇动，从一朵花上飞到另一朵花上。自由太好了！她在地铺上轻轻地翻一个身，缓上一口气，让思想在黑暗中飞翔。这是监狱？她有点怀疑这里是监狱，怀疑自己是不是真的被逮捕了。她眯起眼睛又睁开眼睛，判断证实自己的感觉是对还是错。看到睡在身边的同志瘦弱的背影，听到她们发出均匀的微微的呼吸声，接着，又看到高高的墙壁上的一个小窗户，看到窗外天上的几颗星星，她终于确信，自己是关在牢狱里，现在只有生命的身子，却已没有了自由。

何宝珍是闲不住的人，平时，她见帅孟奇一只腿被敌人审讯时压木杠子压断了，走路不方便，她就抢着多干活，洗碗、提水、倒便桶。帅孟奇不好意思，有时候要自己瘸着腿去洗碗，何宝珍悄悄地说：“我提水、倒便桶，能趁机向别的牢房中的同志打听消息，为同志们做点事情。”

何宝珍与大家更熟识了，知道年龄最大的是帅孟奇，夏之栩、耿建华年龄也比她大，钱瑛比自己小三岁，是湖南长沙东乡金井镇人。何宝珍因年龄小，又勤快，大家都喊她“小大姐”。

帅孟奇喜欢上了何宝珍，说她是一个“机灵鬼”。这天，刚查过牢房之后，帅孟奇分工起草一份职工运动的报告，何宝珍因口齿伶俐，由她放风对付狱警，夏之栩设法搜集资料，帅孟奇动笔起草，才开了一个头，突然，狱警又来查号子。监狱专管犯人的第二科科长闯进来，发现了帅孟奇写的报告，追问："你不是一个不识字的工人吗？这是怎么回事?"

何宝珍抢过话头，"我是教师，教他们识字，这是练字呀。"

"二科长"歪着头，半信半疑地说："这是写什么字！"

"不是从这本书上抄的吗？"何宝珍把一本《世界知识》摊到他面前。

"二科长"瞪大眼睛看了看，见帅孟奇写的文字开头都是摘抄《世界知识》里的段落：自从1930年阿根廷国内发生军事政变、激进党政府被推翻后，二十六年来，资产阶级民主的政治生活一直没有恢复。先是代表农牧场主利益的……

"二科长"还想从帅孟奇写的文字中发现蛛丝马迹，把书本对了一遍又一遍。

何宝珍嚷道："看书学字违反了你们哪条王法?"

"二科长"把书本左看右看，无隙可钻，丢下书，像斗败的公鸡，悄悄地溜走了。

狱方可以锁住革命者的身子，夺去他们的性命，可始终无法夺走他们对党组织忠贞的心，他们在牢房里的革命活动一天没有停止过。狱方知道这一点，也害怕这一点，监视得几乎密不透风。这天，从事地下工作的一个同志执行组织指示，打着探监的由头，来到监狱里联系难友。当他路过3号牢房时，从窗口塞进一个写有党组织指示的小纸团，3号牢房里的同志还没有打开看，何宝珍就听见牢门外面的狱警在嚷嚷，"快把3号牢房的钥匙拿来。"她马上意识到狱警有可能察觉到了，如果被发现，监狱里与外边的联系就会遭到破坏，送信的同志也会被抓捕。狱警眼看到牢房了，何宝珍没有惊慌，眼睛上上下下一看，目光落在空便桶上，她觉得那里安全。她急忙把纸团丢进空便桶，掉过身从另一个同志手中抱过孩子，说："你去坐在便桶上，我来带孩子玩。"

狱警走进来，在晦暗的牢房里东看看西瞧瞧，翻了翻床铺，踢了踢地上的鞋子，没有发现什么蛛丝马迹。她瞧了瞧牢房里的人，见每个人脸上没有什么不正常的神色。何宝珍逗弄着孩子，嘴里轻轻地哼着，“小兔子乖乖，把门儿开开，快点开开，我要进来……”

狱警嘴里嘀咕一句，“奇怪，明明好像看见有人朝里塞东西，怎么就不见了。”

狱警失落地走了。

刹那间，明媚的阳光照进了牢房。何宝珍把纸团取出来，见被小便浸湿了一小部分，就另抄一张，利用放风的机会传给别的牢房里的同志。

牢房里十个人，却是同一条心。

生死之间见真情。

互济会惦记着何宝珍，派人给她送来饼子，狱方拒不接收，退了回去。“二科长”来查监时，何宝珍质问他：“你们答应可以送东西，为什么要把我的东西退回去?”

被囚禁的犯人质问随时可以惩罚她们、鞭笞她们肉体的举鞭者，这在举鞭者眼中是一种什么样的逻辑？自古以来，这样的反抗者都是大逆不道，没有好结果。

“二科长”恼羞成怒，把何宝珍叫出牢房，用钢针刺她手指，还要她跪下，一下一下打板子。何宝珍被送进牢房，脸色惨白，几乎昏死过去。钱瑛义愤填膺，大声呼喊：“政治犯不受侮辱，不许打人!”

一时间，几乎所有的“政治犯”牢房里都喊了起来，山呼海啸，摇撼着监狱。

何宝珍听见了窗外的口号声。她忍不住要站到门口，夏之栩搀扶着她，走到门口，她把血迹斑斑的拳头伸出窗口，一起高呼起来。

3号牢房开始绝食，监狱里的同志们全部宣布绝食。

绝食，是不愿为奴隶者从举鞭者两腿间爬过想苟且偷生的人，是迫害与反迫害、胸膛与刺刀的对决，甘愿拿生命相抵，换取做人的一点自由、尊严和信仰。

绝食到了第三天，“二科长”害怕了，浑身颤颤地抖动起来。他垂下鞭子，答应今后保证不再打人。

3号牢房一片欢庆声。这种欢庆的声音，从一个牢房传到又一个牢房，同志们纷纷把手中的碗筷从门上的小窗口伸出，敲打着，欢笑着……

希望快乐的人，也会给其他人带来快乐。欢乐是为了抵御存在的苦难。

帅孟奇、夏之栩鼓励何宝珍唱歌给大家听。耿建华说：“你唱，我站在门口放哨，有‘狗’来就咳嗽一声。”

说唱就唱，何宝珍喝了一口凉水湿湿嗓子，唱起《打渔杀家》。她唱得有板有眼，韵味十足。

大家还让她唱下去。

何宝珍说：“唱一首《骂蒋介石》好吗?”

帅孟奇连连点头说：“好。”

钱瑛奇怪地问：“没听过这歌啊。”

帅孟奇笑道：“小大姐改了词的歌。”

何宝珍解释说：“原来歌名叫《骂毛延寿》，我今天改了词。”

她用《骂毛延寿》旧的调子唱起来，字儿、劲儿、味儿、腔儿，样样到家。

她先痛恨地说了一句话：“蒋介石啊！我把你这卖国的奸臣！未开言不由我这牙根咬恨。”

紧接着，她唱起来：

“骂一声蒋介石你卖国的奸臣！

你祖先食君禄你应该把忠尽，

为什么背叛中山先生你丧尽天良?

今日里在牢房我纵然受了罪，

为人民一死方显我是忠臣。

死是人民的儿、活是国家的女，

落一个青史名标万古就美名存。

想这等害天理岂无有报应？

常言道：暗昧亏心、神目如电、那时节、你千刀万剐就一旦就化灰尘！

骂奸贼骂得我这牙根咬恨。”

……

唱到这里，她痛恨地说：“今日里纵一死万古留名！”

大家使劲鼓掌，捧腹大笑。

钱瑛说：“毛延寿要知道一千多年后还有人变着法子咒他，会气得歪了鼻子、七窍生烟的。”

夏之栩揶揄地说：“小大姐这一骂，蒋介石现在的耳朵肯定发烫，他坐卧不宁，要问宋美龄是怎么回事，有谁在背后骂他。”

帅孟奇、钱瑛催促说：“再唱一个啊。”

何宝珍想了想说：“换一首歌，我们合唱世界著名的歌剧《茶花女》中第一幕唱段。”

帅孟奇说：“小大姐真行，外国歌曲也会唱。”

何宝珍说：“这是很有名的歌曲名段。我们不是用外文来唱，是用中文来唱的。这歌需要一男一女合唱。”

大家你望我，我望你，抢着推托表白：“我不会唱。”

何宝珍说：“不会不要紧，我教你们，行不行？”

大家推荐了一个女同志扮作男歌手。何宝珍一字一句地教她学着唱，不一会就教会了。

她们站在地铺上，忽地是“男子”粗声，忽地是女子尖声，有合有分地唱起来：

“让我们高举起欢乐的酒杯，

杯中的美酒使人心醉。

这样欢乐的时刻虽然美好，
但诚挚的爱情更宝贵。”
……

帅孟奇又提议说：“小大姐，教我们唱《国际歌》吧。”

何宝珍疑惑地说：“《国际歌》还用教？”

钱瑛说：“大家都会唱，但唱得不准确。”

“好，我教。”何宝珍清清嗓子，打着手势，教唱起来：

“起来，受人污辱咒骂的！
起来，天下饥寒的奴隶！
满腔热血沸腾，
拼死一战决矣。
旧社会破坏得彻底，
新社会创造得光华。
莫道我们一钱不值，
从今要普有天下。
这是我们的/最后决死争，
同英德纳雄纳尔
人类方重兴！
这是我们的/最后决死争，
同英德纳雄纳尔
人类方重兴！”
……

大家都轻轻地哼唱起来。

耿建华又说：“小大姐，你会朗诵诗吗？”

帅孟奇接过了话茬，“我先朗诵自己写的一首小诗，只有两句，大家不要笑话。”

何宝珍惊喜地说："大姐会写诗啊。"

帅孟奇面对窗外早春来临前的气息，她深情地朗诵道：

"一度梅花一度春，

傲雪战雪迎春来。"

……

大家都夸帅孟奇的诗写得好，意境深远。

帅孟奇含着深意说："问大家一个问题，也是我们应该要思考、对待的问题，假如我们当中有人要走上刑场，该不该用泪水送别?"

有人说："假如流下泪水，也是同志们依依不舍的心情。"

有人说："流泪是人间常情。"

何宝珍的心灼烧着，说："还是不要流泪，悲悲戚戚不好看。"

帅孟奇用明亮的目光望着何宝珍，赞同说："对，一定要拼命地告诉自己不要流泪、不要哭，让敌人看看我们的意志比钢硬，比铁坚。"

苦难的力量是可怕的。

3号牢房里的人从内心里坚信，她们正如同帅孟奇吟诵的诗歌一样，寒冬终将过去，春天必将到来!

钱瑛受到了感染，激动地说："我背诵一首诗，是我丈夫生前写的，诗名叫《俘虏的生还》。"

她的声音不高，却充满力量：

"生还何处寄萍踪，

骤雨狂风肆逞凶。

几度铁窗坚壮志，

千番苦战表精忠。

丹心贯日情如海，

碧血雨花气若虹。

三十一年生死别，

遗篇再读忆初逢。"

……

听完了，大家一片沉寂。是啊，因为她们的每一根血管与烈士的血管是相通的，每一颗心与烈士的心一起跳动。擦干地上的血迹，她们踏着烈士的道路继续朝前走!

气氛凝重。

帅孟奇想让大家轻松一下，向何宝珍挥挥手，“你再给大家说点家乡事好吗?”

钱瑛说：“小大姐知识面宽，说出来听听。”

何宝珍说：“那好，说说我们道县文化名人周敦颐。”

钱瑛说：“周敦颐是《爱莲说》作者，他是道县人呀?”

何宝珍说：“你不要小看我们道县地方小。”

钱瑛连连摆手，“岂敢、岂敢，不是这个意思。”

何宝珍说：“想不想听?”

钱瑛连忙说：“想听、想听。”

何宝珍说：“周敦颐的《爱莲说》，是我国古代散文的精品，全文结构严谨，笔意超越，言简意赅，情景交融，采用‘借影’笔，以莲自喻，有着深邃的思想内容。值得我们知道的是，这篇文章是周敦颐于1063年5月在江西虔州道判署内写出来的。”

这时，夏之栩插话道：“周敦颐好像还有一个什么称呼。”

“叫濂溪先生，字茂叔，原名敦实，避英宗旧讳而改名。”何宝珍一口气说了这么多，又说，“《爱莲说》一共一百一十六字。”

钱瑛笑道：“小大姐真厉害，一百一十六字都能记得。”

夏之栩说：“你能背诵《爱莲说》吗?”

“能背，一百一十六字一个不会少。我用家乡道县方言朗诵，让你们开开眼。”何宝珍抑扬顿挫、一字一句背道：“水陆草木之花，可爱者甚蕃。晋陶渊明独爱菊；自李唐来，世人盛爱牡丹；予独爱莲之出淤泥而不染，濯清涟而不妖，中通外直，不蔓不枝，香远益清，亭亭净植，可远观而不可亵玩焉。予谓菊，花之隐逸者也；牡丹，花之富贵者也；莲，花之君子者也。噫！菊之爱，陶后鲜有闻；莲之爱，同予者何人；牡丹之爱，宜乎众矣。”

钱瑛和夏之栩兴奋地一起脱口喊道：“一百一十六字，一字不少。”

帅孟奇说：“小大姐，你怎么看待周敦颐和理解《爱莲说》?”

何宝珍朝钱瑛和夏之栩笑了笑，说：“你们讲?”

她俩都直晃头，“快讲吧，我们等得都有点不耐烦了。”

何宝珍生动地讲道：“我分析，周敦颐是北宋人，一生淡泊名利，不求闻达。他的这种高洁的人品，诚如北宋文学大家黄庭坚所誉：‘人品甚高，胸怀洒落，如光风霁月……’他的《爱莲说》恰恰正是他洒落胸怀所透射而出的精神折光。莲花，是古往今来文人笔下高歌咏叹的对象，但大多数文人都是惊叹于它的清姿素容，并将其形诸笔端；而这篇散文精品却独辟蹊径，通过对莲的形象和品质的描写，歌颂了莲花坚贞的品格，从而也表现了作者洁身自爱的高洁人格和洒落的胸襟。”

钱瑛禁不住地赞赏一句，“分析精辟！”

何宝珍继续说：“‘中通外直，不蔓不枝’，写出了莲里外贯通、外表挺直、表里如一、不牵扯攀附的高尚品质；再次‘可远观而不可亵玩’，写出了莲如傲然不群的君子一样，决不被俗人们轻慢玩弄。‘出淤泥而不染’，以浓墨重彩描绘了莲的气度、莲的风节，寄予了作者对理想人格的肯定和追求，也反射出作者鄙弃贪图富贵、追名逐利的世态的心理和自己追求洁身自好的美好情操。”

钱瑛带头鼓掌，大家跟上鼓掌。

何宝珍激情地说：“我们做人就应该要有莲的气度、莲的风节，洁身自好……”

何宝珍的话不长，却像一条淙淙的小河流过大家的心里，让她们沉浸在深远的意境中，觉得时光虽然相隔几百年，仍然历久弥新，振聋发聩，激励着她们为革命敢于牺牲自己的生命。

她们一起背诵道：“予独爱莲之出淤泥而不染，濯清涟而不妖，中通外直，不蔓不枝，香远益清，亭亭净植……”

38

真的，监狱里不是人呆的地方。

犯人们简直过着牛马不如的生活，粗糙的碎米里经常吃出砂子、老鼠屎等污物，吃的菜都是带有虫子的小白菜，时常还能见到里面伴有马桶纸。狱方对政治犯更为严厉和刻薄，每月4元5角的伙食费要被克扣去三分之一；洗澡要等普通犯人洗过后才能去洗；整天把她们关在牢房里，只有倒马桶的时候，才能出去走一走，换换空气。

担任共产国际远东局秘书，实际是这个秘密机构的主要负责人牛兰夫妇也关在老虎桥监狱。

蒋介石日记公开披露，其中1931年12月16日有这样一段记述：“苏俄共产党东方部长，其罪状已甚彰明。孙夫人欲强余释放而以经国遣归相诱。余宁使经国投荒，或任苏俄残杀，而决不愿以害国之罪犯以换亲儿……”

蒋介石所说的这个所谓“害国之罪犯”是何许人？以致宋庆龄亲自出面与蒋介石交涉？为何蒋介石不愿以亲儿经国来换取这位苏俄共产党东方部长？

这就是牛兰，共产国际通过远东局的他源源不断地给远东各国共产党提供情报和活动经费。

牛兰夫妇关在监狱里两年了。

天气太热。狱方规定每月犯人只能洗两次澡，在普通犯人洗后政治犯才能洗时，浴缸里那么点水早已变成了浑浊的泥汤了。刑事犯人中间各种人都有，有的患有性病。

波兰人牛兰夫妇忍受不住十平方米大的牢房里漫长的煎熬，常常光着脊梁隔着牢门大喊大叫，要蒋介石释放他们。牛兰个子很高，额头很大，高鼻梁，蓝眼睛，嘴唇上留着浓黑的胡须。

牛兰夫妇身上生满一粒粒又红又痒的小红点，闹得睡不好觉、吃不好饭。

3号女牢房接到监狱中地下组织秘密通知，牛兰夫妇抗议蒋介石对他们无限期关押，要求释放，准备绝食。我们决定以绝食支持他们。

帅孟奇攥紧拳头对大家说："我们以实际行动支持组织的决定。"

何宝珍说："好，给点颜色让反动派瞧瞧，不要以为把我们锁住就不能造他们的反了。"

有人说："小孩太小，参不参加绝食？"

帅孟奇说："小孩要保护，不参加，小孩的母亲也不参加绝食。"

何宝珍说："看守送来的饭不准拿进来，都送出牢门外。"

钱瑛、夏之栩一起说："小大姐说的对，我们就这样做。"

帅孟奇说："我们要学会绝食，用喝开水去绝食，坚持时间长。"

何宝珍说："斗争到底，不达目的，决不复食。"

大家都说："不达目的，决不复食。"

开始绝食了。

第一天过去了。

第二天过去了。

……

第六天，有人饿昏倒了。

狱方见犯人们有生命危险，恐慌了，万一上边追究起责任怎么承担？监狱长跑过来劝道："你们提出生活方面的要求，我们可以考虑。你们还年轻，留得青山在，不怕没柴烧，快吃东西吧！"

3号牢房里，何宝珍嘲讽地说："猫哭老鼠假惺惺的，大家甭信他鬼话，一口饭莫吃，坚持住。"

帅孟奇说："说的对，这是最后的关键时刻。"

监狱长费尽心机地给犯人们做了香喷喷的大米干饭和萝卜头红烧猪肉，一桶桶摆在牢房门前恩典诱惑着犯人。

一间间牢房里无声无息，没有人搭理。

狱方气得咬牙切齿。“二科长”暴跳如雷，吼叫着：“谁不复食，就枪毙谁！”

这时，同志们已体力衰弱，站立不稳，说话都艰难，但个个毫不示弱。何宝珍挺起身子，高呼：“不答应条件，决不复食，要枪毙一起枪毙吧！”

第七天了。

狱方撑不住了，犯人们再不进食就真要出大事情。“二科长”慌了，急忙提出要和犯人谈条件。

大家提出来，不准克扣伙食费，要洗干净的洗澡水，不准打人骂人，要尊重人格；每天开门通风，允许散步和锻炼身体；要改善学习环境，允许看书读报；允许家属亲友探监、送东西等。

“二科长”怎能轻易答应这些“顽固”政治犯提出的条件，眼皮一翻说：“政治犯无理取闹。”

3号牢房里众口一词，发出了强音：“我们要坚持下去，要迫使敌人让步，要保护取得的哪怕是一点点的胜利成果！”

她们不仅绝食，同时开始绝水。帅孟奇说，“大家根据身体情况自愿参加。”

“我参加。”何宝珍第一个举起手来，说：“要参加就要坚持到底，就是牺牲也不退缩，决不向敌人退让半步！”

绝食和绝水一开始，帅孟奇就几乎快撑不住，她身体本来就差，不喝水头昏欲裂，身子发瘫，后来就呕吐起来。有人说：“大姐，你喝口水吧？”

帅孟奇晃晃头，“不喝，死也不喝。”

接着，又有几个人昏迷了。

狱方承受不住压力，担心出人命，答应了犯人的要求。牛兰夫妇被送进医院治疗。

拿破仑认为，世界上只有两种力量：刀剑和精神，刀剑终将被精神战胜。

刀剑是一种杀器，可以杀戮生命，却征服不了灵魂。精神透射出来的生命之力量，光芒如冰，是任何刀剑都无法与其争锋的！

1932年8月19日，南京国民政府在中外舆论的谴责下，以扰乱治安、触犯“危害民国紧急治罪法”的罪名，判处牛兰夫妇死刑，但又援引大赦条例，减判无期徒刑。

牢房里长夜漫漫。牢房的墙高高的，窗户小小的。牢房外电网密密麻麻，遮得天上发灰发暗，没有了阳光。

何宝珍的心有时飞出牢房，穿过密密麻麻的电网，飞到远方的江西苏区，飞到刘少奇身边。少奇现在在干什么？她知道毛泽东、周恩来他们全在苏区，少奇一定与他们在一起带领着红军，反击蒋介石指挥的国民党军队的疯狂围剿。她想。

何宝珍眼前常常浮现出她和刘少奇认识不久后在毛泽东家吃饭的情景，当时每人的讲话她记得清清楚楚：毛泽东拿出一瓶酒，笑说：“我平时不善辣酒，听说少奇和我一样，也不胜酒力。不过，今天呀，是个特殊日子，为我们的有功之臣庆贺，值得值得，我用稿费专门买了一瓶浏阳河酒，开个洋荤，搞一次‘革命’，同享胜利喜悦。”

毛泽东接着说：“宋高宗时期任浏阳河知县的杨时，高度评价浏阳河酒，为浏阳河酒赋诗《淮上独酌》：‘棉纤晚雨洗轻尘，天淡云浮夜色新。赖有曲生风味好，不须邀月作三人’。”

杨开慧对刘少奇说，“润之专门让我请来宝珍陪你。”

何宝珍说：“荣幸之至。”

毛泽东插话说：“宝珍，开慧是个有心人，还给你做了一个道县菜哩。”

毛泽东让少奇介绍道县的粑粑菜。

刘少奇说：“先把粑粑菜用水淘洗，切细碎，蒸熟，再搅拌进糯米粉里，加适当的水，和成团，蒸熟就是了。”

毛泽东、杨开慧听了，哈哈大笑。

刘少奇给她夹上一块粑粑菜，又夹上一块土鸡，笑着说：“谢谢你，多吃点我的家乡菜。”

她吃了一大口土鸡和辣子，说：“宁乡的菜比我们道县菜辛辣。”

毛泽东吃了一大口辣子，风趣说，“我们湖南人，就有两不怕，一是不怕辣，二是不怕杀啊……”

那天，她喝了一大杯酒。

想着，何宝珍幸福地笑了，仿佛又与刘少奇在一起。

天上下雨了。

何宝珍喜爱下雨，喜爱地上溅起一簇簇的水花。

耿建华问：“你喜欢下雨？”

何宝珍看着地上的水花，入神地说：“我喜欢下雨，雨天里会想起很多事。知道吗，我和爱人是打着一把伞在雨中订的终身。”

“呀，真浪漫。”耿建华脸上露着惊喜。

何宝珍说：“看着外面下雨，当年的情景好像就在眼前。”

“是的，时间过得真快。”耿建华真想知道何宝珍的爱人是谁，心想，她的爱人是谁呢？

何宝珍沉浸在丝丝缕缕的雨中，对耿建华说：“你喜欢下雨吗？”

耿建华说：“一般。”

何宝珍说：“我老家的边上有一条河，雨水落在上面就像开着一点点小白花，好漂亮。”

接着，何宝珍想到了潇水河，又想到湘江、长江、珠江、辽河，又想到许许多多美好的、烫心的、激动的、沉重的、难过的往事。想的太多时，她也会觉得累，眯起眼，什么都不想，让头脑里尽可能的清静、清澈……

独自清静的时候，家乡让何宝珍刻心铭骨地去想。她想起村里的小路，小时每天要走这条小路，背一个小背篓，拿一把小尖刀，到洑水河边的木排上剥杉树皮，给家里烧火煮饭。她想起常去的盘曲的山路，尤其会想起一个夏天，她陪地主家小姐上山，看见一个挂着野味招牌的小饭店，她们走进去，看到里面能买到煮熟的斑鸠、石蛙、野猪肉、野牛肉、野兔肉，她是和地主家小姐一块吃的饭，当时买了野味，她没有吃出什么特别新鲜味道，只是对用竹筒从山涧里拎来的水觉得好玩、新鲜，天气炎热，喝上一口，清凉爽口，如冰水灌肠，暑气顿消，疲累全无。还有以泉水磨制的水豆腐，白嫩细滑，泉水浇灌的青菜萝卜，云雾中生长的竹笋、野蕨菜，又嫩又干净。

何宝珍又想起了杨爷爷。想起这个满口“之乎者也”的老人，她忘不了他后脑勺上拖着的一条大辫子。她是第一个看见被剪掉大辫子后杨爷爷痛苦表情的人。那天，她看见杨爷爷穿着长袍马褂，慢条斯理地从城里走来，一个警察突然走到他背后，“咔嚓”一声就把他脑后的辫子剪掉。杨爷爷反过手来摸他的辫子，一连摸了几下也没有摸着，哭丧着脸喊道：“天呀，我的辫子呢？”何宝珍在一旁笑了，这是她在苦难童年里难得的一次微笑。她拾起辫子，送到杨爷爷手中，说：“你的辫子在这里。”杨爷爷看着自己被剪下的辫子，伤心极了，愤懑地说：“身体须发受之父母，他们把我的辫子剪掉，是对我最大的伤害，我要跟他们拼了！”何宝珍跑上前去，乖巧地说：“杨爷爷，你还不知道，现在城里变了，男人不许留辫子，都要剪掉。”杨爷爷眼含着泪说：“身体须发受之父母，怎能随意剪掉……”何宝珍开心地乐了。

童年记忆是诗意的花蕾。

贵头村雪藏了何宝珍少年的笑声和泪水，藏了她无数憧憬与梦想，藏了她多少委屈与无奈。贵头村是她少年时曾经多少次多少次赌咒发誓要千方百计逃离的地方，此时此刻，她又是这样不折不扣地痴心想念、向往她！

人啊，怎么回事，是不是她的衣胞埋在贵头村的土地里，让她无论走多远，无论远隔万水千山，无论鬓发飘摇，灵魂终究是要回归贵头村。她呀，多么地想到洑水河边坐一坐，或者是站一站，仰面看看没有一缕云彩的深蓝的天空，看着几只或者一群麻雀飞过，看着充满暖意的阳光像水流一样沐浴着自己的身体，在自己脸上疼爱地亲吻。

她呀，还想让目光在水面闪耀光芒的波纹上、在水中轻轻晃动的芦苇上、在河的两岸绿油油的青草上和开着红的白的黄的蓝的花的小草上停留一下，让河上吹来的风随随便便轻轻地摸一下。她呀，还想顺着村前的小路，跑到道县古城墙上，对着沭水河、潇水河大声地喊上一句话，“姆妈，我回来了，看到您了，您的宝崽永远不再离开您了——”

想到姆妈时，她痛苦地合上眼睛，一阵阵揪心地痛。是啊，她万万没有想到父母会死在村里何氏宗祠里，死在一片大雪飘飘的冬天里。她眼前总是出现父母在绝望痛苦中，颤栗着两腿，站到一只凳子上，把一条粗粗的绳子套上脖子，随后踢翻凳子……她两手捂住眼睛，头晕目眩。待了一会，她扪心自问，我还算是父母的女儿吗？不要说平时尽孝了，也不要说父母被地主所逼要死要活，也不要说当女儿的远在外边保护不了他们，只说父母死时自己也未能看上一眼，我还算是爹爹、姆妈生的吗？人常说，知恩图报，可我报了什么……她更害怕地想，父母也许是几天里没吃一口东西饿着肚子死的，身上可怜得只穿着破旧单薄的衣服……

“姆妈——”她心里悲怆地喊了一声。

她想到了贵头村地主蒋松甫，心里恨之入骨，父母为了偿还他解除婚约的六十块大洋，才卖掉房子，流离失所，生死两茫茫，栖身在何氏宗祠里……

何宝珍睁开眼睛，看见同志们正围在帅孟奇大姐身边听她讲在湖南农会一段斗争土豪劣绅的故事，她们听得十分认真，有滋有味。

她受到感染了，在心里说：爹爹、姆妈，宝崽对不住你们，没有报答你们的养育之恩，宝崽想起来心里真难受、不安啊！爹爹、姆妈，你们知道吗？你们是怎么被逼上这条绝路的，那是万恶的蒋松甫逼迫的，为了六十块大洋，让我们全家上无片瓦、下无立锥之地，穷困潦倒，不得安生。你俩是为宝崽死的，死时宝崽不在身边，也不知道……可你们知道吗？宝崽天天在外是为你们复仇啊！贵头村有蒋松甫，全国还有许许多多的蒋松甫，不打倒他们，天下不知还会有多少爹爹、姆妈要被逼上绝路呀……爹爹、姆妈，宝崽和少奇在外奔波，不能回家，不能尽孝，全是为这个呀……

想了这些，何宝珍心里平静了不少。她还是想起姆妈，想起自己从小性格倔强，姆妈拿她简直没办法。

八岁时，姆妈要她缠脚，她梗直着脖子说：“我不缠!”

姆妈说：“女孩都要缠脚，要不长大是大脚丫头会找不到婆家。”

她据理力争，“我不要婆家，把脚缠得太小，走路都不好走。”

她怕爹爹的倔强脾气，有时心想，自己的性子是不是有点像他。

姆妈终于把她脚裹起来。她不甘心，在床上不吃不喝不起。但她也不哭，暗暗用不吃饭拒绝缠脚。

她记得，姆妈让她起来吃饭，她没好气地说：“我脚痛，吃不下。”

姆妈是个软心人，平时看到女儿受点罪，比剜自己的心都难受。她对女儿说：“姆妈是过来人，还不知道什么滋味？慢慢就变好了。你不吃一点东西怎么受得了呢?”

“不吃，就是不吃。”她一声高过一声喊着。

姆妈同情又心痛，想法找来点白米，专门给她熬好白米粥，叫她吃一点。她把头一偏，看也不看，任凭姆妈怎么劝哄，也不理睬。

她三天没吃饭，姆妈见她瘦了，心软了，把她裹脚布解开了。为这事情，姆妈和爹爹吵了嘴。

沉浸在往事里，何宝珍竟然不知道自己被波涛一样澎湃的感情所激动，一股热辣辣的清流慢慢地从眼上淌下来，流进嘴角，让舌头尝到了咸咸的、涩涩的味道。这时，她恍然醒来，明白，哭了。

在牢房里，何宝珍有时也沉默、发楞，刚开始还有人问，“你怎么了，想丈夫、孩子了?”她叹了一口气，不说话。大家都不吭声了，知道她是在思念远方的丈夫和寄人篱下的儿女。是啊，她们都是母亲，都有自己的孩子，她们的孩子们现在都在做些什么呢，还好吗?

何宝珍最放心不下的是小儿子毛毛。不知他现在怎样了，有人去领他吗，邻居肯收留他吗……想到这些，她的心里有点沉坠坠的。

懂了泪水，就懂了人生。

她看了看帅大姐和大家在一起聊着家常话，有说有笑的，根本看不出她的孩子在她逮捕后就被敌人毒死了。她又看了看钱瑛，她专心地教几个同志识字，脸上的神情一点看不出想孩子的忧愁。大家都是女人，都是做母亲的，十月怀胎，含辛茹苦，舐犊之情，容易吗？钱瑛在莫斯科中国共产主义劳动大学学习，女儿提前呱呱坠地。女儿先天不足，瘦小得可怜，她却不能全心全意照料她。她一狠心，把女儿送进一家保育院代为抚养，她学习紧张，几乎没有空闲去看望女儿。学习期满，她要回国工作。国内斗争形势严峻、残酷，她丈夫谭寿林整天为革命奔波，也抽不出时间照顾女儿，想到回国后等待着自己的大量工作，钱瑛只身回国，把女儿留在几千里以外的苏联。作为母亲，她能不怜爱自己的孩子？但是作为革命者，她又不得不与孩子别离。她临行前最后一次去保育院看望女儿时，搂抱着女儿久久不肯放下，女儿的一举一动、一哭一笑都牵扯着她的心，她泪如雨下，心似刀绞……

何宝珍想，她们时常夸奖自己心宽、乐观，其实我真的差远了，不如帅大姐，不如钱瑛和夏之栩她们，我会有伤春悲秋的时候，她们没有，没有悲悲切切的心情，永远只有乐观、快乐……

想了这些，像千万条涓涓细流归入大海一样，何宝珍把自己的思念与柔情深深地埋入心底，对帅孟奇、夏之栩她们轻轻地说：“干革命还顾得了这些！人民不解放，我的孩子也得不到幸福。”

第十五章 忠诚而泣血

39

一个叫小林的叛徒出卖了何宝珍。

小林是互济会的一个女干部，做何宝珍的秘书。这是一个胆小的、顾虑重重的女人，不知当时怎么会加入党组织的。

她刚进3号牢房里。平时，人前不肯说话，在何宝珍面前一副苍白忧悒的脸色，常常唉声叹气。她告诉何宝珍，她丈夫也被逮捕了，关在老虎桥监狱。何宝珍就安慰说："敌人不知道你俩真实身份，过一段时间会释放的。"

小林很惊讶，“真的吗?”

何宝珍点点头说：“真的。”

小林迟疑说：“我心里老是不踏实，怕是要出事。”

何宝珍问：“怎么回事?”

小林吞吞吐吐说：“我对象怕坚持不住，会交待出我。”

何宝珍说：“你有孕在身，你丈夫不会供出你的，只要你一口咬定自己是家庭妇女，到生孩子时是可以取保释放的。”

小林半信半疑地点了点头。

预料得多准啊，没几天，小林获释出狱，仍在互济会工作。

有一次，小林监狱探监，何宝珍嘱咐她帮助一位难友家属解决困难。小林一脸热忱。何宝珍递给她几块银元，她不肯要，说：“你在里面够艰难的，还要拿钱帮助同志，不用，我自己想法子帮助他们家属。”

何宝珍说：“拿着吧，多一分钱多帮助一个同志。”

监狱中，有光明与黑暗、沉陷与崛立、生与死。

不料，小林重新被捕，她心里一片混沌，坐在床铺上，难过地抽泣。

何宝珍慢慢地宽慰她，“为什么干革命?”

她闪着泪眼，“受你们感动，不想关在温馨的象牙塔里。”

何宝珍想搀扶她走出失落、萎蔫的阴影，给她揩一把眼泪，“你工作还是不错的。但还要经受风浪锻炼。现在我们都在大风大浪中，要经受住颠簸。”

她声音有点颤抖，“有你在我心里踏实多了，我听你的。”

何宝珍看着她冷冷的脸上蒙着灰心丧气，心紧缩了一下。

人有时是多么不可信啊!

灵魂伪装出来的坚强总会有崩溃的时候。

小林经不住老虎凳、灌煤油、烙铁的烫，在“寒风”中这朵脆弱的黄花折了枝，颤抖了，凋零了。她向敌人招供，说出了何宝珍的真实身份。

敌人狂喜地忘了形，以为抓住一条大鱼了，重新审讯何宝珍。

老虎桥监狱审理“政治犯”往往采用三步曲：第一步是熟悉档案，了解情况，想方设法寻找突破口；第二步是假慈悲，摆出一副同情的样子，进行诱供；第三步是施用酷刑，折磨肉体，让对手屈服。

何宝珍被押进审讯大厅，里面阴森昏暗，站着一排两手卡腰、面露凶气的特务，四周摆满各种有血腥味的刑具。何宝珍觉得比过去的审讯严厉多了。

一个瘦小的军官粗暴地喝问：“你是何宝珍?”

何宝珍心里一怔，他们怎么知道我的真实姓名？她依然十分泰然，没有说话，以静制动。

“你还不说实话?”瘦小的军官狡黠地一笑，“交待吧，我们今天不是白请你来的，你的情况我们全掌握。”

何宝珍冷笑一声，“知道还问我干什么?”

瘦小的军官走到何宝珍面前，“不要狡辩，你不回答，我帮你回答。你的姓名叫何宝珍，湖南道县人，在省立衡阳女三师上过学，你会唱会说，是个爽快人，能喝点酒，会点武功。对不对?”

瞬时，何宝珍全明白，小林叛变了。她理一理自己的头发，依然没有答话。

瘦小的军官招招手，一个特务把小林带进来了。

瘦小的军官对何宝珍得意地说：“你认识她吗？你们该是老战友了，你是她的互济会副主任、营救部部长，你还是中共工运领导人、赫赫有名的刘少奇的妻子。”

何宝珍转脸望着小林，刹那间，脸色铁青，指着她痛骂：“你这个坏人，怕死鬼，我恨不得掐死你!”

灵魂一旦出走，甭再找到回家的路了。

小林躲到角落里，害怕地缩成一团，双手抱住头，哭泣着：“原谅我，我被打得实在受不了。”

“呸!”何宝珍啐一口唾沫，“败类，软骨头!”

瘦小的军官软硬兼施，让小林端着一块蛋糕到何宝珍面前劝降。何宝珍拿起蛋糕打到她脸上，骂道：“贼坯子，坏蛋，女流氓，害人精，你做的坏事，等着瞧，会有人找你清算！”

瘦小的军官说：“把你的上级领导和下级党员说出来。”

何宝珍心想，既然自己已经暴露了真实身份，就不必要隐蔽，干脆就以共产党员的公开身份与他们斗争；他们知道我是刘少奇的爱人，我就要有刘少奇爱人的铁骨本色，不能给少奇丢一点面子，只能争光、争面子。她对着瘦小的军官用蔑视的口吻说：“我党的秘密怎么可能告诉敌人呢。”

瘦小的军官拧紧眉毛，满脸凶恶，“是死是活，两条路由你选择。要活命，就老实招来，顽抗，死路一条。”

何宝珍响亮地回答：“要口供，没有；要命，有一条。请吧，革命者是杀不尽的！”

瘦小的军官气急败坏了，“你想死，我偏不让你死，让你知道我的厉害。”

特务们七手八脚地忙碌起来，把没有用过的毒刑用在何宝珍身上：烧红的铁签钉她的手指；用热辣椒水和凉汽油交替地往她的喉管和鼻孔里灌；烙铁是直接摁在何宝珍的胸脯上烙烫；敌人拿鞭子抽打何宝珍的伤口，又用木棒抽打她的胳膊，砸她的腿，用手拧、抠她的伤口，使她几次疼得昏死过去……

瘦小的军官歪着头问：“何宝珍，你说不说？”

何宝珍大汗淋漓，咬紧牙齿，“要口供没有，要命有一条。”

特务们把何宝珍吊在半空中，下面用冒着火苗的炉子来烤，烤上一阵子，放下来，又用凉水泼，接着吊起来，还用火烤。

瘦小的军官龇牙咧嘴地说：“你这样何苦，把自己的生命和青春自行断送，又有谁会记得你呢？”

何宝珍断然回答：“我并不希望人们记起我、说起我，我只希望他们朝着自由幸福的道路上前进，朝着祖国独立自主的道路上前进！你们这些人类的废料是不可能理解我的心情，人民却会理解我今天斗争的意义。”

瘦小的军官说：“你有三个孩子，不想他们吗?”

她说：“天下的母亲都爱自己的孩子。”

瘦小的军官说：“你不交待，就见不到孩子了。”

她说：“我今天的死，能换来孩子光明的未来，这是最大的愿望。”

敌人是阴险、恶毒的，瘦小的军官又耍一个把戏，递给她一张纸，说：“想要活命，写个简单声明，与刘少奇脱离夫妻关系。”

“呸!”她向瘦小的军官啐一口唾沫，斩钉截铁地说，“痴心妄想!要枪杀我的身体，随便什么时候，但决不允许侮辱、枪杀我的灵魂!”

她扭过头去，不看瘦小的军官。

瘦小的军官看了看何宝珍，一只手搔了搔腮帮子，头脑里突然冒出一个奇怪的想法：他曾面对过许多共产党员，有女的也有男的，为什么有的还未受刑就双膝跪下，软得像一摊稀泥?还有的男的不如女的，比一只乞食的狗还可怜，为求得自己的一条活命，趴在他的脚下，摇尾乞怜，让他说什么就马上说什么。还有不可思议的，当上级领导的不如当下属的人，在他的皮鞭下，甚至还没有动用什么皮鞭和刑具，连连苦苦地告饶，像一只疯狗乱咬自己的下属同党人，连一点人味都没有。有时，他虽为这样断了脊梁骨的丧家之犬供出不少有用材料而抑制不住地欣喜，廉价地赞扬他几句话，但他这个在共产党眼里就是恶魔的人，从内心里也根本看不起这种人，他厌恶这样不忠诚的人，一个人反反复复地改变信仰，还有什么气节?凡是能背叛组织、出卖自己组织的人，那就是人渣子，他们的良心让狗吃了，失去了做人的资格，即使五脏六腑还有一点跳动、喘息，也肮脏透顶了。这样的人白披着一张人皮，在世上什么坏事、缺德的事都能干出来，他甚至能出卖父母，出卖自己的女人和儿女……可眼前这个姓何的女人被折磨得死去活来，遍体鳞伤，眼看就要被打死了，可对她的组织和同党始终不肯吐露半个字，嘴巴倔强，还嘲笑、谩骂、讥讽他们，他虽气得心里发疼，恼羞成怒，真恨不得一把掐死她，但他不得不从心里叹服，这个女人骨头硬，属于真正的铁杆共产党，他另眼相看……

两个特务架着何宝珍回到牢房里。

何宝珍躺在地铺上。帅孟奇端来水，坐在何宝珍身边，给她一点一点地擦洗脸上、身上的斑斑血迹。何宝珍头发散乱，艰难地睁开眼睛，看一下帅孟奇，又无力地合上。帅孟奇见何宝珍腰下被血染着，大腿的裤管都被血灌满了，在不断地一滴一滴往外渗。

帅孟奇攥着何宝珍的手，动情地说："你要疼得厉害，就喊叫几声。"

何宝珍眯着眼睛，激动得声音有点抖颤，"他们知道我是何宝珍。特务毫无收获。我的心与党在一起。"

帅孟奇重重地攥着何宝珍的手，说："受苦了，宝珍，我们都知道，你是好样的。"

"宝珍！"夏之栩、钱瑛把手轻轻地放在何宝珍的手背上。

有些同志似乎从梦中醒来，惊叹不已："她不是王芬芳，原来叫何宝珍，刘少奇还是她丈夫啊。"

几天后，何宝珍在钱瑛和夏之栩搀扶下，站起来了。有同志爱怜说："你躺着休息休息，身上的伤很重呀。"

何宝珍不在乎："敌人不想让我站起来，我就要站起来，气死他们！"

何宝珍用坚硬的铜钱在墙壁上刻上刚劲有力的字："为人类解放事业而牺牲是光荣的！""坚持真理，挽救祖国"。

帅孟奇心猛地一抖，眼睛发热：宝珍这是在为自己生命的最后时刻而准备，她把一颗心慷慨地捧给了党和刘少奇……

因为对信念的忠诚而泣血，因为忠诚生发出无穷爱意。

何宝珍心里清楚，敌人从她口中没有得到想要的东西，他们一定会从肉体上消灭一个共产党员的魂魄。她已完全做好准备，随时随地走上刑场。

人，来到世界上都是匆匆忙忙，走也是匆匆促促，以致近在眼前的许多路还未走，许多山还未爬，许多河还未过，还有无边无际的大海还未看，就要带着懊悔、歉意、遗憾一去不复返了。但在人生匆匆的步履之间，意义却大为不同，有人活了七十年、八十年，除了走了一趟自我的生命形式，过去了也就过去了，像一缕炊烟轻轻淡淡，随风飘散，什么也没有留下来。有人只活了几十年，有目标、有意义的活着，让走过的人生留下的脚印，不会在一阵子疾风中消失，不会在一场骤雨中冲刷干净，因为他把生命中不朽的，也是最沉甸、最宝贵的灵魂留下来了，那就是理想和信仰。

何宝珍想起了自己的入党介绍人杨开慧，她在清乡司令部特种刑庭的审讯室里，敌人问："杨开慧，你真的不愿意与毛泽东脱离夫妻关系么?"

她铿锵有力地说："还用问吗，早就回答你们了!"

敌人说："你上有老母，下有孩子，年纪轻轻的，就不为自己的将来想一想?"

她说："这些事，我自己有主张，不用你们管!"

敌人说："你不怕死吗?"

她响亮地说："牺牲小我，成功大我!"

敌人问道："有什么遗言?"

她说："你可以告诉他们，我死后，不要作俗人之举。"

她被五花大绑起来，推向识字岭刑场。杨开慧挺着胸脯，喊起了口号："劳苦大众联合起来，打倒国民党反动派!"

何宝珍浮想联翩，想起了1928年3月21日这一天，她的湖南老乡，革命引路人之一的夏明翰在武汉汉口余记里被杀，他只有二十八岁。他被捕后，敌人问："你姓什么?"

他答："姓冬。"

敌人说："你明明姓夏，为什么说姓冬！简直是胡说!"

他说："我是按国民党的逻辑讲话的。你们的逻辑是颠倒黑白、混淆是非的，你们把杀人说成慈悲，把卖国说成爱国。我也用你们的逻辑，把姓'夏'说成姓'冬'，这叫以毒攻毒。"

在狱中，夏明翰知道生命将要结束，忍着伤痛用半截铅笔给母亲、妻子、大姐分别写了三封信。给母亲的遗书里写到：“你用慈母的心抚育了我的童年，你用优秀古典诗词开拓了我的心田。爷爷骂我、关我，反动派又将我百般折磨。亲爱的妈妈，你和他们从来是格格不入的。你只教儿为民除害、为国除奸。在我和弟弟、妹妹投身革命的关键时刻，你给了我们精神上的关心、物质上的支持。亲爱的妈妈，别难过，别呜咽，别让子规啼血蒙了眼，别用泪水送儿别人间。儿女不见妈妈两鬓白，但相信你会看到我们举过的红旗飘扬在祖国的蓝天！”

给妻子郑家钧的信中写道：“同志们曾说世上惟有家钧好，今日里才觉得你是巾帼贤。我一生无愁无泪无私念，你切莫悲悲凄凄泪涟涟。张望眼，这人世，几家夫妻偕老有百年？抛头颅，洒热血，明翰早已视等闲。‘各取所需’终有日，革命事业代代传。红珠留着相思念，赤云孤儿望成全，坚持革命继吾志，誓将真理传人寰！”

何宝珍还知道，夏明翰的四妹夏明衡、五弟夏明震、七弟夏明霹都为革命牺牲了。

何宝珍想起了湖南老乡、互济会领导、主任兼党团书记邓中夏，他在被捕后，放风时间里，狱中秘密党支部派人问他：“大家想知道你的政治态度怎样?”邓中夏一听连说：“问得好！请告诉同志们，我邓中夏就是烧成灰，也是共产党人！”

说得多好，多有气节、多有气魄，何宝珍觉得能与他们并肩站在一起，做一个共产党员感到无限的荣耀和骄傲！

何宝珍又想起在广州时认识的共产党员向警予。她仿佛觉得向警予就站在自己的身边，她穿着咖啡色旗袍，套上一件齐腰的红线衣。她比自己大不了几岁，也是一个母亲，有一双可爱的儿女，她疼爱自己的孩子。但是对于祖国和人民的大爱，她放弃了家庭的小爱。在武汉临刑前，在狱中她拿出两个孩子的照片，慢慢地放到唇边亲吻，喃喃自语着：“妮妮、博博，妈妈叫你们呢，你们听到了吗？妈妈爱你们，但妈妈更爱中国共产党！”上刑场的路上，向警予高唱《国际歌》，敌人恶毒地向她口中塞石头，用皮带勒住她的双颊。但她根本不在乎，高昂着头，视死如归，用中国共产党员的英雄气概，激励着革命群众，震撼着国民党反动派。

他们，哪来的胆量与勇气？是信仰，信仰是民族之光，也是生命之炬！

信仰如铁，胸怀天下；信仰的力量渗入灵魂，就拥有了旺盛的生命力和强大的免疫力。

何宝珍想，她属于有目标、有信仰、有意义活着的人，虽然只是三十几年的生命，一朵花儿还在娇艳的时候，也许，花瓣随时就会凋落，但她美好地怒放过，把一身清香播散给了社会，播散给了所要爱的人，播散给了所追求的壮丽事业。想到这些，她心里坦然、踏实，有一种强大的生命力量在涌动……

窗外是血红的晚霞，像火一般热情地燃烧着。

晚霞的光辉射进牢房里，在何宝珍脸上抹上一层灿烂的红晕，像娇媚的杜鹃，像坚韧的月季花，像富贵的玫瑰花。何宝珍眺望着燃烧的晚霞，仿佛看见了所热爱并愿意为他献身的丈夫刘少奇。她看见了一个只有大动荡、大乱世才孕育得出来的坚持真理、宁折不弯的无畏的革命者；她看见了一个虽然文雅却脊背刚强的中国知识分子站立的姿态。他目光长远，胸有川壑，怀有宏愿，思想灼灼，才华烁烁，浩然正气；他信仰如山，坚持真理，重情重义，意志如钢。她相信自己所爱的人，将是一个做大事的人，将是一个为他们共同所执着追求的事业的伟大斗士。

第十六章 把勇敢者高高举起

40

在南京雨花台纪念馆，我看到了一幅何宝珍的画像。

何宝珍面带笑容、齐耳短发、双目炯炯有神……

一位美丽而慈祥的母亲跃然纸上。

这幅画像高约 2 米、宽约 1.5 米。

这是何宝珍女儿刘爱琴老人捐赠的。

2002 年何宝珍诞辰一百周年，刘爱琴委托国内著名画家赵华胜先生以她母亲留下的照片为原型，精心绘制了这幅画像。当时在北京还举办了一场何宝珍烈士诞辰一百周年座谈会，其中五百多名参会的革命家及亲属在座谈会横幅上集体签名。这条珍贵的签名横幅也被捐至馆内。刘爱琴说，我今年八十二岁了，自己不可能永远保留这幅画像，今天捐赠是丰富纪念馆有关母亲的资料，这是我对母亲的记忆，也是为了让后人能更好地学习烈士精神。

2014年，刘爱琴又来到雨花台祭祀母亲牺牲八十周年，她写了一幅挽联，刊入自己和哥哥、弟弟的名字：

血雨腥风彰显女中豪杰，

斌若琴心葆其五代家风。

41

1934年10月18日。深秋的清晨。

3号牢房的门突然打开了，五六个敌人荷枪实弹地围在门口。“二科长”恶狼般的嚎叫着：“何宝珍，拿上你的东西，马上换到其他地方去。”

帅孟奇觉得不对，每次有人换号房都没有这样戒备森严，就说：“我们不愿离开何宝珍，让她留下来，她和我们相处得好。”

“二科长”不理睬，说：“少啰嗦，走吧。”

何宝珍一听叫她的姓名，心里全都明白了，敌人要用最后一招了，消灭她的生命。反动派就是反动派，他们是一群失去良心的恶魔，早已泯灭了人性，他们害怕听到正义的呼声，恐惧看到真理的光芒，想扼杀所有的共产党人和革命者。何宝珍脱下身上的薄毛衣，交给钱瑛，说：“给你，我用不着了。”

何宝珍用手掸了掸身上的白布衣和蓝旗袍，脚上穿着一双洁白的袜子，鞋子是黑色带襻的粗布鞋。她对钱瑛笑了笑，“小妹，镜子递给我。”

钱瑛心里明白，敌人是要对何宝珍下毒手了。她心头颤动，含着泪把一个破镜片递给了何宝珍。

夏之栩知道何宝珍要与她们分手了，身子在震颤。她咬住嘴唇，拿起篦子，递给何宝珍。

何宝珍像往常一样平静，没有恐惧、没有悲伤，她拿起篦子，对着破镜片，在晨光中细细地梳理头发。

“二科长”不耐烦地喊道：“磨蹭什么，快走吧。”

帅孟奇火冲冲地说：“女人的事情，你问什么？”

一个年轻的女同志天真地问：“小大姐，你真的是换地方吗？”

何宝珍笑笑，点了点头。她用这样的方式回答，是免得大家的悲伤。她望了望同志们，泰然地说：“我们不是早就商量好了吗，这一天到来时，不要用泪水送别。刚强些！”

钱瑛紧紧攥着何宝珍双手，泪水扑湿了眼睛，说：“宝珍，我离不开你。”

何宝珍用手揩了揩她眼睛，说：“我的三个孩子都还小，他们是少奇的亲骨肉，是革命的幼苗，我不能承担抚养的责任了，全托给你们了！”

帅孟奇擦着忍不住就潮湿了的眼睛。

何宝珍说：“大姐，你对我们说过，一定要拼命地告诉自己不要流泪、不要哭，让敌人看看我们的意志比钢硬，比铁坚。”

“哎。”帅孟奇睫毛上挂着泪珠，莞尔一笑。

夏之栩抱住何宝珍，浑身悲愤地抖动，湿热着眼睛，哽咽说：“我的小大姐，知道你不喜欢让人用泪水送你，可我真的忍不住，我，再喊你一声，宝珍……”

“哎。”何宝珍应了一声。

每一个同志都上来抱了一下何宝珍。何宝珍给她们理一理头发，望了望眼含泪水的同志们，摇摇手，充满深情地大声说：“同志们，不要难过，只要坚持斗争，我们一定会胜利的。我走了！”

“二科长”让手下人给何宝珍手上和脚上戴上笨重的镣铐。何宝珍走出牢门，朝“二科长”轻蔑地说一声，“走!”

她在心底淡然地笑了笑，觉得反动派太幼稚可笑，难道消灭一个人的肉体就能泯灭灵魂、思想和精神吗？哼，精神是不死的，精神是不朽的！她用手理了理头上的短发，摸摸颈下的衣扣，昂然向大门走去。

她两脚拖着镣铐慢吞吞地走着。长时间的牢房折磨，她脸色苍白，人也显得矮小、单薄、瘦弱。像蛇一样的镣铐紧紧地箍缠着她的双腿和双手，粗重、冰冷的镣铐与她清瘦、温馨的身影无论如何也联系不到一起，显得那么碍眼、不协调。她每迈出一步都很吃力，两脚有点像拖不动镣铐一样。但她一双眼睛很大、很亮、很有神，透出坚毅、不屈、自信、高傲的光芒。

她拖着的脚镣在地上不时发出“哗啦——哗啦——”的响声，像划破寒夜带来春天鲜花绽放的春雷声，又似两军对阵、杀声四起、催人冲锋陷阵的战鼓声，震荡着每一间牢房，震荡着阴森的监狱，震荡着黑沉沉的中国……

3号牢房里的同志两手抓住铁栅，眼里含满悲愤、惋惜……

其他牢房里的同志们被惊动了，都挤在窗口，屏息敛气，注视着3号牢房的动静。

何宝珍走过来了。

“小大姐！小大姐!”同志们一声声呼喊着。

“小大姐，一路走好……”同志们用深情的目光送着何宝珍。他们的目光也是沉默的，这沉默是愤怒，像地壳下的岩浆，在燃烧、鼎沸，马上就要顶破地壳，一串火焰冲天而起……

何宝珍顶着凛冽的寒风，高声唱起《国际歌》，迎着敌人的刺刀走去。

几个牢房里唱起《国际歌》，马上所有牢房里都唱响起来。悲壮有力的《国际歌》声震得监狱在一颤一颤。

真理怎能关得住，歌声怎能关得住!

何宝珍激动得掉过头，奋力地举起戴着镣铐的双手，使劲地晃了晃，向牢房里的同志们致以崇高的敬意。

命运降临的伟大瞬间，鄙视地把畏首畏尾的人拒之门外，只愿意用热烈的双臂把勇敢者高高举起，送上英雄们的天堂。这是一个作家的咏叹。

雨花台，一座不大的小山岗，因盛产五颜六色、有各种造型的雨花石而闻名于世。山岗上几乎光秃秃的，满地是低矮的杂树野花、拳头般大小的乱石块。

何宝珍下了囚车，双脚拖着镣铐向前走。

秋风飒飒，天上被风刮得不剩一丝一缕的云彩，干干净净，显得宽敞、亮堂。天上出奇的安静，没有一只鸟飞过去，山岗上也没有鸟儿的影子，它们仿佛知道这里即将要响起罪恶的枪声，吓得远远地躲避开了。

何宝珍打量着雨花台，知道雨花台过去叫石子岗，传说，有一个叫云光的法师在这里讲经，感动了佛祖，霎时间天降落花如雨，从此改名为“雨花台”。她朝山岗上望望，又朝脚下看看，想看看有没有雨花石。她没有看到雨花石，心想，雨花石哪去了，是不是埋藏在地下？她又想，一会儿我倒在雨花台，也许也会感动佛祖，霎时间天降落花如雨，冲洗出一块块美灿灿的雨花石……

一路上，镣铐和碎石头不断碰撞、磨擦何宝珍的脚踝，渗出来的殷殷鲜血，浸红了袜子。她脚上的鞋子沾满了泥土、青草、花瓣的碎屑。她在心中一遍遍地默诵道：“予独爱莲之出淤泥而不染，濯清涟而不妖，中通外直，不蔓不枝，香远益清，亭亭净植……”

敌人的枪口对准了她。一个军官模样的人推了推何宝珍的肩膀，说：“看着枪口不害怕啊，背过身去。”

何宝珍直直地望着他，说：“死都不怕，还怕迎着枪口吗？来吧，我看着你们反动派的枪口怎么扼杀真理。”

军官模样的人说：“给你蒙上眼睛。”

何宝珍说：“不用！”

军官模样的人无法理解地晃了晃头，他不理解、也没法理解，为什么这么一个瘦小的女人成了共产党人，就会把心坚守得这么强，把骨头变得这么硬，把世界上最值得珍惜的宝贵生命拎在手中，像拿着帽子玩一样，可以随时随地扔出去。她简直不像是一个血肉之躯，像是超凡入圣的神了。他对何宝珍说:“你虽然是我的敌人，但我佩服像你这样的人，有骨头，有骨气，为了主义，把性命都不看在眼中，也敢拿出去……”

何宝珍没有用正眼看敌人，她的心已飞起来，边飞边大声地呼喊:“少奇，看见了吗?我去了!我没有为你、为党丢脸，这辈子做你的爱人还没做够，下辈子我还要跟你在一起……”

枪响了，雨花台震悚、摇晃一下。

何宝珍倒在地上的刹那间，泥土像被犁铧翻卷过来，清新的含着小草、小花淡淡馨香的气息荡涤着心脾，肺腑快畅舒服，她好像聆听到镰刀在梅花镇贵头村她家的地里割麦子的细细吟唱的声音。

她匍匐在土地上了。她知道吗?她肯定知道，她所挚爱的丈夫与他的战友们在1949年推翻了蒋家王朝，10月1日在北京举行的新中国的开国大典上，毛泽东用响亮的湖南口音向全世界宣布了中华人民共和国成立的消息。当时站在毛泽东身边的领导人、湖南老乡有刘少奇和李立三。何宝珍应该会热血沸腾，思接千里，感慨无限，这三位开国领袖在安源第一次合作的时候有没有想到二十八年后，他们会共同站在天安门的城楼上?何宝珍肯定记得，1921年，毛泽东二十八岁，刘少奇二十三岁，李立三二十三岁。这不就是她所执着追求的理想吗?这不就是她从小离开贵头村，追寻着潇水，入湘江，到衡阳、长沙、上海、广州、武汉、东三省，最后血洒雨花台的夙愿吗?

她匍匐在土地上了。但她肯定知道，在她离开魂牵梦绕的大地整整三十年时，她的大儿子斌斌成为了国家核专家，1964年10月16日15时，为中国第一颗原子弹成功爆炸的蘑菇云在中国西部戈壁滩腾腾升起做出了不朽的贡献。这蕴含了斌斌的智慧与奉献、奋斗与牺牲、欢欣与艰苦、失败与成功。科研攻关时，斌斌终日忙碌、头发蓬乱，一双磨掉了毛的翻毛皮鞋穿在脚上没有脱下来过，一件蓝布上衣伴随他度过春夏秋冬。日常生活随便、自然，没有一点专家的架子。他总是背着装有饭盒的黑色书包同普通工人一起匆匆行走在崎岖的厂道上。在研究室里，他一呆就是十天半个月。她的儿子斌斌为祖国赢得了尊严和荣耀。

她匍匐在土地上了。但她肯定知道，她的女儿爱琴在离开自己近四十年后，按照她的愿望被吸收成为一名中共党员。她长大后在北京师范大学附属女子中学当一名俄语教师，每周十八节课，加上批改一摞摞作业，工作繁重。但她从来没有叫过一声苦和累，因为她知道自己是刘少奇和烈士何宝珍的女儿。她是一个漂亮、聪慧的好女儿，是一个听话的温顺女儿。爱琴后来又考上中国人民大学，毕业后，主动请求到内蒙古去，因为她知道，妈妈每每走过的地方，即使是空旷与寂寥，冬天与寒冷，在生命中也会草色青翠，盛放鲜花，会有纯净的白云飘过……

她匍匐在土地上了。但她肯定知道，她的小儿子毛毛，后来叫允若，也许是因为在童年时代受的苦难深，遭的罪多，经历复杂，他的性格变得倔犟和任性。他刚被送到苏联时，什么事情上都不肯服输。

一个寒冷的冬天，莫斯科被冰雪覆盖着，白茫茫中透射着纯洁的光芒。毛毛与同学们在雪地上玩耍，用雪团子打来打去，他正打得热火朝天时，突然一个雪球从旁边打到他脸上。是谁在恶作剧？他有点生气时，侧目一看，原来是一个相貌俊秀、冰清玉洁的苏联姑娘在与他逗乐。姑娘手中还拿着雪团，满脸笑容，像盛开在雪地里的梅花一样妩媚、动人。毛毛心中的火气像太阳下的雪球被融化了。他从来没有见过这样让自己动心、神往的姑娘，他深深地爱上了她……

毛毛学成回国后，成了我国第一代航天工业专家。

也许，苍天被一个弱小的但有着一颗强大、勇敢的心的女人感动了，顿时，狂风骤起，大雨倾盆，冲刷着洒染着何宝珍、洒染着无数共产党人和革命志士鲜血的雨花台，冲刷着十月里寒霜厚重、草木凋零的中国大地……

也许，何宝珍生前最后的愿望灵验了，她的鲜血流淌在雨花台上，感动了苍天，雨过天晴，云开日出，天降落花如雨，一枚枚圆润、色泽鲜丽的雨花石美灿灿的……

……

土地是母亲。

母亲是土地。

何宝珍本是土地，仍然要睡在土地上，血仍然要流在土地上，心仍然要贴在土地上，浑身的血肉仍然要回归土地。是呵，她要与秋蝉一起歌唱，与庄稼一起抽穗，与家乡的洑水河、潇水一起流淌，与湘江、长江、赣江、黄浦江、松花江、珠江、辽河一起流淌……

尾声
宝珍，看一看
我们的孩子

42

妈妈呀，您在哪里？

孩子们想妈妈呀。

小小的斌斌哭喊：“妈妈，你不喜欢我吗，怎么老是躲着不来看我啊？”

五岁的爱琴抹着泪水说：“我的爸爸妈妈在哪儿，他们长什么样子？”

两岁的毛毛不停地挥着小手，直喊：“妈妈——”

斌斌在宁乡炭子冲老家，在奶奶跟前，长到十四岁，直到1938年党组织才将他接到延安。他的母亲在雨花台牺牲时他一点不知道。

爱琴被托付给一个工友，养到七八岁了，养父失业，没有收入了，养母经常生病，为了一口饭吧，为了能活命，把她卖到一个拉人力车的家里当童养媳。卖到这儿就不一样了，她一下子掉进了苦海里，吃不饱穿不暖的，还经常挨打挨骂。她的婆婆对她从来没有半点的怜爱，对待她简直不如一只狗、一只鸡，起早贪黑地干活，还要不停地挨打、受骂。有一天，她去井边打水，因为头天又挨了毒打，身上感觉又疼又累，肚子也饿，眼前一黑，栽进了水井，幸亏被及时发现救了上来，免于一死。她觉得活着真没意思，天天受罪，还不如让井水淹死了好，这样过着，不知要到什么时候才能熬到头。更倒霉的是，她婆婆一岁多的儿子，也就是她的“丈夫”出天花死了，她的婆婆对她更像是眼中钉肉中刺，说她是丧门星，像恶魔一样疯狂地打她，她被罚跪，在凛冽的寒风中一跪就是几个小时，光着的双脚和裸露的小腿被冻出一块块的肿包，肿包化脓成疮，流水结痂，一走路就像针扎似的疼痛。

爱琴几乎天天盼着养父母能把她接回去。养母疼爱爱琴，来看她，见女儿光着的双脚和裸露的小腿被冻出一块块的肿包，她就伤心地哭，说对不起女儿。临别时，养母哭着对爱琴说：“孩子，妈有空会来看你的。”

她是多么盼望妈妈来看看她苦命的女儿啊！但三四年过去了，妈妈没来过一次。

她绝望过，无处话凄凉，不想活了，拿手掐自己的脖子。有时候，她想离开这个家，走出很远很远，但又不知道往哪里去……

1938年5月31日，《新华日报》(武汉版)上出现了这样一段寻人启事：寻找工友赵春山。十年前，刘少奇先生的女儿托先生抚养，他现在想见他的女儿。

这则启事刊登不久，武汉八路军办事处终于找到失散多年的刘爱琴。她回到延安刘少奇身边时，已经十一岁。父女二人在延安窑洞前见面时，刘少奇摸摸她的小脑袋，疼爱地说：“爱琴，你来啦!”

爱琴乍见父亲，心慌，小嘴唇微微地动着，想喊一声“爸爸”，可她从来没有喊过，一双眼睛呆呆地盯住父亲，没有喊出来。刘少奇搂着她说：“太瘦了，太瘦了。”

爱琴平生第一次听到这样怜爱的声音，心里温暖，眼睛一热，“哇——”的一声哭起来，紧紧地贴在父亲的怀里。

刘少奇抚摸着女儿，深情地说：“女儿，你受苦了，现在好啦，回到家里和爸爸在一起了。”

爱琴和哥哥斌斌进入了延安保育小学学习文化，在延安同父亲生活了一年后，又一起跟着周恩来伯伯坐飞机到苏联，进入莫斯科莫尼诺国际儿童院学习。这所儿童院专门收养各国共产党烈士的子女。

毛毛比起哥哥和姐姐，命运更加凄惨，他生活在苦水里，几乎每天都在生死线上挣扎。

母亲被捕，他突然从温暖的怀抱里被送到邻居大嫂陌生的怀抱里，起初，这位邻居大嫂还从党组织那里领到一些抚养费，勉强养活他，后来因为中共在上海的地下组织遭到严重破坏，联络中断，事情就发生变化了。这位大嫂家里本来就穷，无法负担下去，毛毛开始过着流浪的生活，被一位乞丐收留下来，在风霜雨雪中乞讨和卖报……

1946年，聂荣臻派人找到他时，他趿着一双破了洞露着脚趾的烂鞋子，穿着一身破烂的衣服，正在街上边奔跑边叫喊卖着报纸，整个人瘦得皮包骨头……

斌斌，也就是刘允斌，1950年考取莫斯科大学化学系研究生，继续攻读核放化专业。同年，与俄罗斯的玛拉·费拉托娃结婚，生女索尼娅，中文名苏苏，生子阿廖沙，中文名辽辽。后来，获得副博士学位，进入莫斯科大学化学研究所担任高级研究员。

这时，刘少奇给他来信，信中说：“祖国和人民等待着你的归来。在个人利益和党的利益发生冲突的时候，我相信你一定能无条件地牺牲个人的利益而服从党和国家的利益。”

1957年10月，中南海一座平房的门口，清瘦挺拔的党中央副主席、全国人大常委会委员长刘少奇早已站在那儿。当轿车戛然停在刘少奇眼前，一声“爸爸”的亲切呼唤从窗口传来。刘少奇喜不自禁地走近车门，斌斌从车门伸出的仍带着北方寒意的手紧紧地与父亲温暖的手握在一起：“允斌，你终于回来了！”

斌斌激动而兴奋地回答：“回来了，爸爸，您好！”

刘少奇久久凝望着身材挺拔、目光清澈的儿子，心里想到了何宝珍，轻轻地说：“宝珍，看一看我们的孩子，他们很优秀啊！”

何宝珍生平大事年表

1902年　1岁

5月，出生在湖南道州城内何公祠旁的两间破屋里，乳名林英。

祖父原名汪久之，今南京市六合县大塘湾村人。十几岁避兵祸逃到道州城北的贵头村，被一对无儿的老年夫妇收养为子，改姓何，名永贵。老夫妇去世，何永贵迁至县城居住，以酿酒、制弓箭卖维持生活。生三子，次子名瑞蓉，经营小买卖，娶城外丁贞娥为妻，生二女一子。何宝珍最大，六岁时，做家务、带弟弟。

1910年　8岁

秋，以绝食反对缠脚。

1911年　9岁

10月10日，辛亥革命爆发。

1912年　10岁

道州改名道县。

1914年　12岁

2月，道县破天荒办起一所女子小学，到女校报名读书。

1916年　14岁

秋，代表女子小学参加全县举办的“边跑边算”的体育比赛，取得冠军。

1917年　15岁

春，参加学校举行的辩论会获胜。

秋，见几位女同学在学校门边掉泪，原因是当时女子小学与国民小学共一扇大门出入。有几位男生经常故意坐在门槛上不让女生出入，她为了惩治这几位男生，一步从他们的头上跨过去，从此再也没有男生敢坐在门槛上阻挡女生出入了。

冬，由父母包办许配给蒋家。

1918年　16岁

秋，以优异成绩考取湖南省立女子第三师范，当时她在小学才读书四年半。

1919年　17岁

5月4日，北京爆发青年学生的反帝爱国运动。消息传到衡阳，各校举行游行示威。女三师当局锁门禁止学生出入，她组织一些进步女同学越墙参加，并积极投入宣传与抵制日货的活动，主演《哀台湾》《孔雀东南飞》等活报剧。

6月17日，与朱舜华代表女三师参加“湖南学生联合会”的成立，任干事。

是年，多次聆听毛泽东、邓中夏、何叔衡、恽代英来衡阳宣传马克思主义。

1921年　19岁

2月，从女三师回道县吊咟原女子小学校长。

1922年　20岁

9月，经中共地下党员、省立男三师外语教师张秋人介绍，参加中国社会主义青年团，并担任女三师的团支部书记。

10月，因揭发校长欧阳骏的腐化堕落，受到报复性的开除学籍处理。

18日，带着张秋人写的组织介绍信，来到长沙清水塘，受到中共湘区委员会毛泽东书记的热情接待，被安排在湖南自修大学学习。

写信回家劝父母将两间破屋卖掉，还清蒋家订婚的礼金与历年支付的读书费用，与蒋家解除婚约。

10月上旬，经毛泽东夫妇介绍，在清水塘与刘少奇相识。

1923年　21岁

春，转为中共党员。

4月上旬，被派往安源路矿俱乐部文书股工作，负责抄写文件和收发报纸杂志。

中旬，与刘少奇结婚。

5月，被派往安源路矿第三子弟学校教书，仍负责俱乐部的书报收发。

是年，常利用课余时间下矿井、进工棚、串宿舍、访贫问苦，与工人们交朋友。

1924年　22岁

春，生下第一个男孩，取名刘允斌。在回刘少奇老家宁乡炭子冲休产假期间，调查研究，写出《宁乡的鬼迷社会》《女子教育与社会改造》等论文，先后发表在报刊上，影响颇大。

1925年　23岁

春，同刘少奇来到广州。

5月1日至7日，在第二次全国劳动大会上刘少奇当选为中华全国总工会执行委员副委员长。

中旬，与刘少奇离开广州来到上海，参与筹组上海总工会办事处。

6月，积极参与声讨帝国主义制造的“五卅”惨案。

11月，陪刘少奇回湖南长沙治病，住在长沙文化书社。

12月16日，奔赴中共湖南执行委员会，报告刘少奇被拘押的情况。

是月，参与营救刘少奇的工作。

1926年　24岁

1月26日，刘少奇获释。

2月19日，同刘少奇从长沙经上海到达广州。

月底，被安排在总工会做妇女工作。刘少奇经中共中央批准代理全国总工会委员长职务。

3月8日，参加广州各届纪念“三八”妇女节活动。

下旬，母亲丁贞娥来广州帮助照料刘允斌。

5月1日至12日，在第三次全国劳动大会上刘少奇当选为中华全国总工会执行委员会的常委，并担任秘书长。

7月9日，欢送国民革命军北伐。

10月10日，国民革命军攻克武昌。

中旬，全国总工会决定北迁武汉，两夫妇将丁贞娥送回道县，刘允斌送回宁乡炭子冲。

21日，到达武汉，在汉口妇女协会任执委兼组织部长。

11月底，救出卖给人家当丫环的女孩黄秋香。

1927年　25岁

1月3日，领导武汉妇女群众参与收回汉口英租界的斗争。

夏初，生女儿刘爱琴。她未暴露政治身份，特被安排在武汉的中国国民党组织部做收发工作。

7月，刘少奇搭贺龙的兵船到庐山疗养，自己仍留在武汉坚持工作。

15日，汪精卫叛变革命。完成组织交给的任务，将女儿刘爱琴交给一位工人抚养，赴庐山。

10月，与刘少奇化装为海员夫妇，乘轮船到上海寻找中共中央。

1928年　26岁

3月，同刘少奇到天津，在中共顺直省委机关工作。

1929年　27岁

春，同刘少奇从天津回到上海，在沪东区从事妇女工作。

7月14日，同刘少奇到达奉天。刘少奇担任中共满洲省委书记，她在秘书处工作。

8月22日，刘少奇到奉天纱厂了解罢工的准备情况时被拘捕，她协助党组织营救。

9月下旬，与刘少奇到哈尔滨指导中东路的斗争。

1930年　28岁

4月，生次子刘允若。

5月，带着未满月的儿子刘允若从哈尔滨到上海。

6月，刘少奇赴莫斯科出席赤色职工国际第五次代表大会，当选为执行局委员，会后留在赤色职工国际工作。在这段时间内，她一直留在上海，从事党、工会、妇女方面的工作。

1931年　29岁

党组织利用刘少奇在莫斯科工作的机会，由何宝珍在上海负责同赤色职工国际互济总会联系，争取国际援助。

1932年　30岁

冬，担任全国互济总会的副主任、营救部部长，化名王芬芳。此时，刘少奇已离开上海，去中央苏区工作。

1933年　31岁

3月29日，营救廖承志。

30日，被捕入上海警察局，解送到南京宪兵司令部，毫无根据地判她十五年的徒刑。

夏，被关进模范监狱。

是年，与同狱的钱瑛、帅孟奇领导监狱里的斗争。

1934年　32岁

秋，叛徒供出她的真实身份，她以公开的共产党员身份展开斗争。

10月底，英勇就义于南京雨花台。

参考文献

1.《讲述刘少奇》，罗雄著，中央文献出版社，2014年；
2.《女杰何宝珍》，胡正耀编著，中国妇女出版社，2013年；
3.《寒花淡影》，奉荣梅著，团结出版社，2014年；
4.《刘少奇与长沙》，罗雄、刘军主编，文汇出版社，2013年。